Carla
BERLING

Der Alte muss weg

ROMAN

WILHELM HEYNE VERLAG
MÜNCHEN

Sollte diese Publikation Links auf Webseiten Dritter enthalten,
so übernehmen wir für deren Inhalte keine Haftung,
da wir uns diese nicht zu eigen machen, sondern lediglich
auf deren Stand zum Zeitpunkt der Erstveröffentlichung verweisen.

 Dieses Buch ist auch als E-Book erhältlich.

FSC
www.fsc.org

MIX
Papier aus verantwor-
tungsvollen Quellen
FSC® C014496

Verlagsgruppe Random House FSC® N001967

4. Auflage
Originalausgabe 08/2019
Copyright © 2019 by Carla Berling
Copyright © 2019 dieser Ausgabe
by Wilhelm Heyne Verlag, München
in der Verlagsgruppe Random House GmbH,
Neumarkter Str. 28, 81673 München
Printed in Germany
Redaktion: Steffi Korda
Umschlagabbildung: © Gerhard Glück
Umschlaggestaltung: © bürosüd
Satz: KompetenzCenter Mönchengladbach
Druck und Bindung: GGP Media GmbH, Pößneck
ISBN: 978-3-453-42315-2

www.heyne.de

1

»Herr Professor, ich habe hier eine Statistik des Bundeskriminalamtes. Sie besagt, dass in Deutschland mindestens – ich wiederhole: mindestens – jeder zweite Mord unaufgeklärt bleibt. Das ist beängstigend, finden Sie nicht?«, fragte der Moderator.

Sein Gesprächspartner schob die Brille mit dem Mittelfinger hoch, schlug die langen Beine übereinander und lächelte hochnäsig. Er trug einen karierten Pullunder über einem gestreiften Hemd und dazu eine geblümte Fliege. »Nun. Der Terminus Mord ist eine juristische Definition. In unseren Kreisen bezeichnen wir diese Umstände als Tötungsdelikte. Und ich schrieb bereits in meinem neuen Buch, dass nicht nur jedes zweite Tötungsdelikt nicht aufgeklärt wird, sondern …«, er machte eine dramatische Pause und sprach langsam weiter, »sondern, und davon bin ich überzeugt, dass nur jede dritte Tötung überhaupt *bemerkt* wird!«

»Herr Professor, das würde aber bedeuten, dass jede Menge Mörder unter uns wären!«

Der Satz verfehlte seine Wirkung nicht, die Zuschauer wurden unruhig. Der Moderator stand auf, legte seinen Zettel ab, knöpfte das Sakko zu, verließ die Bühne und ging mit federnden Schritten auf das Publikum zu. »Sie! Sie könnten eine unentdeckte Mörderin sein«, rief er und zeigte auf eine Frau, die erschrocken die Augen aufriss. Dann wies sein ausgestreckter Arm auf eine andere Frau, die drei Plätze weiter rechts saß: »Oder Sie!« Er lief die Treppe hinauf, zeigte nacheinander in rascher Folge auf den, auf die, auf den. Und jedes Mal stach er mit dem Finger in die Luft und rief, jedes Mal lauter werdend: »Und auch Sie könnten ein unentdeckter Mörder sein!«

Jetzt steigerte sich das Gemurmel der Leute zu einem lauten Raunen. Der Moderator blieb auf der Treppe zwischen den Reihen stehen und schaute direkt in die Kamera. »Oder Sie!«, rief er nun und zeigte auf mich.

Ich ließ vor Schreck das Messer sinken und starrte ihm in die Augen. Aber ich schaute nicht weg, o nein, ich hielt seinem Blick stand, umklammerte das scharfe Messer mit meiner rechten Hand, mein Mund war leicht geöffnet, eine Haarsträhne fiel mir über die Augen, ich warf sie mit einem Schwung zurück.

Die Leute auf den Rängen redeten jetzt durcheinander, die Kamera fuhr dicht an sie heran, zeigte Augen in Großaufnahme, Münder mit zitternden Lippen, bebende Nasenflügel, Hände, zu Fäusten geballt, Handflächen, die verstohlen an Hosenbeinen abgewischt wurden.

Der Moderator ging, dem Publikum halb zugewandt und mit beschwichtigenden Gesten, zurück zur Bühne. Er knöpfte das Sakko wieder auf, setzte sich und sagte: »Somit ist es Fakt, Herr Professor, dass es etliche Mörder unter uns gibt, die frei herumlaufen?«

Ich nickte zustimmend, hielt das Messer immer noch fest umklammert.

Der Professor zupfte an seiner Fliege. »Nun ja. So gesehen. Sicher. Aber, und es ist wichtig darauf hinzuweisen, es handelt sich bei diesen unentdeckten Tätern nicht etwa um brutale Serienmörder, sondern in der Regel um sogenannte Einmal-Täter. Damit meine ich jemanden, der im Streit den aggressiven Opa erwürgt oder der zeternden, bettlägerigen Großtante das Kissen aufs Gesicht drückt, der den Kumpel im Suff erschlägt und ihn einfach liegen lässt.«

»Wäre das ein perfekter Mord? Ein Tötungsdelikt, das nicht entdeckt wird? Gibt es den perfekten Mord?«

Ich legte das Messer hin. Meine Kopfhaut begann zu kribbeln, ich spürte das Blut in meinen Adern fließen.

Der Professor machte ein selbstgefälliges Gesicht. »Aber selbstverständlich, ich kenne natürlich eine ganze Reihe, haha, *tod*sichere Mordmethoden, haha.«

Ich bemerkte, dass seine Brillengläser schlierig waren, und an seinem Hals hatte er einen Pickel, direkt neben dem imposanten Adamsapfel über der geblümten Fliege.

»Der perfekte Mord ist doch schon mal, wenn Sie keine Leiche haben, nicht wahr? Wie wollen Sie nachweisen, dass einer überhaupt tot ist, wenn es gar keine Leiche gibt?«

Der Moderator machte sich gerade. »Ja, da haben Sie recht. Gab es in Ihrer Laufbahn denn schon mal einen Mord, der nicht entdeckt wurde?«

Der Professor runzelte ärgerlich die Stirn. »Woher soll ich das wissen, wenn er nicht entdeckt wurde?«

Das Publikum lachte. Der Moderator wurde angesichts seiner dummen Frage verlegen und rutschte auf dem Stuhl hin und her. »Haha, kleiner Scherz meinerseits, aber jetzt mal im Ernst: Können Sie Ihre Theorie näher erläutern?«

Er grinste und zwinkerte. »Selbstverständlich dürfen wir hier keine Gebrauchsanweisung für den perfekten Mord geben ...«

Die Kamera schwenkte wieder hinüber zum Professor. Der setzte eine wichtige Miene auf. »Nun. Es besteht zum Beispiel die durchaus realistische Möglichkeit, dass der Arzt, der nach dem Eintreten eines Todesfalls die Leichenschau durchführt, getäuscht wird!«

»Einen Arzt täuschen, wie geht denn das?«, fragte der Moderator.

Ich trat einen Schritt nach vorn, um kein einziges Wort zu verpassen.

Der Professor machte eine ausladende Bewegung. Er knetete sein Kinn und sah aus, als müsse er sich die Antwort genau überlegen. »Stellen Sie sich doch mal vor, Ihre Erbtante sei tot, stellen Sie sich vor, jemand habe ihr das Kopfkissen so lange aufs Gesicht gedrückt, bis sie nicht mehr geatmet hat. Stellen Sie sich vor, sie habe sich, alt, krank und geschwächt, nicht mehr wehren können. Stellen Sie sich vor, man habe den Hausarzt angerufen, der sie seit vierzig Jahren behandelt hat, es ist Samstag- oder Sonntagabend, vielleicht ist es schon spät, sagen wir halb zehn, die trauernde Familie sitzt zusammen. Der Hausarzt kennt jeden, der da am Küchentisch sitzt, nimmt den Schnaps an, der ihm angeboten wird, die Flasche steht auf dem Tisch und ist schon halb leer. Ja, glauben Sie denn, dass dieser Arzt noch eine richtige Leichenschau durchführt?«

»Ich habe irgendwo gelesen«, sagte der Moderator, »dass ein Rechtsmediziner gesagt haben soll: Wenn auf jedem

Grab, in dem das Opfer eines unentdeckten Mordes liegt, eine Kerze brennen würde, wären Deutschlands Friedhöfe nachts taghell erleuchtet ...«

Ich schaltete den kleinen Fernseher aus. Ich, Stefanie Herren, genannt Steffi, 51 Jahre alt, seit November 1986 mit Thomas, genannt Tom, verheiratet. Ich, Steffi, die ich an diesem Sonntag im Juni bis eben in meiner perlweißen Dreißigtausend-Euro-Küche in Köln-Rodenkirchen Kartoffeln geschält und nebenbei ferngesehen hatte, wusste nun endlich, was ich tun konnte, um mein ödes Leben zu ändern.

Ich könnte Tom umbringen. Irgendwie. Irgendwann. Nicht heute. Heute war Sonntag.

Tom lag nebenan im Wohnzimmer auf der Couch vor dem großen TV-Bildschirm und sah sich den »Fernsehgarten« an. Wie jeden Sonntag.

Ich könnte etwas tun, und dann würde sich vielleicht alles ändern. Wenn Tom nicht mehr da wäre, dann ... ja, was dann? Würde dann alles besser?

2

Wenn ich etwas wagen könnte, dann …
Wenn ich mir etwas zutrauen würde, dann …
Wenn ich den Mut hätte, etwas zu verändern, dann …

Solche Sätze dachte ich damals jeden Tag. Wie ein Mantra, wie ein Gebet, wie ein Gebet ohne Amen. Wenn. Dann. Ich stellte mir immer wieder vor, meine Komfortzone zu verlassen und einmal, nur ein einziges Mal, ein echtes Risiko einzugehen. Ideen nicht mit »Nein, weil …« oder »Ja, aber …« sofort abzubügeln. Das Wort »immer« aus meinem Wortschatz zu streichen. Das Leben zu spüren. Nicht zu wissen, was kommen würde.

Leider wird mir schon bei dem Gedanken an Veränderungen schlecht.

Und deswegen blieb immer alles wie immer. Von morgens bis abends, von montags bis sonntags, von Januar bis Dezember. Eine zuverlässige Reihenfolge von Abläufen, Ritualen und Pflichten. Eine Käseglocke, unter der ich mich sicher fühlte. Meine Freundinnen bezeichneten mich als »Ritualjunkie«.

Manchmal fragte ich mich, wie die Nachbarn uns beschreiben würden. Man konnte uns wirklich nichts nachsagen, daher hätte das Urteil gut ausfallen müssen.

Wir grüßten freundlich und fast immer zuerst, rollten die Mülltonnen pünktlich an die Straße, bekamen selten Besuch, stellten den Fernseher nicht zu laut und hatten keine Tiere. Wir waren die Traumkunden jedes Immobilienmaklers und die perfekten Nachbarn, ein Ehepaar mittleren Alters, beide berufstätig, saubere Schufa, keine Schulden.

Ich: Personaldisponentin in einer Zeitarbeitsfirma. Tom: seit über dreißig Jahren Industriemeister bei Ford. Wir besaßen ein jüngst abbezahltes Reihenendhaus mit großem Garten in Köln-Rodenkirchen, einen 55-Zoll-Fernseher, zwei weitere, kleinere TV-Geräte, in der Küche und im Schlafzimmer, eine schicke Poggenpohl-Küche mit Miele-Geräten, eine Sofalandschaft von Rolf Benz aus cremefarbenem Leder und einen Ford, natürlich scheckheftgepflegt. Wir machten zweimal im Jahr Urlaub: einen an irgendeinem Strand, einen in irgendeiner Stadt. Zuletzt waren wir in Paris, davor in Rom, Istanbul, Amsterdam, Berlin, Stockholm, Athen. Die Liste der Metropolen, die wir noch besuchen mussten, war lang: Bis zur Rente sollten alle europäischen Hauptstädte besichtigt sein.

Unser ewig gleicher Tagesablauf: Aufstehen um Viertel nach sechs, arbeiten von acht bis fünf, schlafen von halb elf bis Viertel nach sechs. Am Wochenende verschob sich alles um zwei Stunden nach vorn.

Montags nach der Arbeit ging ich zur Gymnastik. Nach dem Turnen: Treffen im Brauhaus mit meiner Schwester Marion und meinen Freundinnen Elfie, Zita und Babette. Die Treffen waren das einzige Highlight der Woche. Unsinn. Sie waren das einzige Highlight überhaupt.

Tom ging am gleichen Abend in den Kanuverein. Er

besaß eine Anstecknadel in Form eines silbernen Paddels, ein Geschenk des Vorstandes für dreißig Jahre Mitgliedschaft.

Jeden Dienstag besuchte ich nach der Arbeit meine Schwiegermutter im Altenheim.

Mittwochabends: einkaufen. Anschließend gab es irgendwo eine Currywurst oder ein Stück Pizza auf die Hand. Bis zur Tagesschau waren wir aber immer wieder zu Hause.

Jeden Donnerstagabend besuchten wir Bastian, unseren Sohn. Er war Filialleiter bei Edeka und hatte immer erst spät Feierabend, deswegen waren diese Besuche meist kurz. Viel zu erzählen hatten wir uns sowieso nicht. Er und seine Freundin Lena redeten nur von ihrem Kinderwunsch, von den Möbeln oder dem Auto, das sie sich anschaffen wollten, wenn das Geld mal reichen würde. Immer hieß es: Wenn – dann.

Das hat er von mir.

Freitags war unser Fernsehabend, aber ohne einen Prosecco, der meinen Kreislauf in Schwung brachte, fiel ich oft schon vor der Talkshow schlafend vom Sofa.

Samstags frühstückten wir ausgiebig mit Kaffee, Brötchen und fünfeinhalb Minuten lang gekochten Eiern, gegen Mittag fuhren wir in die City. Bummeln, shoppen, Kaffee trinken. Abends zum Griechen, Chinesen oder Italiener, immer im Wechsel.

Sonntagvormittag wurde unser Badezimmer zu meinem Wellnesstempel: Maniküre, Pediküre, Rasuren und Peeling, Haarpackung, Kräuterbad, Hyaluronmaske, Augenbrauen und Wimpern färben, Damenbart und Beine epilieren,

Bikinizone auf Vordermann bringen. Danach war ich optisch wie neu. Tom guckte solange ZDF-Fernsehgarten. Er stand total auf diese blonde Moderatorin mit dem Obstnamen. Mir war sie zu hektisch, er fand sie »temperamentvoll«. Sagte einer, dem man im Gehen die Hose flicken konnte.

Wenn ich mit meiner Generalüberholung fertig war, sorgte ich für das Mittagessen, anschließend legten wir uns noch mal ein halbes Stündchen hin und hatten Sex. Besser gesagt: Tom hatte Sex. Ich hatte eine Möglichkeit gefunden, meinen E-Book-Reader so zu platzieren, dass ich derweil lesen konnte.

Sonntagnachmittag gingen wir spazieren, danach: Sofa und Fernsehen. Lindenstraße, RTL-Exklusiv, Weltspiegel, Tatort und anschließend den Rest vom Promi-Dinner.

Klingt nach einem ausgefüllten Leben. Unsere Nachbarn hätten sicher gesagt: Steffi und Tom, das sind normale, anständige Leute mit einem normalen, anständigen Leben.

Und das war mein Problem Nummer eins. Mein normales, anständiges Leben, das täglich, wöchentlich und monatlich in denselben Bahnen verlief, war nämlich vor allem eins: zum Kotzen langweilig.

Bis zu diesem Sonntag, der alles veränderte.

Aus der Langeweile resultierte Problem Nummer zwei: Ich musste es ändern, dieses Leben. Und schon kam ich zu Problem Nummer drei: meiner panischen Angst vor Veränderungen.

Neulich hatte ich gelesen: *Auf Veränderung zu hoffen, ohne selbst was dafür zu tun, ist, als stünde man am Bahnhof und würde auf ein Schiff warten.*

Tom sah mich an wie die Gans, wenn es donnert, als ich diesen Satz aus heiterem Himmel zitierte. Ich hatte mich im Türrahmen postiert und die Hände in die Seiten gestemmt.

»Wie kommst du jetzt auf so was?«

»Das habe ich gelesen«, sagte ich und fügte trotzig hinzu: »Und es ist wahr.«

»Was willst du denn verändern? Wir haben doch vor Kurzem erst die Küche renoviert«, sagte er, ohne den Blick von der Mattscheibe zu nehmen.

»Ich meinte eher uns als die Küche.«

Jetzt schaute er auf, zog die linke Braue hoch, kniff die Augen zusammen, schüttelte verständnislos den Kopf, nahm die Fernbedienung und machte den Ton lauter. Eine Frau mit roten Haaren und langem Schlitz im Kleid begann zu singen und machte dabei theatralische Handbewegungen.

Schnippisch sagte ich: »Oh, ich verstehe, Andrea Berg singt, da darf man nicht stören. Aber bei der hättest du keine Chance, das kannst du mir glauben, die nimmt keinen mit Ohr- und Nasenhaaren, hängendem Hintern und wachsendem Bauch.«

Statt einer Antwort griff er wieder zur Fernbedienung. Typisch Tom. Früher war er auf solche Provokationen schon mal eingestiegen, aber mit dem Alter wurde er immer träger, sturer und wortkarger.

Noch gab ich nicht auf. »Ich meinte, dass wir an uns etwas ändern müssen, an unserem Leben ...« Lahm fügte ich hinzu: »... Irgendwie.«

Keine Reaktion.

Ich stapfte an ihm vorbei und stellte mich in angriffs-lustiger Pose vor den Fernseher.

Jetzt wurde er wütend, ich sah es am Blitzen in seinen Augen. Aber es war eigentlich gar kein Blitz, nicht mal das, nur ein kurzes Aufleuchten.

»Ach, Steffi. Wir sind seit über dreißig Jahren zusammen, was erwartest du denn?« Er schaltete den Fernseher aus, stand auf, dabei knackten seine Knie. Er verließ das Zimmer und ging nach oben. Die Schlafzimmertür fiel ins Schloss, kurz danach hörte ich, dass er dort den Fernseher eingeschaltet hatte, und ich hörte die Moderatorin mit dem Obstnamen das nächste lustige Spiel ansagen.

Der Tag war gelaufen. Ich wusste genau, wie er weiter-gehen würde. Wenn der Fernsehgarten zu Ende war, würde er sich auf die Terrasse setzen und Kreuzworträtsel lösen. Er hatte sich neulich eine buchdicke Rätselzeitschrift gekauft und kritzelte mit Feuereifer darin herum. Neben sich: sein Laptop mit einer Internetseite, von der er die Lösungen abschrieb.

Wenn Tom rätselte, musste es ganz still sein, weil er sich sonst nicht konzentrieren konnte. Dann tickte nur die Uhr über der Küchentür. Ich sprach im Stillen mit: *Ticke-tack. Ticke-tack. Hau-jetzt-ab. Hau-jetzt-ab.*

Warum ich nicht einfach ging?

Weil so was nicht einfach geht! Drei Lebensversiche-rungen wurden in den nächsten Jahren fällig, wir besaßen das Haus samt Inhalt, das Auto und ein Sparbuch mit neunzehntausend Euro. Was das Haus angeht, so hatte Tom es geerbt, im Fall einer Scheidung würde es wohl ihm allein gehören. Warum sollte ich auf vieles verzichten, mich deswegen womöglich vor Gericht mit ihm streiten oder alles verkaufen und den Erlös teilen? Man kriegt doch nie im Leben wieder raus, was man mal investiert hat. Diese ganzen Dinge, die einen Alltag ausmachen, daran hängt man doch! Allein meine Weihnachtsdekoration ist ein Vermögen wert. Sechs Umzugskartons voller Kugeln, Engel, Lichterketten und Kerzenhaltern. Und die Sandsammlung! Seit unserer Hochzeitsreise sammle ich Sand von Stränden dieser Welt. Aber nur von Meeresstränden. See-, Fluss- und Baggerteichstränden interessierten mich nicht. Freunde, Verwandte und Nachbarn bringen mir aus dem Urlaub Meeresstrandsand mit. Ich fülle ihn in Reagenzgläser, die ich mit blauer Tinte beschriftete. Wann, woher, von wem, das steht alles auf den kleinen Klebeetiketten. Ich besitze Sand von über siebenhundert Stränden. Eine wirklich beeindruckende Sammlung. Wo soll die hin? Tom hatte mir zu meinem vierzigsten Geburtstag das kleine Zimmer im Dachgeschoss mit Regalen ausgebaut, damit ich sie unterbringen konnte.

Also: Sollte ich im Fall einer Trennung alles verkaufen, verteilen, verschenken oder verzichten? Damit ich anschließend in einer gemieteten Zweizimmerwohnung mit Ikeamöbeln saß? Nix da.

Auch Problem Nummer vier musste gelöst werden: Mein Job.

Ich hatte eine widerliche Chefin. Heidemarie Bunge. Inkompetent, arrogant und fies. Mobbing vom feinsten, darin war sie richtig gut. Meine Freundin Zita sagt: »Dazu gehören immer zwei: einer, der mobbt, und einer, der sich mobben lässt.« Recht hat sie. Ich dufte mir das nicht länger gefallen lassen. Auch damit musste Schluss sein. Ich wollte mir was Neues suchen – aber mit dem Job ist es wie mit der Ehe: Man kann natürlich nicht kündigen, bevor man sicher was Neues hat. So viele Wünsche und Träume hatte ich. Ich hätte mir gern ein ganz neues Image zugelegt. Kein normales, anständiges Steffi-Herren-Image, sondern einen Knaller. Wenn ich es mir hätte aussuchen können, wäre ich gerne rothaarig geworden, hätte schicke Kleider, halterlose Strümpfe und High Heels getragen, mir ein Rosengarten-Tattoo auf den Rücken stechen lassen und unwiderstehlich gewirkt.

Tja. Es gibt doch dieses Sprichwort: Man soll sich Kraft wünschen, um Dinge hinzunehmen, die man nicht ändern kann, und man soll sich Mut wünschen, um Dinge zu ändern, die man ändern kann. Und wenn man beides voneinander unterscheiden könne, sei man schon fast weise. Daran, dass ich über fünfzig war, konnte ich nichts ändern. Dass ich in hohen Schuhen nicht laufen konnte, wusste ich auch nicht erst seit gestern. Mein Gang in Pumps ähnelte dem Balanceakt einer Betrunkenen auf einem unsichtbaren Schwebebalken. Also keine High Heels. Das Tattoo – geschenkt. Ich habe solche Angst vor Spritzen, dass ich schon kollabiere, wenn einer nur das Wort »stechen« sagt. Die roten Haare … ich hatte es mal versucht. Quasi am nächsten Tag hatte ich einen grauen Scheitel gehabt, plötzlich schienen meine Haare mit Lichtgeschwindigkeit zu wachsen. Als ich mit der grauen Schneise im Henna wie ein Stinktier aussah, färbte ich den Ansatz nach. Zu Hause. Weil ich es mir wert war. Danach leuchtete in meinem roten Haar ein orangefarbener Ansatz. Nun trug ich wieder den mittelaschblonden Bob mit Seitenscheitel. Wie immer. Keine High Heels, kein Tattoo, keine rote Mähne.

Meine Freundin Zita ist immer elegant, trägt immer schicke Schuhe, immer tolle Klamotten. Ich habe sie noch nie in Jeans gesehen. Wir kennen uns seit der Kindheit – und Zita hat nach meiner Einschätzung alles richtig gemacht. Sie ist Dolmetscherin geworden und spricht acht Sprachen fließend. Deutsch, Englisch, Französisch, Italienisch, Spanisch, Portugiesisch, Holländisch und Schwedisch. Für mich ist sie ein Genie. Nicht nur wegen der Sprachen – sie kann zum Beispiel französische Bücher ins Schwedische übersetzen –, sondern auch weil sie nie geheiratet hat.

Es ist nicht so, dass Zita keine Männer mag, ganz im Gegenteil. Zu unserer Silberhochzeit ist sie mit einem Typen angekommen, der mindestens zwanzig Jahre jünger war als sie. Er war Model, lief für Boss, Armani und solche Firmen. Tom ist fast in Ohnmacht gefallen, als sie mit diesem Adonis auftauchte – just in dem Moment, in dem wir im großen Saal des Bürgerhauses nach meinem Wunschtitel von Stevie Wonder (»I just called to say I love you«) den Ehrentanz aufführten.

Zita nimmt sich jeden Mann, den sie mag, und wenn er ihr auf den Keks geht, schickt sie ihn eben in die Wüste. Basta. Sie ist die einzige Frau, die ich kenne, die ein schwarzes Maserati Cabrio fährt, und zwar ein bezahltes. Manchmal holt sie mich im Sommer damit ab, und wir düsen durch die Gegend, über die Kölner Ringe und an den Cafés der Aachener Straße vorbei, mit wehendem Haar und offenem Verdeck. Dann kann ich mir vorstellen, wofür glatzköpfige Männer über sechzig in roten Hosen und karierten Sakkos solche Schlitten brauchen. Man fühlt sich toll, wenn alle gucken.

Zu meinem Leben gehört auch Elfie. Bis vor Kurzem betrieb sie das Dessous-Geschäft »Elfies Lingerie« in der Schildergasse. Tom nannte es respektlos »Schlüpferladen«. Nachdem der Mietvertrag für den Laden nicht verlängert worden ist, hat Elfie sich ins Privatleben zurückgezogen und kümmert sich hingebungsvoll um ihren Hund Jenny und um ihre Figur.

Wenn ich daran denke, wie wir uns kennengelernt haben …

Meine Schwester Marion hatte Anfang der Achtziger einen Klüngel mit Walter. Besser gesagt, Walter war in Marion verknallt, sie ist ein paarmal mit ihm ausgegangen, aber der Funke sprang bei ihr nicht über. Zuerst fand sie ihn attraktiv, aber als sie erfuhr, dass er zwar ein eigenes Appartement in Nippes besaß, aber eigentlich noch verheiratet war und eine Gattin nebst zwei pubertierenden Kindern und ein Haus in Köln-Marienburg zu versorgen hatte, verlor sie sofort das Interesse.

Eines Abends saßen wir in unserer Stammkneipe: Tom und ich, Marion und Walter. Walter war ziemlich wuschig und grabbelte Marion dauernd an der Wäsche herum, ihr ging das fürchterlich auf die Nerven. Sie raunte mir zu, dass sie jetzt so tun würde, als ginge sie zur Toilette, und bei der Gelegenheit haute sie ab. Heimlich. Walter saß da mit glasigem Blick und dicker Hose und glotzte schmachtend zur Tür.

Tom und ich gaben ihm zwei Bommi-Pflaume aus, die halfen ihm ein bisschen.

Walter hatte irgendwann ordentlich einen im Tee. Zeitgefühl hatte er keins mehr. Marions Minirock hing längst kalt am Bett, als er immer noch auf sie wartete.

Das Lokal hatte eine Schwingtür wie früher im Saloon von Miss Kitty in der Serie »Rauchende Colts«. Plötzlich flog diese Tür auf, und da stand Elfie. Gestrickter Minirock in Grün, Wollstrumpfhosen in Lila, Strickstulpen in Rot, Pulli in Schwarz, ein breites Stirnband in Pink und schwingende Plastikohrringe. Ihre hochmoderne Vokuhila-Frisur war wild zerzaust, ihr Make-up verschmiert, ihr Lächeln schief.

»Die ist ja hackedicht!«, bemerkte Tom.

Elfie hielt sich an den Türflügeln fest und peilte mit wackelndem Haupt die Lage im Lokal. Alle starrten sie an und warteten darauf, dass sie der Länge nach hinschlug, aber sie fing sich und schwankte auf uns zu, grinste Tom an, fiel Walter um den Hals und pflanzte sich grunzend auf seinen Schoß.

Ach, hätte es damals schon Handys mit Kamera gegeben, das Bild hätte ich zu gern festgehalten! Ich sehe es heute noch vor mir: Walter trug wie immer einen Nadelstreifenanzug mit Seidenschlips zur Pilotenbrille und einen schnurgeraden Scheitel. Er schien mit der schrillen Elfie ein bisschen überfordert zu sein, das legte sich aber nach dem ersten Wodka-Feige, den sie für uns bestellte und auf seinen Deckel schreiben ließ.

»Bissuganzeleinehier?«, lallte sie und Walter nickte betrübt. Sie gab ihm ein Küsschen und flüsterte ihm was ins

Ohr. Dann legte sie den Kopf weit zurück, starrte ihn mit geschürzten Lippen an und zog die eine Augenbraue hoch.

Walter grinste glückselig.

Da ging noch was, das war klar.

Tom sagte: »Nutzt ja nix, wir müssen mal los.«

Er zahlte, und wir verabschiedeten uns.

Seitdem waren Elfie und Walter ein Paar.

Nun hatte Walter sich zwar in Elfie verliebt, aber er hatte sich offenbar nicht komplett entliebt, was meine Schwester anging.

Seit über dreißig Jahren gab er Elfie das Gefühl, damals die zweite Wahl gewesen zu sein. Was das Ganze pikant machte: Marion und Walter waren Freunde geworden. Sie sah ihn als väterlichen Freund, er sah sie als Verflossene – obwohl sie, das weiß ich ganz genau, niemals Sex miteinander hatten! Und Elfie sah Marion noch immer als Konkurrentin, obwohl die längst zum dritten Mal verheiratet war. Noch …

Marion wollte Walter damals nicht und heute auch nicht. Aber Walter hatte Elfie immer damit provoziert, dass meine Schwester eine attraktive Frau geblieben ist – während Elfie inzwischen Länge mal Breite maß, spätestens um siebzehn Uhr das erste Kölsch trank und vor dem Black-out niemals nach Hause ging.

Wäre Elfie an diesem verhängnisvollen Montag nicht so betrunken gewesen, wäre vieles anders gelaufen.

Vielleicht würden zwei Menschen heute noch leben.

3

Wir trafen uns also jeden Montag im Brauhaus. Diese Treffen waren manchmal lustig, manchmal öde, manchmal endeten sie schon früh, gelegentlich arteten sie in Besäufnisse aus. Sie begannen fast immer gleich, wir trafen sogar meistens in derselben Reihenfolge ein.

An diesem Montag aber veränderte sich alles. Dabei fing der Abend ganz normal an.

Als Marion im Brauhaus ankam, hatte ich schon drei Kölsch-Cola getrunken. Marion sah gut aus, das honigfarbene Haar war frisch gefärbt. Sie trug hautenge Hosen aus Leder und ein lässiges Shirt. Und wie immer knallroten Lippenstift. Alles viel zu rockig für meinen Geschmack, viel zu auffällig, zu jugendlich. Aber, zugegeben, ihre fünfundfünfzig Jahre sah man ihr nicht an. Dagegen wirkte ich in meiner Ton-in-Ton-Kombination wie eine beigefarbene Seniorin. (Marion nannte meinen Lieblingsfarbton leberwurstfarben.) Obwohl ich die Jüngere bin.

Meine Schwester beugte sich zu mir herunter, küsste mich rechts und links neben die Wangen, dabei konnte ich ihr Parfüm riechen, und legte sofort los. »Liebelein, wie isses? Gut siehst du aus! Das war wieder so ein Tag, du kannst dir das nicht vorstellen … also heute kam ein Typ in den Laden, der wollte tatsächlich eine Zweitausend-

Tacken-Tasche umtauschen, die er Weihnachten gekauft hat …«

Ich hörte ihr nicht zu. Marion erlebte immer irgendwelche Sachen, von denen sie dachte, ich könne sie mir nicht vorstellen. Sie war Filialleiterin in einem noblen Laden, in dem auch viele Prominente einkauften. Ich kannte die meisten nicht. Für Leute, die zweitausend Euro für eine Handtasche oder tausend für ein Paar Schuhe ausgaben, hatte ich sowieso nichts übrig.

Während sie ihr Kölsch auf ex trank und »Das hab ich jetzt gebraucht!« stöhnte, kam Elfie herein.

Sie warf ihre überdimensionale Leinentasche mit dem Aufdruck »Hunde sind die besseren Menschen« auf die Bank, ließ ihre hundertfünfunddreißig Kilo Lebendgewicht mit einem Ächzen daneben sinken und klopfte zur Begrüßung auf den Tisch. »Allet joot?«, fragte sie in breitem Dialekt und tätschelte dem Köbes, der unaufgefordert mit einem Kölschtablett und vollen Gläsern an den Tisch gekommen war, den Arm. »Mir jibbste mal so nen janz kleinen Jäjermeister mit Jeschmack, isch habbet am Majen.«

Elfie hielt sich an die Grammatikregel »Im Kölschen jibbet kein jeh«, zu Deutsch: »Der Kölner Dialekt kennt kein G.«

Marion verdrehte die Augen und verzog angewidert das Gesicht. »Dass du dir dieses Zeug immer antust.«

Elfies Medizin gegen alles bestand aus Jägermeister und Eierlikör zu gleichen Teilen und wurde mit einem Schuss Cola aufgegossen. Sie reagierte nicht auf Marions Bemerkung, zischte zuerst das Kölsch weg und anschließend das

Mixgetränk. Seit sie so zugenommen hatte, trug Elfie keine Kleider mehr, sondern knöchellange Zelte, vorzugsweise in Aubergine- und Fliedertönen. In ihren mittelblonden Haaren prangte eine rotkohlfarbene Strähne.

Die Tür des Brauhauses flog auf, und Babette kam herein. Wie auf Kommando drehten sich alle Gäste zu ihr um, in ihrer rabenschwarzen Lockenmähne steckte eine riesige Sonnenbrille, eine Prada-Tasche schaukelte an ihrem angewinkelten Arm. Babette stöckelte graziös über die Dielen des alten Holzfußbodens, nickte hier und da einem der gaffenden Männer huldvoll zu und begrüßte uns reihum mit großer Geste und lautem Lachen. Hier im Brauhaus hielt sie gewiss jeder für eine Diva vom Film und nicht für die Hausfrau aus der Rodenkirchener Reihenhaussiedlung, die ihren Mann mit spendablen Typen betrog.

»Schöne Schuhe!«, sagte ich mit einem neidischen Blick auf ihre Pumps.

»Du, die waren gar nicht teuer, Escada, habe ich bei eBay ersteigert, nur fünfzig Euro.«

»Mein Mann würde mich in so bunten Schuhen nicht mitnehmen«, sagte ich.

Babette winkelte ein Bein an, musterte den mörderischen Bleistiftabsatz und bemerkte trocken: »Meiner besteht auch drauf, dass ich wenigstens ein Kleid zu meinen Schuhen trage.«

Auf dem Ohr war ich fast taub, zweideutige Bemerkungen rauschten oft unbemerkt an mir vorbei.

»Tom und ich stehen nicht so auf Knallfarben«, sagte ich. Dann stutzte ich einen Moment und sah an mir herab.

Woher wusste ich das überhaupt? Hatte Tom je gesagt, dass ich nur Weiß, Beige, Grau und Taupe tragen sollte? Ich konnte mich nicht daran erinnern.

Babette und Ralph waren unsere Nachbarn. Als sie damals einzogen, hat es sich durch unsere Kinder irgendwie ergeben, dass wir uns anfreundeten. Die Kinder waren längst aus dem Haus, aber die Freundschaft ist geblieben. Vielleicht ziehen Gegensätze sich wirklich an. Während ich eher der unauffällige Typ bin, ist an Babette immer alles auf Weibchen programmiert.

An diesem Montag im Brauhaus gab sie sich betont fröhlich, aber ich kannte sie gut genug, um zu wissen, dass sie etwas überspielte. Sie kaute auf ihrer Zunge herum wie auf Kaugummi. Das tat sie nur, wenn sie extrem nervös war. Während ich darüber nachdachte, ob mal wieder eine von Ralphs Attacken der Auslöser für Babettes Stimmung sein konnte, wandte sie sich an meine Schwester. »Deine Leggings, toll, sind die bei dir aus dem Laden?«

Marion strich mit den Händen über ihre kalbsledernen Hosenbeine und nickte.

»Was kosten die? Kannst du mir eine zum Personalpreis besorgen? In achtunddreißig?«

Elfie rollte mit den Augen und rief: »Achtunddreißig! Ist ja albern! Kindergröße! Schaut mich an: Viele, viele pralle Kilo Weiblichkeit in Größe achtundfünfzig – alles erotische Nutzfläche!« Dabei presste sie ihre imposanten Brüste mit den Oberarmen zusammen, legte ihr Kinn auf den Vorbau und lachte kehlig.

Ich mochte es, wenn Elfie sich selbst auf die Schippe nahm, auch wenn ich wusste, dass sie wegen des Gewichtes kreuzunglücklich war. Damals, in den Achtzigern, als wir sie »die Bunte« nannten, weil sie sich so schrill kleidete, hatte sie eine ganz normale Figur gehabt. Dann hörte sie wegen einer Bronchitis auf zu rauchen und nahm in kürzester Zeit fünfzehn Kilo zu. In den Wechseljahren wurden es noch mal zwanzig Kilo mehr. »Umgerechnet sind das hundertvierzig Pakete Butter!«, hatte sie eines Tages ausgerechnet – und wieder angefangen zu rauchen. Aber sie nahm dadurch kein Gramm ab. Und seit sie Diäten machte, wurde es immer schlimmer.

Ich hatte ihr neulich gesagt, wenn sie auf den täglichen Alkohol verzichten könnte, würden die Kilos vielleicht von allein purzeln, aber davon hatte sie nichts wissen wollen. »Liebelein, wenn ich darauf auch noch verzichte, hab ich jar nix mehr vom Leben. Man jönnt sich doch sonst nix.«

Ich sagte nichts mehr dazu.

Wir klopften auf den Tisch, als Zita endlich ankam. Wie immer verbreitete sie sofort gute Laune. Sie begrüßte jeden mit Wangenküsschen, winkte den Köbes heran, bestellte, ließ die Runde Kölsch auf ihren Deckel schreiben und hob ihr Glas. »Trinkspruch?«, rief sie, und wir antworteten im Chor: »Ob Hans, ob Heinz, ob Dieter – alle lieben Zita!« Wir stießen an und tranken.

Wir quatschten über dies und das. Über Klamotten, Haare und Kleidergrößen, über Kollegen, Kantinenessen und Chefs, über unsere Kinder. Bei letzterem Thema hielt Elfie sich zurück. Sie hatte keine eigenen Kinder, aber sie hatte sich im Laufe der Jahre um Ersatz gekümmert: Sie behandelte Walter – er war zwanzig Jahre älter als sie und inzwischen über siebzig – wie ein Kind. Legte ihm raus, was er anziehen sollte, band ihm die Schuhe zu, zupfte an seinem Gürtel herum, stellte den Kragen seiner Polohemden hoch. Manchmal, wenn ich sie dabei beobachtete, erwartete ich, dass sie einen Finger mit Spucke befeuchtete, um ihm damit das Haar zu glätten.

Die nächste Runde ging auf Elfie. Auch sie hatte ihren eigenen Trinkspruch, selbst gewählt, und wir sangen die abgewandelte Zeile aus einem Lied von den Höhnern: »Schöne Mädchen haben dicke Namen, heißen Rosa, Tosca oder: Elfie!« Wohlsein.

Zita stand auf, um eine zu rauchen, ich spürte in diesem Moment eine Hitzewelle und begleitete sie vor die Tür.

»Wie findest du den?«, sagte sie und hielt mir ihr Handy hin.

Ich sah mir das Foto an. »Johnny Depp? Sieht klasse aus.«

Sie lachte. »Quatsch. Das ist Lars-Robin aus Euskirchen.« Sie hielt das Handy ein Stück weit weg und betrachtete das Bild mit zusammengekniffenen Augen. »Soll ich ihn daten?«

Ich sog scharf die Luft ein. »Der ist doch höchstens vierzig!«

»Du glaubst doch nicht im Ernst, dass ich mir so einen alten Knacker antun würde? Nein, Lars-Robin ist Ende zwanzig.«

»Boah. Und du würdest dich vor ihm ausziehen?«, fragte ich ungläubig und dachte an meine schlaffen Brüste, meinen von Dehnungsstreifen gemusterten Bauch und die verbeulten Oberschenkel. Nein, mein Körper taugte nur noch für zu Hause, vor einem Fremden würde ich mich bestimmt nicht mehr ausziehen.

Zita lachte wieder und rief: »Natürlich würde ich mich vor ihm ausziehen, oder meinst du, ich will im Schlafanzug vögeln?«

Ich machte mein Pokerface, wie immer, wenn jemand sexuelle Handlungen beim Namen nannte. »Woher kennst du ihn?«, fragte ich, um das Gespräch wieder in seriöses Fahrwasser zu steuern.

»Noch gar nicht, du Dummerchen, er wurde mir als Sex-Kontakt vorgeschlagen.«

Ich schnappte nach Luft. »Von wem?«

Zita tippte etwas auf dem Bildschirm ihres Handys, wartete einen Moment und zeigte es mir. Es war eine Straßenkarte von Köln, auf der etliche rote Herzchen blinkten.

Ich verstand nur Bahnhof.

»Jedes Herz zeigt den Standort eines Kerls, der sich sofort mit mir treffen würde.«

Ich starrte fassungslos auf die kleine Karte. Jetzt entdeckte ich unten rechts eine Anzeige. *48 Singles in deiner Nähe.* So viele. Die Zahl sprang auf 55.

Kopfschüttelnd gab ich Zita das Handy zurück. »Das würde ich nie tun! Mit einem wildfremden Typen sofort ins Bett …«

»Na ja, was heißt sofort, du reißt dir ja nicht beim ersten Anblick die Klamotten runter, man geht schon vorher was trinken. Aber es ist doch total praktisch, wenn das ganze unnötige Gesülze vorher entfällt. Jeder weiß, was er will, und gut. Wir sind doch erwachsen, und es geht schließlich immer nur um Sex.«

Ich dachte daran, dass ich seit über dreißig Jahren nur Sex mit Tom hatte und dass mir das ganze Theater seit neunundzwanzig Jahren keinen Spaß mehr machte. Okay, nur mit Tom bis auf eine einzige Ausnahme. Aber die zählte nicht. Weil sie mir auch keinen Spaß gemacht hatte. Ich war einmal fremdgegangen, ganz klassisch, auf einer Fortbildung, nach dem geselligen Beisammensein, abends im Hotel. Ich schüttelte mich beim Gedanken daran.

Plötzlich spürte ich eine Hand auf meiner Schulter. »Liebelein, ist dir kalt?« Elfie wartete meine Antwort nicht ab und zündete sich eine Zigarette an. »Worüber redet ihr?«

Zita winkte ab. »Worüber wohl, über Männer natürlich.«

»Hör mir bloß auf.« Elfie blies den Rauch in die Luft und starrte ihm hinterher. »»Mein Jötterjatte jeht mir sowatt von aufn Jeist!«

»Ist was passiert?«, fragte ich.

»Nicht mehr als sonst. Walter hat nichts anderes im Kopf als poppen. Je oller, je doller, sag ich nur. Ich hätte nie jedacht, dass der auch mit über siebzig noch so auf'm Kiwief ist. Und er hat kein Verständnis dafür, dass ich in meinem Alter und mit meiner Fijur keine Lust mehr habe, nackend unterm Pelzmantel mit ihm im Cabrio durch die City zu düsen. Ich hab doch weiß Jott andere Sorjen!«

Ich dachte schnell an Katzenbabys, um das Bild der nackten Elfie gar nicht erst vor meinem geistigen Auge aufsteigen zu lassen.

»Ein echter Pelz müsste es nun nicht sein, aber gegen eine Spritztour im Cabrio habe ich nichts …«, sagte Zita.

Elfie prustete los. »Spritztour ist ja niedlich!«

Diesmal verstand auch ich den Witz sofort und stimmte in das Lachen der anderen ein. Damit waren wir schon wieder beim Thema Nummer eins. Das war doch nicht zum Aushalten.

Marion und Babette unterhielten sich, als wir wieder ins Lokal kamen. Babette sagte gerade: »… manchmal könnte ich ihn umbringen!«

»Wen?«, fragte Zita.

»Na, Ralph. Ihr wisst, dass er ein Sadist ist, ein widerliches Ekel.«

»Dann verlass ihn. Niemand zwingt dich, mit einem widerlichen Ekel unter einem Dach zu leben«, sagte Zita.

Babette stützte die Ellenbogen auf den Tisch, faltete die manikürten Hände und legte ihr Kinn darauf. In diesem Moment sah sie so zerbrechlich aus! Ich wusste, was für ein Drecksack ihr Mann war.

Elfie sah Zita spöttisch an. »Du hast gut reden, du hast ja keinen Mann, der dich in allem ausbremst und sich ganz anders entwickelt als du.«

»Richtig«, konterte Zita, »und deswegen bleiben mir auch viele Entwicklungen und Erfahrungen erspart: Rosenkriege, Scheidungen und Unterhaltszahlungen zum Beispiel.«

»Aber eine Ehe ist doch nicht nur negativ, man bekommt auch was zurück«, sagte ich lahm, aber mein Einwand ging im Gespräch der anderen unter.

Ich dachte an Tom und fragte mich, was ich vermissen würde, wenn er weg wäre. Das verwüstete Badezimmer, nachdem er geduscht hatte? Die Bremsspuren im Klosett?

Seine Schmutzwäsche, die er *neben* den Wäschekorb warf statt hinein? Gläser, die er auf die Spülmaschine stellte und nicht gleich einräumte? Schranktüren, die er offen ließ? Sein Schnarchen? Seine Bierfahne? Die Nasenhaare? Mir fiel nichts Positives ein. Lautlos sagte ich zu mir selbst: »Mein Gott, Steffi, worüber denkst du nach? Das sind Bagatellen, unwichtiger Alltagskram, und so was beschäftigt dich? Was ist bloß aus dir geworden?«

Und da war er, der nächste Gedanke, der etwas in meinem Inneren auslöste. Ja, was war aus mir geworden? Eine frustrierte Frau um die fünfzig mit immer weiter abwärts sinkenden Mundwinkeln. War es zu spät, um die Richtung zu ändern? Nicht die der Mundwinkel, sondern die, in der mein Leben verlief, geradeaus, in einer Spur, ohne Kurven und Hügel. Wenn Tom weg wäre, dann …

Die nächste Runde ging auf mich.

»Und nun trinken wir auf Steffi!«, rief Elfie, als die Mädels die Gläser erhoben und mir zuprosteten. »Lobet die Herren!«

Das war mein Trinkspruch. Schlicht und ergreifend. Wie ich.

Auch meine Schwester hatte einen, den wir vor der nächsten Runde deklamierten: »Wir trinken nicht im Stadion, sondern mit der Marion!«

»Man sollte sich auch einen Luc anschaffen«, murmelte Marion mit einem Seitenblick auf Babette.

Die anderen kicherten.

Ich verstand mal wieder nichts. »Einen *was*?«

»Einen Lover under Cover, L U C – kurz Luc«, erklärte Marion.

»Um Himmels willen, wer will denn so was? Ich bin froh, wenn ich meine Ruhe habe!«, entfuhr es mir.

Elfie verstand mich, wir ticken in der Hinsicht total gleich. Sie sagte: »Wisst ihr, was Walter neulich meinte? Er hätte lieber schwul werden sollen. Schwule hätten immer Lust auf Sex, da gäb's keine Kopfschmerzen, Figurprobleme und andere Ausreden.«

Ich gab ihr recht. War doch klar, Männer eben, die wollen immer. Bei Tom war es insgesamt weniger geworden, aber aufhören würde es wohl nie. Allerdings benutzte ich ihm gegenüber keine Ausreden, ich ließ ihn sonntags machen. Dauerte ja nicht lange.

Wir hatten mal eine ernste Krise, nachdem ich herausgefunden habe, dass er fremdgegangen war. Zehn Jahre ist das jetzt her. Einer seiner Arbeitskollegen hat seinen Junggesellenabschied gefeiert, die Männer sind in der Altstadt um die Häuser gezogen und am Ende im *Pascha* gelandet. Zuerst habe ich das fremde Parfüm gerochen, als Tom nach Hause gekommen ist, dann habe ich es ihm angesehen. Er hat den Fehltritt sofort gestanden.

Ich war total fertig, konnte fast eine Woche lang kein einziges Wort mit ihm reden. Irgendwann haben wir uns zusammengesetzt, und Tom hat mir alles erklärt. Es wäre doch viel schlimmer gewesen, wenn er eine Affäre oder ein Verhältnis gehabt hätte. Dieser Ausrutscher war nur passiert, weil er es ohne Liebemachen mit mir nicht mehr ausgehalten hat. Und dass es nach einer Kneipentour im *Pascha* passiert war, war aus seiner Sicht eher ein später Jungenstreich als ein Verrat gewesen. Die Frau habe ihren Job gemacht, sie kannte Tom nicht, würde sich wahrscheinlich nie mehr an ihn erinnern, da waren keine Gefühle im Spiel gewesen.

Darüber habe ich damals lange nachgedacht. Wenn er mit einer Kollegin fremdgegangen wäre oder mit einer Nachbarin, dann wäre es wirklich Verrat gewesen, auch weil diejenige mich wahrscheinlich gekannt hätte. Und ich hätte mir eine Million Fragen gestellt: Wo hat er sie kennengelernt? Wo haben sie es getan? Bei ihr? Im Hotel? Draußen? Im Auto? In *unserem* Auto? Wer hat die Initiative ergriffen, hat er angefangen oder sie? War er Opfer oder Täter? War sie dicker als ich? Hatte sie weniger Falten? War er in sie verliebt? Aber Gott sei Dank war es »nur« ein Bordellbesuch gewesen. Dass er mit den Kollegen dorthin gegangen sei, habe bestimmt an den Hormonen gelegen, sagte Tom, und als er die ins Feld geführt hatte, begriff ich, was er meinte.

Meine Hormone haben mich mein ganzes Leben lang geärgert: Früher vor, während und nach meiner roten Welle und jetzt, in den Wechseljahren … reden wir nicht drüber. So oft wie in den letzten Jahren hatte ich jedenfalls noch nie meinen Moralischen. Früher war ich nicht so nah am Wasser gebaut, aber ich war schon damals ziemlich launisch. Und unfassbare Putzanfälle hatte ich, einmal im Monat, ganz regelmäßig. Daran waren auch die Hormone schuld. Diese Biester haben eine solche Macht! Bei Tom damals eben auch. Seitdem haben wir uns auf den Sonntag geeinigt, damit es ihm besser geht und so etwas nicht wieder vorkommt.

Ich konzentrierte mich wieder auf unsere Brauhausrunde. Babette gab jetzt einen aus.

»Nette Facette, brünette Babette: Prost!«, riefen wir.

Sie war gar nicht brünett, sondern schwarzhaarig, aber auf »Babette« reimten sich sonst nur Worte wie »Pinzette« oder »Toilette«, deswegen blieben wir, auch wegen des korrekten Versmaßes, bei diesem Trinkspruch.

Eigentlich war sie diejenige in unserer Clique, die es am schlimmsten getroffen hatte.

Sie war mit siebzehn von Ralph schwanger geworden, er, erst neunzehn, hatte mitten in den Abiturprüfungen gesteckt. Sie hatten geheiratet. Ich schüttelte den Kopf, als ich daran dachte. Warum hatten sie das bloß getan? Halbe Kinder waren sie gewesen. Babette hatte die Schule abgebrochen und Ralph nach dem Abi als Arbeiter in einer Fabrik angefangen, die Handyschalen herstellte. Er hatte schließlich Frau und Sohn ernähren müssen. Ein Jahr später war sie wieder schwanger geworden und hatte eine Tochter bekommen. Sie war zu Hause bei den Kindern geblieben, hatte keine Ausbildung, keinen Schulabschluss, kein eigenes Geld.

Ralph ging später in den Außendienst, als Vertreter für orthopädische Geräte. Er war tagelang unterwegs. Babette nahm ab und zu einen Aushilfsjob an, aber das hielt nie lange, weil sie niemanden für die Kinder hatte. Sobald eins krank war, und beide kränkelten oft, konnte sie nicht arbeiten. Erst als Daniel und Damaris zur Schule gingen, wurde es besser. Babette wurde Verkäuferin in einer Bäckerei, halbtags. In dieser Zeit kauften sie das Reihenhaus nebenan. Die Besitzer waren gestorben, die einzige Tochter lebte weit weg, Ralph und Babette hatten es günstig bekommen und selbst renoviert. Das heißt, eigentlich hat Babette alles allein gemacht: Sie hat ein Händchen für schöne Dinge und einen exzellenten Geschmack. Inzwischen war das Haus ein echtes Schmuckstück, eine Puppenstube.

Aber Ralph behandelte Babette immer noch wie den letzten Dreck. Seiner Meinung nach hatte sie ihm die Kinder »angedreht«, um nicht arbeiten zu müssen und versorgt zu sein.

»Frauen sind Nutten!«, sagte er oft, wenn er zu viel getrunken hatte, und er meinte damit *alle* Frauen. Zuerst habe ich ihm natürlich vehement widersprochen, denn meiner Meinung nach ist eine Nutte eine Frau, die Sexualität nutzt, um materielle Ziele zu erreichen.

Aber Ralph ließ sich seine Einstellung nicht nehmen. »Manche Weiber stellen sich für 'nen Zehner an die Straße, andere nehmen dreihundert. Aber die meisten tun alles für ein Haus mit Garten und ein kleines Auto. Frauen sind Nutten.« Babette ergänzte: »Und Männer sind Tiere!«

Ihr Mann verzog abfällig das Gesicht und nahm einen langen Schluck Kölsch.

Dass sie sich so was gefallen ließ, habe ich nie verstanden.

Jetzt war Babette Mitte vierzig, Daniel und Damaris lebten in Berlin. Das ist der Vorteil, wenn man so früh Kinder bekommt: Man ist noch jung, wenn sie erwachsen sind.

Eigentlich hatte ich damit gerechnet, dass Babette und Ralph sich scheiden lassen würden, als die Kinder aus dem Gröbsten raus waren. Taten sie aber nicht.

Babette verwandelte sich in einen Vamp und trug plötzlich nur noch Designerklamotten. Sie war oft weg, verreiste ohne Ralph, besaß auf einmal Schmuck. Regelmäßig trainierte sie im Fitnessstudio, und jeden zweiten Tag joggte sie. Denn was kaum jemand wusste: Babette und Ralph hatten einen Deal. Sie datete Männer, die sie im Internet kennenlernte, und ließ sich von denen beschenken, ausführen und zu tollen Reisen einladen. Am Anfang habe ich gedacht, sie würde Eskort-Service oder so etwas machen, aber so war es nicht. Sie hatte immer längere Liebschaften, meistens war sie »das Verhältnis« eines verheirateten Mannes.

Und Ralph wusste das von Anfang an. Als sie ihm von dem ersten Seitensprung brühwarm berichtete, reagierte er ganz anders, als sie sich das vorgestellt hatte. Sie hatte auf Scheidung und Unterhalt spekuliert, aber das war wohl nix.

Warum sie sich nicht von Ralph trennte? Weil er es irgendwie gedeichselt hatte, dass Haus, Auto und Sparkonten ihm allein gehörten. Er war inzwischen als Vertreter für Praxiseinrichtungen gut situiert, hatte Geld abgezweigt und gut angelegt.

Und Babette besaß nichts. Sie war mit neunzehn zweifache Mutter gewesen, hatte sich jahrelang um Kinder, Haushalt, Garten und den ehelichen Beischlaf gekümmert, geputzt, gekocht, dekoriert, abgenommen, Halbtagsjobs angenommen und dafür gesorgt, dass es Mann und Kindern an nichts fehlte – und ließ sich dafür noch aufs Übelste beschimpfen. *Nichts gelernt und nichts dazugelernt*, hatte ich insgeheim gedacht. Aber die Wahrheit war nicht so einfach. Sie hatte sich von ihm trennen wollen, aber er hatte ihr vorgerechnet: »Wenn du gehen willst, bitte. Aber dann ziehst du sofort aus, denn das Haus gehört mir. Ich habe es bezahlt, ebenso wie die Möbel und das Auto. Deine Plünnen kannst du mitnehmen, um den Rest können wir uns gerne streiten. Hast du Geld für einen Anwalt? Nein? Streng dich halt ein bisschen an, vielleicht bezahlt dir dein Lover einen. Oder es bleibt alles, wie es ist, nur, dass du in den Keller ziehst. Mach da unten, was du willst. Du kümmerst dich um den Haushalt und den Garten wie immer, dafür kannst du umsonst wohnen und essen. Am Wochenende verschwindest du hier, falls ich Besuch bekomme.«

Ich fand es schier unglaublich, aber Babette ging auf sein Angebot ein. Sie putzte ihm weiterhin das Haus, kaufte ein und kochte, frühstückte sogar mit ihm, wenn er es wünschte. Und dafür durfte sie sich die Einliegerwohnung einrichten und darin mietfrei wohnen.

»Warum tut er das?«, hatte ich sie gefragt.

Sie hatte mich mit ihrem Lady-Diana-Blick angeschaut und gesagt: »Damit er sein bequemes Leben weiterleben kann. Er will nicht, dass sich für ihn etwas ändert. Dass ich ihn nicht liebe, dass ich andere Männer habe, ist ihm egal, Hauptsache, das Leben ist so wie immer.«

Nun denn. Einen Mann ohne Lust auf Veränderung hatte ich zu Hause auch. Und der hatte mich mit dieser Einstellung längst angesteckt.

4

Ich weiß nicht mehr, wie wir an diesem Abend im Brauhaus darauf kamen, aber wir erzählten uns irgendwann von den intimsten Schwächen unserer Männer.

Elfie verdrehte die Augen und klagte, wie sehr sich Walters Genitalien im Alter verändert hatten.

Als Zita sie anschubste und raunte: »Erzähl mir alles, Schatzi, bitte sei ganz offen!«, antwortete Elfie grinsend: »Isch sach nur: Die Jlocken sind nu länger als et Seil …«

Zita machte irgendeine Bemerkung mit »müden Rüden«, über die ich laut lachen musste; ob meine Schwester etwas zum Thema beisteuerte, weiß ich nicht mehr, und ich hielt mich mit solchen Intimitäten wie immer zurück.

Babette nahm die Sonnenbrille aus dem Haar, steckte einen der Bügel in ihren Mundwinkel und kaute gedankenverloren darauf herum. »Also …«, begann sie, sprach aber dann nicht weiter.

»Nun sag schon!«, rief Elfie.

Babette nahm die Sonnenbrille aus dem Mund und schob sie wie einen Haarreifen über ihre Stirn nach oben. »Ich weiß nicht wieso, aber musste gerade daran denken, dass Ralph seit Jahren Fieberthermometer sammelt, aber nur diese alten, die mit Quecksilber.«

Ich wusste von dieser Sammlung; Ralph brachte immer wieder seltene Exemplare von seinen Dienstreisen zu den Arztpraxen mit.

Leise sagte Babette: »Am liebsten würde ich die Thermometer alle kaputt schlagen, das Quecksilber sammeln und ihn damit vergiften.«

»Viel zu gefährlich!«, rief Elfie. »Die Dämpfe würden zuerst dich töten. Umbringen, das geht auch einfacher.«

»Ach, und wie?«, fragte Babette.

Und in diesem Moment fiel mir die Sendung mit dem Professor wieder ein. Und dass er gesagt hatte, nur jeder dritte Mord würde überhaupt bemerkt. Ich bestellte eine Runde Kölsch.

»Lobet die Herren!«

Dann erzählte ich den anderen von der Sendung. Von dem Professor, der ein Buch geschrieben hatte. Der eine Statistik des Bundeskriminalamtes zitiert hatte, die besagte, dass mindestens jeder zweite Mord unaufgeklärt blieb. Und der sich sicher war, dass nicht nur jedes zweite Tötungsdelikt nicht aufgeklärt, sondern nur jede dritte Tötung überhaupt *bemerkt* wurde.

Alle hörten mir gebannt zu. Elfie nickte die ganze Zeit wie ein Wackeldackel auf einer Hutablage. Ihr hübsches Gesicht wirkte total konzentriert. Babette starrte mich mit ihren himmelblauen Augen an und kaute auf einer Haarsträhne. Zita schaute mit großen Augen von einer zur anderen. Nur Marion hatte ihr Handy in der Hand und tippte darauf herum.

Als ich meinen Bericht beendet hatte, war es erst einmal still.

Dann reagierte Babette zuerst. Sie murmelte: »Das wäre natürlich perfekt.«

Elfie nickte immer noch. »Ja, perfekt«, flüsterte sie.

Ich fühlte mich plötzlich so verstanden, so stark.

Wenn Tom weg wäre, hätte ich nicht nur meine Freiheit, sondern auch alles, was wir besaßen. Ich würde nicht mehr arbeiten müssen, ich könnte das Haus verkaufen, die Lebensversicherungen waren hoch genug, das Geld würde für den Rest meines Lebens reichen. Ich könnte meiner beschissenen Chefin die Kündigung auf den Tisch knallen, den Kollegen den Stinkefinger zeigen und einfach gehen.

»Wenn Walter weg wäre«, sagte Elfie, »dann hätt ich nicht nur meine Ruhe, sondern ich hätt auch Jeld, um mir mein Haus auf Jomera zu kaufen und mich um herrenlose Hunde zu kümmern. Ich hätte Zeit, um abzunehmen, würd nichts mehr trinken, ich würd mein Jewicht in den Jriff kriejen …« Sie schaute versonnen ins Leere.

Wenn – dann. Sie sagte es auch. Ich legte zärtlich meine Hand auf ihren Arm. Meine Schwester im Geiste.

Babette räusperte sich. »Und ich würde sofort das Haus verkaufen, mir eine schicke Eigentumswohnung zulegen, mir neue Brüste kaufen und mir die Zähne machen lassen und vielleicht ein klitzekleines Lifting …«

Zita bestellte per Handzeichen eine neue Runde, die der Köbes postwendend an den Tisch brachte.

»Ob Hans, ob Heinz, ob Dieter – alle lieben Zita!«

»Ich verstehe euch nicht«, sagte Zita. »Wenn euch eure Typen auf den Geist gehen, verlasst sie. Ihr seid erwachsen. Nehmt eure Klamotten und geht. Was lasst ihr denn zurück? Ein Leben, das ihr nicht wollt, einen Typen, den ihr nicht liebt, und Dinge, die man ersetzen kann. Geschirr, Möbel, Tinnef und Stehrümchen. Sachen, die nur rumstehen und abgestaubt werden müssen. Und dafür verkauft ihr euch? Was soll die Spinnerei, die jetzt in euren Köpfen vorgeht? Ich weiß doch genau, worüber ihr nachdenkt. Ihr würdet es in Kauf nehmen, für den Rest eures Lebens im Knast zu sitzen, weil ihr ein Problem auf eine, sagen wir mal, ungesunde Weise gelöst habt. Packt eure Koffer, bewegt eure Hintern, sucht euch einen Job und baut euch selber was auf. Die Spekuliererei auf Lebensversicherungen und Vermögen ist armselig. Ihr seid schon so lange mit euren Männern zusammen, die meiste Zeit davon hattet ihr etwas an ihnen auszusetzen. Ihr könnt selbst was aus eurem Leben machen, es ist doch nicht so, dass ihr ohne Kerl keine Zukunft habt und euch für ein bisschen materielle Sicherheit an einen Mann klammern müsst! Ja, Herrschaftszeiten, wenn einem im Leben etwas nicht gefällt, muss man es ändern!« Sie griff nach ihren Zigaretten, stand auf und ging raus.

Aber ihre Worte erreichten uns nicht. Jedenfalls Elfie, Babette und mich nicht. Marion schaute wieder dauernd auf ihr Handy und war nicht bei der Sache. Ich weiß nicht, ob sie überhaupt zugehört und mitgekriegt hatte, wohin unsere Gedanken gewandert waren.

»Schöne Mädchen haben dicke Namen, heißen Rosa, Tosca oder: Elfie!« Auf die Männer.

Wir hatten schon ordentlich einen im Tee, so viel steht fest. Darüber, dass wir alle kein Blut sehen konnten, waren wir uns einig. Erschlagen oder Erstechen kam schon mal nicht infrage.

»Man kann ja auch gar nicht sicher sein, ob man genug Kraft hätte, um einen gesunden Mann zu erschlagen, oder ob der nicht den Spieß umdrehen und die Waffe gegen einen selbst richten würde …«, überlegte Babette.

»Apropos Spieß!«, sagte Elfie und begann zu kichern. »Aufspießen? Ist das 'ne Idee?«

»O ja«, rief Babette, »und das beste Stück in Scheiben schneiden, auf einen Gyrosspieß stecken und am Straßenrand portionsweise verkaufen!«

Wir schüttelten uns vor Lachen.

Wir suchten nach sicheren Methoden. Walter reagierte zum Beispiel allergisch auf Bienenstiche. Konnte man ihm eine Handvoll Bienen unter die Bettdecke schmuggeln? Wenn er ein paarmal innerhalb weniger Minuten gestochen werden würde, erlitt er vielleicht einen allergischen Schock.

Elfie schüttelte den Kopf. »Der hört ein Insekt sojar, wenn er mit drei Promille im Tiefschlaf liejt. Und dann springt er auf und stürmt aus dem Zimmer. Außerdem: Wo jibt es Bienen zu kaufen? Wie soll ich die ins Bett schaffen, ohne selber jestochen zu werden? Nee, Bienen scheiden aus.«

Ebenso wie ein Zugunglück, ein inszenierter Autounfall, Erwürgen, Erhängen oder Erschießen. Woher sollte man überhaupt eine Pistole bekommen?

»Und was ist mit dem Föhn in der Badewanne?«, fragte ich. Elfie zuckte mit den Schultern. »Jeht bei Walter nicht, der badet nicht, der duscht.«

Ich stimmte ihr zu, auch Tom ging nur in die Wanne, wenn eine Erkältung im Anmarsch war.

»Ralph und ich haben getrennte Bäder«, sagte Babette.

»Bleibt also nur Vergiften, die klassische weibliche Mor …« Ich erschrak, zögerte, wollte das schreckliche Wort nicht aussprechen, verbesserte mich: »… Weibliche Methode.«

Zita kam zurück. »So, Kinder, es ist spät, ich muss morgen früh raus, ich zahle mal.« Sie winkte den Köbes heran, bezahlte und gab wie immer zu viel Trinkgeld. Sie umarmte jede zum Abschied, blieb dann aber noch einen Moment am Tisch stehen und sah nachdenklich in die Runde. »Natürlich tut es mal richtig gut, rumzuspinnen und Was-wäre-wenn-Szenarien zu entwerfen. Aber …«, sie blickte von einer zur anderen, »Mädels, macht euch nicht unglücklich!«

Jetzt meldete sich Marion zu Wort, sie schaltete dabei sogar ihr Smartphone aus. »Zita, unglücklich sind wir bereits. Vielleicht wollen wir einmal, nur ein einziges Mal, glücklich sein? Ist das zu viel verlangt?«

Zita schnaubte. »Glücklich sein? Als sei es das höchste Ziel im Leben, glücklich zu sein. So ein Unsinn.«

»Aber ist das nicht der Sinn des Ganzen? Das Glück zu suchen?«, fragte Babette.

So nachdenklich hatte ich Zita selten gesehen. Sie ließ sich mit der Antwort Zeit. »Ich denke, es ist sinnvoll, möglichst viele Erinnerungen zu sammeln, Momente, Augenblicke. Wenn man einen großen Fundus an Erinnerungen hat, sind vielleicht einige schöne darunter, die uns die schlechten ertragen lassen.«

Die Stimmung, in der ich mich befand, ließ nicht zu, dass ich die Weisheit in Zitas Überlegungen begriff. In diesem Moment fand ich meine Freundin viel zu pathetisch und weigerte mich, den letzten Satz wirklich zu verstehen.

Babette und ich fuhren gemeinsam mit dem Taxi, wir hatten ja denselben Heimweg. Als ich gegen Mitternacht nach Hause kam, war Tom noch nicht da. Das war nicht ungewöhnlich, im Kanuverein wurde es oft spät und feuchtfröhlich.

Ich zog mich aus, schlüpfte in meinen Schlafanzug und setzte ich mich an den Computer. Ich rief Google auf und gab »Tödliches Gift« ein.

Die Auswahl giftiger Pflanzen war überwältigend. Ginster und Goldregen hatten wir sogar im Garten. Der Goldregen war jedoch um diese Jahreszeit schon verblüht, für meinen Plan hätte ich die Samen gebraucht. Über Ginster erfuhr ich, dass man einer Ziege über hundert Milligramm seines Giftes pro Kilogramm Körpergewicht verabreichen müsste, um sie zu töten. Tom wog neunzig Kilo – woher sollte ich so viel Ginstergift nehmen? Und wie sollte ich ihm diese Menge unterjubeln? Auf Toast? Im Gemüse? Also kein Ginster.

Ich recherchierte akribisch weiter, so, als hätte ich diesen ungeheuerliche Plan wirklich gefasst.

Eisenhut wäre auch prima gewesen. Ich hätte einen Blumenstrauß daraus binden und ihn neben die Salatschüssel stellen können, sodass die Blätter zufällig in sein Essen fielen. Eisenhut sei die giftigste Pflanze Europas, sogar noch giftiger als Strychnin, las ich. Und dass bereits der intensive Kontakt mit der Haut genüge, damit das Gift wirken könne. Ich überlegte, wie ich die Blätter zerreiben könnte, ohne mich selbst umzubringen. Mit Handschuhen, natürlich. Innerhalb weniger Minuten komme es zu Schweißausbrüchen, Lähmungen, Krämpfen und Herzrhythmusstörungen, bis der Tod durch Atemlähmung eintrete, stand da. Aber woher sollte ich diese Pflanze bekommen? Konnte man einen Strauß Eisenhut bei Fleurop bestellen?

Ich spürte, dass ich zu müde war, um effektiv recherchieren zu können, sonst hätte ich sofort darüber nachgedacht, dass so eine Vergiftung natürlich ohne Spuren vonstattengehen musste. Schließlich wollte ich nicht ins Kittchen wandern, sondern als freie Frau ein neues Leben leben.

Auf der Kommode im Flur piepte mein Handy. Ich sah auf die Uhr. Halb eins. Das war bestimmt Tom, der irgendwo versackt war und mir Bescheid geben wollte.

Nein, es war eine Nachricht von Elfie. *Wir müssen Rizinussamen nehmen, das Tütchen nur 3,59 €, klick den Link an! Kuss, Elfie.*

Ich lächelte liebevoll das Display an. *Schwester im Geiste!*, dachte ich wieder. Sie saß zu Hause am Rechner und tat das Gleiche wie ich.

Es war kurz nach eins, als ich mich für Rizinussamen entschieden hatte. Zwei Tütchen würden reichen. Ich wollte Tom die Dinger ins Müsli mahlen und am nächsten Tag zu meiner Tante nach Bonn fahren. Tante Grete war das perfekte Alibi. Er würde abtreten, während ich nicht hier war. Ich merkte mir die Webadresse des Versandhändlers und löschte geistesgegenwärtig den gesamten Online-Verlauf. Die Samen würde ich morgen vom Büro aus bestellen. Vielleicht kam ich in der Mittagspause sogar an den Rechner meiner Chefin, manchmal ließ sie ihn laufen, wenn sie zum Essen ging. Ich kicherte bei dem Gedanken an die Genialität meines Vorhabens.

Um Viertel nach eins schaltete ich den Computer aus. Tom war immer noch nicht da. Aus lauter Gewohnheit machte ich mir Sorgen und schickte ihm ein WhatsApp.

Alles ok bei dir?

Ich wartete, bis die beiden Häkchen neben der verschickten Nachricht anzeigten, dass er sie erhalten hatte. Als nach zehn Minuten noch keine Antwort da war, überlegte ich kurz, ihn anzurufen. Aber dann stellte ich das Handy auf die Ladestation im Flur, ging ins Bett und schlief sofort ein. Ich war immerhin seit Viertel nach sechs in der Früh auf den Beinen gewesen und hatte viel erlebt. Daran war ich nicht gewöhnt.

Um zwanzig nach zwei wurde ich wach. Toms Bett: leer. Unberührt.

Das heiße Gefühl der Eifersucht stieg in mir auf. Ich lief in den Flur und schaute auf mein Handy. Meine Nachricht war zwar bei ihm angekommen, aber er hatte sie nicht gelesen. Ich spürte einen scharfen Stich im Magen. Er war wohl zu beschäftigt. Die Nummer würde ich ihm jetzt aber so richtig schön vermiesen!

Ich wollte ihn gerade anrufen, als ich plötzlich hinter mir ein leises Grunzen hörte und vor Schreck den Atem anhielt.

Langsam drehte ich mich um. Durch die geöffnete Tür konnte ich ins Wohnzimmer spähen. Ich hatte vergessen, die Jalousien herunterzulassen, das Licht der Straßenlaterne schien durch das Fenster aufs Sofa.

Ich schlich auf Zehenspitzen ins Zimmer. Tom lag breitbeinig auf dem Rücken, beide Hände hinter dem Kopf, schlief tief und fest und schnarchte dabei leise. Er trug ein langärmeliges T-Shirt, Boxershorts und Socken. Jeans und Schuhe lagen vor dem Sofa.

Dass ich mich zu ihm herunterbeugte und schnüffelte, ob er nach fremdem Parfüm roch, bemerkte er nicht. Kein Parfüm. Nicht mal eine Fahne hatte er. Warum zum Teufel pennte er auf dem Sofa? Er hatte noch nie auf dem Sofa geschlafen.

Ich drehte mich wütend um und marschierte zurück ins Bett. Wo war er gewesen? Dass er ohne Bierfahne aus dem Kanuclub gekommen war, war unwahrscheinlich. Die tranken immer was. Ich würde morgen unter einem Vorwand dort anrufen und fragen, ob er dort gewesen war. Und wenn nicht? Wo hatte er sich rumgetrieben? Nüchtern. Wenn man was getrunken hat und darüber die Zeit vergisst, kann ich das verstehen, aber nüchtern?

Ich sprang auf und sah aus dem Fenster. Das Tor war offen, der Ford stand in der Garage. Tom fuhr keinen Meter, wenn er was getrunken hatte, er ließ den Wagen auch nach einem einzigen Kölsch schon stehen.

Das Blut rauschte in meinen Ohren. Klarer Fall. Er hatte was am Laufen. Wo sollte er denn sonst die halbe Nacht gewesen sein? Und er war auf der Hut. Kam erst gar nicht in unser Bett, hatte der Tussi mit Sicherheit vorher gesagt, sie solle kein Parfüm und kein Deo benutzen. Und um ganz sicherzugehen, dass ich nichts rieche, schlief er jetzt auf dem Sofa.

So ein Mistkerl.

Ich warf mich auf die Seite und zog mir die Decke über den Kopf.

Meine Entscheidung, ihn zu vergiften, war keine spontane Spinnerei, sondern genau richtig.

5

Am nächsten Morgen konnte ich natürlich nicht so tun, als hätte ich nicht gemerkt, dass er auf der Couch übernachtet hatte.

Ich war wie immer vor ihm aufgestanden, hatte Kaffee gekocht, ihm sein Müsli gemischt – und mir dabei die gemahlenen Rizinussamen zwischen Haferflocken, Nüssen und Rosinen vorgestellt. Ich guckte zweimal hin, als er die Küche betrat und schon fix und fertig angezogen war. Normalerweise kam er immer in Shirt und Unterhose aus dem Bad, setzte sich an den Tisch, löffelte aus der blauen Steingutschale eine Portion Müsli mit Milch, schälte danach eine Banane und aß sie immer auf dieselbe vulgäre Weise, trank einen Becher Kaffee mit Milch, schluckte zwei Multivitaminkapseln mit dem letzten Schluck Kaffee herunter und ging danach zum Zähneputzen. Erst danach zog er sich fertig an.

Und nun kam er im langärmeligen Hemd und Jeans aus dem Bad, sogar Socken und Schuhe hatte er schon an. Komisch. Sehr komisch.

»Im Radio haben sie eben gesagt, dass wir fünfundzwanzig Grad kriegen. Ist dein Outfit nicht ein bisschen zu winterlich?«, fragte ich spitz.

Er schaute mich nicht an, zuckte nur mit den Schultern.

Aha. Ich glaubte zu verstehen. Er trug Spuren einer wilden Nacht am Körper, die er vor mir verbergen musste.

Eigentlich wollte ich mir nicht die Blöße geben, ihn zu fragen, warum er nicht ins Bett gekommen war, ich wollte so tun, als hätte ich es nicht bemerkt oder als sei es mir piepegal, aber ich konnte mich nicht beherrschen und es platzte aus mir heraus: »Warum schläfst du jetzt auf dem Sofa?«

»Jetzt? Ich habe *gestern* da geschlafen.«

»Heißt das, heute Nacht willst du wieder in mein Bett?«

Er hatte soeben einen Löffel voll Müsli in den Mund gesteckt, kaute ewig, schluckte langsam, rührte mit dem Löffel in der blauweißen Schale herum. Ich bemerkte, dass er immer noch unrasiert war. Dann sagte er: »In *mein* Bett, Steffi, in meins.«

Ich spürte, dass ich rot wurde. Das machte mich noch wütender. »Und warum bist du heute Nacht nicht in *dein* Bett gekommen?«

»Reiner Selbstschutz. Du hast so laut geschnarcht, ich hätte neben dir wieder kein Auge zugetan.«

Das war die Höhe. Er ging fremd und gab mir die Schuld, dass er auf dem Sofa schlief. Dass ich ab und zu schnarchte, hatte ihn doch früher nicht gestört!

Meine Stimme klang jetzt ein bisschen schrill. »Wo warst du? Ich habe dir eine SMS geschickt, aber du hast es ja nicht nötig, mir zu antworten – oder hattest du da gerade was Besseres zu tun?«

Tom stand auf, stellte die Müslischale und die halb volle Kaffeetasse *auf* die Spülmaschine und ging einfach wortlos hinaus.

»Die Spülmaschine ist leer, du kannst dein Zeug gerne *rein*stellen!«, kreischte ich hinter ihm her. Keine Antwort.

Die Banane lag noch da, ich griff sie und fuchtelte damit herum. »Tom! Du hast deine Banane nicht gegessen! Und deine Multivitaminkapseln liegen auch noch hier!« Verdammt noch mal, warum klang ich nur so hysterisch?

Ich hörte die Tür ins Schloss fallen. Dann fuhr das Auto aus der Einfahrt. Das war doch wirklich die Höhe!

Wenn ich zuvor noch mit Befremden und schlechtem Gewissen an die irrwitzigen Ideen der letzten Nacht gedacht hatte, so waren spätestens in dem Moment, als ich den Rücklichtern des Wagens hinterherschaute, alle Zweifel wie weggewischt. Nein, es war keine Schnapsidee gewesen, Tom auf sichere Art loszuwerden, es war sogar eine reelle Möglichkeit, mir die Demütigung zu ersparen, dass er eine andere hatte. Dass er mich vielleicht ihretwegen verlassen würde, weil sie weiß der Teufel was im Bett mit ihm machte. Schon klar, dass sie dabei nicht lesen würde. Wenn es eine andere gab – und sein Verhalten ließ doch wirklich keinen anderen Schluss zu –, müsste ich eines Tages vielleicht ausziehen und würde alles verlieren. Das Haus, das Auto, die Küche, den Garten und die ganzen schönen Dinge, die sich im Laufe der Jahrzehnte angesammelt hatten.

Außerdem: Langeweile im Alltag, die in einem Betrug mündete, hin oder her, es ging ja nicht nur darum.

Es ging auch darum, dass ich einfach nicht so weitermachen wollte. Mir wurde ganz übel, wenn ich mir vorstellte, dass meine Tage bis an mein Lebensende von denselben Ritualen und Gewohnheiten vorbestimmt sein sollten, und es spielte gar keine Rolle, dass ich diese schleichende Entwicklung fleißig mitgestaltet hatte. Ja, natürlich trug ich Schuld an der Art, wie wir lebten, vielleicht sogar daran, dass mein Mann mich nun mit einer anderen Frau hinterging – aber genau deswegen würde ich jetzt auch etwas daran ändern. Und am Ende würde ich nicht die Dumme sein, die Betrogene, die Verlassene, sondern die Siegerin.

Leider gelang es mir am Dienstag nicht, die Rizinussamen am Computer meiner Chefin zu ordern. Ich rief aber vom Büro aus die Webseite des Samenhändlers auf und bestellte. Als Lieferadresse gab ich unsere Anschrift zu Hause an. Ich bezahlte mit PayPal – und erschrak fürchterlich, als mir klar wurde, dass ich damit eine direkte Spur zu mir gelegt hatte. So ein Mist.

Aber dann dachte ich, dass es kein Verbrechen war, sich im Internet Pflanzensamen zu kaufen. Wir hatten schließlich einen Garten. Damit es nicht so auffiel, besuchte ich die Webseite erneut und bestellte Saatgut für Fingerhut, Glockenblume und Kapuzinerkresse und fasste alles in einer Lieferung zusammen. Donnerstag sollte das Zeug ankommen. Ich grinste vor mich hin, als ich dachte: *Mein lieber Tom, von Samen bist du gekommen, durch Samen wirst du wieder gehen.*

Welch weiser Satz. Ich war stolz auf mich.

Nach Feierabend fuhr ich ins Altenheim zu meiner Schwiegermutter. Nachdem Anneliese mir berichtet hatte, was es seit meinem letzten Besuch am vergangenen Dienstag zu essen gegeben hatte, ob und wie es ihr geschmeckt und ob und wie sie alles verdaut hatte, redeten wir noch kurz übers Wetter. Danach sah ich ihr für gewöhnlich beim Fernsehen zu, bis Tom an die Tür klopfte. Er brauchte für den Weg von der Firma bis zum Seniorenheim eine halbe Stunde länger als ich und kam deswegen immer später. Er hatte sich mit seiner Mutter nicht viel zu erzählen, auch ihre Konversation ging nicht über die drei Themen Fernsehen, Mahlzeiten und Verdauung hinaus.

An diesem Dienstag aber kam Tom gar nicht. Nachdem ich eine Ewigkeit mit meiner Schwiegermutter geschwiegen und in der Hoffnung, abgelöst zu werden, immer wieder vergeblich zur Tür geschaut hatte, verabschiedete ich mich.

Anneliese schien weder zu verstehen, dass ich ging, noch dass ihr Sohn seinen Pflichtbesuch nicht erledigt hatte. Ihr war alles egal, Hauptsache, sie war satt und sauber und die Flimmerkiste funktionierte.

Draußen rief ich Tom an. Er ging nicht ans Handy. Ich ließ es klingeln, bis die Mailbox ansprang. »Deine Mutter wartet auf dich! Sie kann nicht verstehen, dass ihr einziger Sohn sich lieber wer weiß wo rumtreibt, statt sie zu besuchen!«, keifte ich in den Hörer und legte auf.

Zu Hause streifte ich meine Ballerinas von den Füßen, zog einen alten Schlafanzug an und begann sofort zu putzen. Nicht dass es nötig gewesen wäre, ich habe die Bude immer top in Schuss, aber an diesem Abend musste ich irgendwas tun.

Zuerst nahm ich das gesamte Besteck aus den Schubladen, warf es in fast kochendes Prilwasser und polierte jedes Teil mit der Hand. Wir besaßen Besteck für achtundvierzig Personen. Warum eigentlich? Hatten wir je so viele Gäste gehabt?

Ich lief mit einem feuchten Lappen von Raum zu Raum und wischte alle Blätter sämtlicher Zimmerpflanzen einzeln ab. Allein für den Benjamini und die Drachenbäume brauchte ich eine Ewigkeit.

Tom war noch immer nicht zu Hause.

Im Zwanzig-Minuten-Takt rief ich ihn an und ließ es jedes Mal bis zum Schluss klingeln. Nichts.

Wütend riss ich die Verpackung einer neuen Zahnbürste auf, von denen ich einen stattlichen Vorrat besaß, tauchte sie in die Domestosflasche und schrubbte die Fugen der Badezimmerfliesen. Als ich mir anschließend die Lichtschalter vornahm und den darauf nicht vorhandenen Staub abwischte, hielt ich inne.

Neulich war eine Kollegin hier gewesen, hatte sich staunend umgeschaut und gefragt: »Wow, ist das hier sauber. Hast du eine Putzfrau?«

Auf diese Frage war ich stolz gewesen. Und mit einem Lächeln hatte ich eine lässige Handbewegung gemacht und gesagt, nein, das würde ich alles nebenbei erledigen.

Ich empfand es als Kompliment, dass es bei uns so sauber war, als hätte ich eine Putzfrau? Wie tief war ich eigentlich gesunken?

Irgendwann ging ich ins Bett und weinte mich in den Schlaf.

6

Wann Tom in der Nacht nach Hause gekommen war, hatte ich nicht bemerkt, ich hatte geschlafen wie eine Tote.

Als mein Wecker um Viertel nach sechs klingelte, war sein Bett wieder unberührt. Ich hörte ihn im Badezimmer duschen und dabei summen. Er war vor mir aufgestanden?

Sofort schaute ich im Wohnzimmer nach: Tatsächlich, er hatte wieder auf dem Sofa übernachtet. Was zum Teufel war mit ihm los?

Kurz darauf kam er in vollem Ornat aus dem Bad, und er trug schon wieder ein neues Shirt. Dieses war blau, kaschierte seine Plauze und stand ihm wirklich gut. Jedes Kind weiß, dass Männer, die sich im Alter plötzlich jugendlich kleiden und T-Shirts mit Aufdruck tragen, eine Affäre haben.

»Neu?«, fragte ich.

»Jau«, sagt er nur und grinste. Er aß sein Müsli, anschließend die Banane und schluckte die Vitaminpillen. Ich spürte, dass er auf meine Frage wartete, warum er wieder nicht in *seinem* Bett genächtigt hatte, aber das konnte er sich abschminken. Kein Wort verlor ich darüber.

Wie an jedem Mittwoch trafen Tom und ich uns nach Feierabend auf dem Parkplatz am Supermarkt und erledigten den Wocheneinkauf, als wäre nichts gewesen. Ich suchte Gemüse, Obst, Milchprodukte und Putzmittel aus, er war für Fleisch und Getränke zuständig.

Natürlich brannte mir die ganze Zeit die Frage auf den Lippen, wo er gestern gewesen war, aber ich riss mich zusammen. War doch eh egal. Morgen würden die Samen geliefert, Freitag würde ich morgens das Spezialmüsli servieren und nach der Arbeit zu Tante Grete fahren. Und wenn alles gut lief, befände ich mich am Montag schon mitten in meinem neuen Leben. Ich glaube, ich glaubte, was ich dachte.

Wir standen an der Fleischtheke. Tom inspizierte die Angebote und kraulte sich dabei seinen sprießenden Bart. Plötzlich sagte er: »Sollen wir uns am Wochenende ein paar frische Bratwürstchen grillen, wenn das Wetter gut ist?«

Mir fiel die Kinnlade herunter, aber ich hatte mich sofort wieder im Griff. Das war doch wohl nicht sein Ernst?! Er trieb sich nächtelang rum, schlief auf dem Sofa, wenn er überhaupt nach Hause kam, und nun fragte er, ob ich mit ihm Würstchen essen wollte?

Ich atmete tief ein und wieder aus und knipste mein katzenfreundliches Lächeln an. »Ja, bist du denn überhaupt zu Hause?«

Er verdrehte die Augen. »Würde ich sonst fragen?«

Ich wischte mir mit dem Handrücken über die Lippen, weil ich das Gefühl hatte, dass mir vor Wut Schaum vor dem Mund stand. Jetzt konnte ich mich nicht länger beherrschen: »Wo warst du gestern Nacht?«

Und mein Mann grinste. Sonst nichts. Keine Antwort, keine Erklärung, er grinste. Ich hätte ihn töten können.

Zu Hause packte ich die Einkäufe aus und verstaute sie. Tom schaltete nebenan im Wohnzimmer die Tagesschau ein. Das Telefon klingelte, er ging ran. »Na, Sohnemann, alles klar?«, hörte ich ihn sagen.

Bastian. Mist. Unseren Sohn hatte ich total vergessen. Er würde nächste Woche Halbwaise sein. Könnte er daran zerbrechen? Eher nicht, Bastian wurde nächstes Jahr dreißig, da muss man den Verlust eines Elternteils ertragen können. Zumal die beiden sowieso nicht viel miteinander sprachen. Sie redeten auch jetzt nur ein paar Minuten, bevor Tom mir den Hörer gab.

»Warum rufst du jetzt an, wir gucken Tagesschau!«

»Ich wollte euch nur Bescheid sagen, dass unser Treffen morgen ausfallen muss«, antwortete Bastian.

»Wieso denn das?« Bastian hatte unseren wöchentlichen Besuch noch nie abgesagt. Komisch.

»Lena hat Magen-Darm, und wir wollen euch nicht anstecken.«

»Guter Junge!«, rief ich und riss mich gerade noch zusammen, um meine Erleichterung nicht zu verraten. War doch klar: Wenn ich Tom die Samen verabreichen wollte und er sich womöglich mit einem Magen-Darm-Virus angesteckt hatte, würde der Plan vielleicht nicht funktionieren.

7

Am Donnerstag lief ich in der Mittagspause nach Hause, um die Post aus dem Briefkasten zu holen. Die Samen waren angekommen!

Ich schickte eine Nachricht an Elfie. *Die Blumen können morgen gesät werden.* Sollte jemand nach Toms Ableben aus irgendeinem Grund mein Handy kontrollieren, klang das harmlos. Ich hatte wirklich an alles gedacht.

Elfie schrieb zurück: *Meine auch! Ich säe sie heute Abend noch aus.* Dieses Teufelsweib!

Ich versteckte das Samentütchen mit dem tödlichen Inhalt in der Schublade hinter meiner Unterwäsche und beeilte mich, wieder ins Büro zu kommen. Leicht und beschwingt war mein Gang, fröhlich meine Stimmung, denn auch dieser Weg würde bald Geschichte sein.

»Machen Sie Ihre Drecksarbeit doch allein!«

»Jetzt können Sie Ihre beschissenen Launen an den anderen auslassen, ich gehe!«

»Ich kann Ihre hässliche Visage nicht mehr sehen!«

Es gab wunderbare Varianten für einen letzten Satz in diesem Büro. Das neue Leben war ganz nah. Ich glaube, ich lächelte sogar, als ich an der Chefin vorbeiging.

Donnerstagabend verlief für mich leicht orientierungslos. Zwei- oder dreimal ging ich ins Schlafzimmer, öffnete die Schublade und fühlte, ob sich die Samentütchen noch an ihrem Platz befanden.

Nachricht von Elfie: *Heute koche ich Chili con Carne. Walter mag es scharf. Werde Hackfleisch liebevoll würzen.*

Dieses raffinierte Luder. Ich verstand ihren Plan sofort: Sie würde die Samen ins Gehackte rühren und ordentlich Chili beimischen. Wie schmeckte das Zeug überhaupt? Vielleicht würde Tom merken, dass mit seinem Müsli etwas nicht stimmte? Wo blieb er überhaupt? In zehn Minuten kam die Tagesschau.

Um neun war er endlich da. Sagte: »Hallo, alles klar?«, ging in die Küche, trank ein Glas Wasser, nahm sich einen Apfel und setzte sich auf die Couch.

Kein Wort, warum er so spät kam und wo er gewesen war. Eigentlich sollte es mir aber auch egal sein, denn dieser Abend würde unser letzter gemeinsamer sein.

Ich beobachtete ihn. Das Profil war mir so vertraut wie mein eigenes. Er sah gar nicht so schlecht aus; obwohl er in den letzten zwanzig Jahren insgesamt ganz schön zugenommen hatte, war sein Gesicht markant geblieben. Er hatte jedenfalls immer noch ein Kinn und einen Hals. Bei Walter zum Beispiel ging alles nahtlos ineinander über. Wie bei einem Truthahn.

Okay, das Kinn war unter dem albernen Bartwuchs meines Mannes aktuell nicht mehr zu sehen. Aber offenbar hatte Tom sich die Ohren- und Nasenhaare gestutzt. Ich sah genau hin. Ja, alles war tipptopp.

»Dein Drei-Tage-Bart sieht ziemlich verwegen aus«, sagte ich spontan.

Er wandte nicht mal den Blick vom Fernseher. »Drei-Wochen-Bart, Steffi, ich habe mich seit drei *Wochen* nicht rasiert. Da siehst du mal, wie genau du hinschaust.«

»Kunststück, du bist ja kaum noch zu Hause, und ich habe keinen Schimmer, wo du dich rumtreibst!«

Statt zu antworten, griff er zur Fernbedienung und machte den Fernseher lauter. Typisch. Wenn er nicht reden wollte, war die Fernbedienung seine Rettung.

Ich lächelte ihn mitleidig an. Er hatte ja keine Ahnung.

Schon sehr bald sähe das hier ganz anders aus. Würde ich das Haus eigentlich verkaufen? Vielleicht. Vielleicht würde ich umbauen, sobald die Lebensversicherung gezahlt hätte. Endlich würde ich die offene Küche haben, gegen die Tom sich so wehrte. Er sagte immer: »Offene Küchen müssen immer aufgeräumt sein, wenn man Fisch gebraten hat, stinkt das ganze Wohnzimmer, und wenn man die Dunstabzugshaube anstellt, kann man nicht mehr verstehen, was im Fernsehen läuft.«

Ich würde die neue Küche bekommen. Und ein neues Schlafzimmer. Weg mit Kirschbaumholz und Taubenblau. Alles in Weiß. Auch die Bettwäsche. Ich hasste unsere bunte Bettwäsche, aber es waren teure Bezüge, Makosatin, super gekämmte Baumwolle. Wir hatten sie von meiner Schwiegermutter zur Hochzeit bekommen, und sie waren leider immer noch gut. Männer, die in geblümter Bettwäsche liegen, sehen immer albern aus.

Die Bildtapete hinter dem Bett würde zuerst verschwinden. Herbstwald mit Morgentau hinter bunter Bettwäsche. Es gibt Grenzen.

Vielleicht würde ich sogar das Bad neu fliesen lassen.

Vielleicht in Rot. Unser marmoriertes Weiß mit silbernem Dekorstreifen auf Augenhöhe war altbacken und öde.

Ich dachte nach. Solche Gespräche führten wir also. Über Würstchen am Wochenende, Vor- und Nachteile offener Küchen, Tapeten und Einkäufe. Kein Wunder, dass ich mich nach etwas anderem sehnte. Aber wonach eigentlich? Wäre es mit einem anderen Mann anders? Würde ich danach wieder heiraten?

Ich hatte den Gedanken noch nicht ganz zu Ende gedacht, als mir die Antwort schon glasklar vor Augen stand: Nein. Wieso auch? Nur mal angenommen, ich fände jemanden, der mir gefallen würde – wenn ich nicht mit ihm ins Bett ginge, riefe der mit Sicherheit nicht wieder an. Ich wäre schön bescheuert, wenn ich meinen langjährigen Gatten entsorgen und mir dasselbe Problem in einer anderen Ausgabe erneut ans Bein binden würde.

Ich schüttelte mich beim Gedanken an Geschlechtsverkehr mit einem Fremden.

Dazu hatte ich einfach keine Lust, egal mit wem. Lange Zeit hatte ich mich deswegen schlecht gefühlt, minderwertig, nicht voll funktionsfähig. Zumal ich von Zita und Marion wusste, dass sie sehr wohl Spaß am Beischlaf hatten. Vielleicht taten sie es gern, weil sie gelegentlich die Partner wechselten? Zita sowieso – und was Marion betraf, hatte ich so eine Vorahnung, dass auch diese Ehe nicht mehr lange halten würde. Sie war viel zu oft mit ihrem Handy beschäftigt, schaute alle zwei Minuten nach neuen Nachrichten. Das tat sie nur, wenn was Neues im Anmarsch war.

Elfie hatte an Seitensprüngen auch kein Interesse, genau

wie ich. Sie sagte, es läge an ihrer Figur, sie würde sich schämen, weil sie so dick sei. Sie machte zwar immer coole Sprüche, »erotische Nutzfläche« und so, aber die waren nicht so gemeint. Ich wusste ja, dass Walter ihr mit seinen dauernden Avancen schrecklich auf die Nerven ging. Schlimm genug, von einer fanatischen Tierschützerin zu erwarten, dass sie Pelz trägt. Dazu Strapse, Strümpfe und sonst nix.

Wenn Tom wollen würde, dass ich mich nackig unterm Nerzmantel in unserem Ford rekele, während er den Wagen durch den Kölner Feierabendverkehr steuert, dem würde ich was erzählen. Ich fand Walters Wünsche bescheuert. Wie viele schreckliche Unfälle sind schon passiert, weil jemand während der Fahrt auf sein Handy geguckt hat? Nicht auszudenken, was alles passieren konnte, wenn ein Mann während der Fahrt *dahin* guckte. Unverantwortlich. Auf so was stand Tom Gott sei Dank nicht.

Worauf stand er überhaupt? Ich wusste es gar nicht mehr. Und ich? Was hatte mir früher Spaß gemacht? Ich dachte an unsere ersten romantischen Dates, die waren, ich musste bei dem Gedanken daran lächeln, gar nicht so schlecht gewesen. »Nicht so schlecht« bedeutete: schön. Tom konnte mit mir umgehen, er fand, wenn man das so ausdrücken mag, die richtigen Knöpfe. Aber nach der Schwangerschaft war das »Thema Nummer eins« für mich zu einem zusätzlichen Termin geworden, der erledigt werden musste. Und als unser Sohn nach drei Jahren zum ersten Mal durchschlief, hatte ich vor lauter Dauermüdigkeit längst den sexuellen Anschluss verloren. Der Aufwand für die paar Minuten stand ja auch in keinem Verhältnis.

Natürlich spielte ich mit, das hat man ja unterschrieben, aber Spaß hatte ich nicht mehr daran. Außerdem machte mein Kopf nie eine Pause. Ich musste ja nur währenddessen zufällig auf den Wäschekorb oder das Bügelbrett neben dem Kleiderschrank schielen, und meine Stimmung war dahin, weil ich sah, was ich noch alles tun musste. Was für Tom nach einem langen Arbeitstag entspannend war, bedeutete für mich Stress. Und so war mir die Erotik irgendwann verloren gegangen.

Ich sah ihn wieder verstohlen von der Seite an. Moment. Hatte er ein bisschen abgenommen? Mein Blick wanderte an seinen Armen entlang. Waren das so was wie Bizeps unter den Ärmeln seines T-Shirt? Konnte es sein, dass er wieder ruderte?

Ich hatte früher besonders seine definierten Oberarme geliebt. Stark und fest waren sie gewesen, diese Arme eines Ruderers. Irgendwann waren sie käsig und schlaff geworden. Immer, wenn ich im Fernsehen meine Lieblingsband »The Boss Hoss« sah, wies ich Tom auf deren tolle Oberarme hin. Besonders der eine, der mit dem süßen Lächeln, hat die schönsten Oberarme, die ich je gesehen habe. Zugegeben, wenn mir so ein Mann im wahren Leben begegnen würde, könnte ich vielleicht schwach werden. Aber so einer würde mich gar nicht bemerken, er würde durch mich hindurchschauen.

Mein Blick fiel wieder auf Toms Arme. Was war denn da passiert?

Dann riss ich mich zusammen. Okay, sie wirkten unter dem Shirt ganz gut, würden ihm aber jetzt nichts mehr nutzen. Der Plan stand fest, morgen würde ich ihn abservieren. Merkwürdig, dass man so etwas vorhaben kann, ohne jemanden zu hassen, dachte ich. Aber ich hasste Tom ja nicht, ich wollte ihn nur nicht mehr.

Mannomann, war das aufregend. Mein Magen rebellierte. »Willst du auch einen Fernet, ich hab's am Magen«, sagte ich.

Er schüttelte den Kopf.

Ich trank zwei doppelte und ging wenig später ins Schlafzimmer. Die nötige Bettschwere hatte ich ja jetzt.

Um kurz nach Mitternacht klingelte mein Handy und riss mich unsanft aus dem Schlaf.

Es war Elfie. »Steffi! Es ist Jenny! Meine Jenny ist tot!«, schrie sie, und was sie danach sagte, konnte ich überhaupt nicht verstehen, weil sie so schrecklich schluchzte. Sie ließ sich kaum beruhigen.

Jenny war eine Spitz-Pudel-Terrier-Mischung, fett wie ein Hängebauchschwein, verfressen wie drei Hunde und hässlich wie die Nacht, aber Elfie liebte diesen Köter mehr als ihren Mann. Ich brauchte ewig, um zu kapieren, dass Jenny das vergiftete Hackfleisch gefressen und elend daran verreckt war. Elfie war vor einer Stunde aus der Tierklinik zurückgekommen. Jenny lag jetzt mausetot in einem Karton in der Waschküche und sollte morgen im Garten unter dem Rhododendron bestattet werden.

Mit viel Geduld gelang es mir herauszufinden, was geschehen war. Elfie hatte das Hackfleisch fürs Chili angebraten und die frisch gemahlenen Samen untergemischt. Die roten Bohnen hatte sie später dazugeben wollen. Es war alles bereit gewesen für Walters Henkersmahlzeit, aber dann hatte er angerufen und Bescheid gesagt, dass er sich ein halbes Stündchen verspätete. Elfie hatte sich nicht aus der Ruhe bringen lassen, hatte die volle Pfanne beiseitegestellt und sich vor den Fernseher gesetzt. Jenny war offenbar erst auf einen Stuhl und anschließend auf die Arbeitsplatte gesprungen und hatte das Hackfleisch aufgefressen. Danach trottete das dämliche Tier in den Flur und schiss und kotzte Blut. Ich schickte ein Stoßgebet zum Himmel und dankte für Elfies Geistesgegenwart und ihren offenbar niedrigen Alkoholpegel, denn sie hatte rasch die Pfanne ausgewaschen, sie in die Spülmaschine gestellt und diese eingeschaltet. Erst dann war sie in die Tierklinik gedüst, aber man hatte nichts mehr für die vergiftete Hündin tun können.

Ich konnte jetzt bloß hoffen, dass Walter keine Fragen stellte, weil sein Essen nun nur noch aus Reis und Bohnen bestand und weil sich in der Spülmaschine nur eine einzige Pfanne befand.

Aber meine Sorge erwies sich als unbegründet: Walter hatte alle Hände voll zu tun, um die hysterische Elfie, die ihre Trauer mit Jägermeister-Eierlikör-Cola runterspülte und mitten in der Nacht bei uns anrief, zu beruhigen.

Tom bekam von dem Anruf übrigens nichts mit. Er hatte das Sofa wieder seinem Bett vorgezogen.

8

Obwohl ich nach dem Telefonat mit Elfie zunächst nicht wieder einschlafen konnte und gegen drei Uhr zuletzt auf die Uhr gesehen hatte, stand ich um halb sechs auf. Ich war viel zu konzentriert, um müde zu sein.

Heute war der Tag. Ich verhielt mich wie jemand, der nach einer Gehirnwäsche fremde Befehle ausführt. Kein Zögern, keine Skrupel, kein Nachdenken.

Zuerst holte ich die Samentütchen aus der Wäscheschublade und steckte sie in die Taschen meines Bademantels. Auf Zehenspitzen ging ich in die Küche und schloss lautlos die Tür hinter mir. Wie gut, dass ich die offene Küche noch nicht hatte, dachte ich, sonst wäre Tom auf dem Sofa sofort wach geworden, wenn ich hier hantierte.

Leise holte ich die Getreidemühle aus dem Schrank und stellte sie auf ein doppelt gefaltetes Frotteehandtuch. Dann riss ich die Tütchen auf und nahm die Samen heraus. Sie waren eigentlich wunderschön, braun-beige-marmoriert und von feinem Glanz. Ich legte sie in die Mühle, schloss den Deckel, wickelte das Gerät in zwei weitere dicke Handtücher und drückte auf den Knopf. Das Mahlgeräusch wurde durch die Handtücher zwar gedämmt, kam mir aber dennoch schrecklich laut vor.

Mein Nachthemd war schweißnass, als endlich alle

Samen zu einem feinen Pulver geworden waren. Rasch füllte ich es in die blau-weiße Müslischale und räumte die Mühle wieder in den Schrank, nachdem ich sie blitzeblank geputzt hatte. Anschließend wusch ich mir gründlich die Hände.

Ich kochte Kaffee und deckte den Tisch, füllte das Müsli (Haferflocken, Cashewkerne, Walnüsse, Rosinen und getrocknete Ananasstückchen) in die Schale und vermischte es mit dem giftigen Pulver. Fast liebevoll platzierte ich die Schüssel neben dem Löffel, stellte die Milchflasche rechts daneben, legte die Banane waagerecht über das Gedeck und daneben die beiden Multivitaminkapseln. Gleich würde er aufstehen, zuerst ins Bad gehen und dann frühstücken.

Und so war es auch. Tom kam rein – ihn umwehte der Geruch eines Herrenparfüms –, sagte »Morgen!«, griff nach der Kaffeekanne, schenkte sich ein, trank einen Schluck, stellte die Tasse wieder hin, nahm die Banane. Und ging. Würdigte das Müsli keines Blickes. Sagte: »Tschüss, muss heute früher los!«

Mein Kaffee schwappte über, weil ich mit dem Knie gegen die Tischkante stieß, als ich aufsprang. »Dein Müsli!«, krächzte ich.

Er war schon im Flur, nahm seine Aktentasche, packte die Banane ein und sagte im Rausgehen: »Keine Kohlenhydrate für mich!« Und weg war er.

»Bananen haben auch Kohlenhydrate«, murmelte ich fassungslos.

Ich ging zum Fenster und beobachtete, wie der Ford aus der Garage fuhr. Als ich die Rücklichter sah, bemerkte ich, dass mein Mund offen stand. Ich klappte ihn zu.

Jetzt kam der Adrenalinschock und fuhr mir durch sämtliche Körperzellen. Hatte Tom gewusst, was ich vorhatte? Ich griff die blau-weiße Schale, rannte ins Bad, leerte Gift, Nüsse und Haferflocken ins Klo, spülte, stellte die Schale in die Duschwanne, kippte eine halbe Flasche Domestos hinein, rannte in die Küche, kochte Wasser auf, goss es in die Schale mit dem Domestos, wiederholte die Prozedur und ließ zwanzig Minuten lang Wasser aus dem Hahn nachlaufen. Jetzt war ich sicher, das Gift spurlos beseitigt zu haben. Natürlich hätte ich die Schale auch zerschlagen und in den Müll werfen können, aber sie gehörte zum Bunzlauer Service, und das sollte vollständig bleiben.

Ich fing an zu heulen. Ob vor Wut, weil mir der Mord nicht gelungen war, oder doch vor Erleichterung, weiß ich nicht mehr.

An diesem Freitag war mir nicht gut. Irgendwie war mir das misslungene Frühstück auf den Magen geschlagen.

Es begann schon morgens, als die Chefin mir vor dem Büro begegnete und mit hochgezogenen Augenbrauen missbilligend auf die Uhr schaute. »Na, haben wir uns mal wieder verspätet?«

Ja, wir hatten, und zwar beide, sonst hätten wir nicht gemeinsam vor der Tür gestanden.

Aber natürlich sagte ich nichts. Stattdessen murmelte ich: »Tut mir leid, eigentlich wollte ich zu Hause bleiben, Magen-Darm, unser Sohn hat mich wohl angesteckt, aber weil ich noch so viel zu tun habe, bin ich trotzdem gekommen.« Und ich hasste mich dafür. Warum sagte ich nicht so etwas wie: *Jawohl, Frau Bunge, ich bin sieben Minuten zu spät, genau wie Sie. Aber ich arbeite in der Mittagspause meistens durch, während Sie beim Italiener hocken und Grappa trinken …*

Insgeheim nannte ich sie übrigens Rüschen-Resi, wegen ihrer Vorliebe für Blusen mit Spitzen, Schleifen und Jabots. Sie zeigte gern Dekolleté, setzte ihre solarienbraune, schrumpelige Dirndl-Ritze unappetitlich in Szene, wahrscheinlich wollte sie von den totgefärbten Haaren und der unreinen Haut ablenken.

An diesem Freitag verabscheute ich sie noch mehr, weil mein großer Auftritt mit der hingeknallten Kündigung und dem grandiosen Schlusswort nun wieder in weite Ferne gerückt war.

Es hätte so schön sein können. Und nun aß Tom ganz plötzlich keine Kohlenhydrate mehr. Ganz klasse. Damit hatte keiner rechnen können. Klang nach Diät. Er hatte noch nie eine Diät gemacht.

Auf einmal stand Rüschen-Resi im Türrahmen. Sie knallte mir einen Stapel Bewerberunterlagen auf den Tisch und sagte: »Zeitnah beantworten.«

Ich wollte rufen *BITTE zeitnah beantworten!*, aber stattdessen sagte ich nur: »Klar, mach ich.«

Ach Scheiße, wenn Tom sein verdammtes Müsli gegessen hätte, dann hätte ich in diesem Irrenhaus aufhören können. Wenn ich es klug anstellte, dann würde ich nicht mehr arbeiten müssen. Und da war es wieder, das Motto meines Lebens: Wenn – dann. Mein ewiges Mantra. Wenn ich es doch nur einmal durchbrechen könnte, dann …

Ich ging mit dem Smartphone ins Internet und googelte *keine Kohlenhydrate*. Bingo. *Durch Weglassen der Kohlenhydrate nehmen Sie schneller ab.*

Er wollte also abnehmen. Wenn er abnehmen wollte, hatte er was am Laufen. Deswegen ließ er sich wahrscheinlich auch den Bart wachsen. Schlief auf dem Sofa. Zog sich im Bad an und aus. Hatte womöglich Knutschflecken und Kratzspuren auf dem Körper. Wer weiß, wo noch …

Plötzlich rauschte das Blut in meinen Adern. Was wäre eigentlich, wenn Tom mich wegen einer anderen Frau verlassen würde, *bevor* ich ihn ins Nirwana geschickt hatte?

Meine Magenschmerzen wurden schlimmer. Mittags ging ich nach Hause.

»Freitags und montags krank werden, das hab ich immer gerne …«, schnauzte Rüschen-Resi.

Ich reagierte nicht. Innerlich kochte ich und hatte die schlagfertigsten Antworten parat, die man sich denken kann. Als Mitarbeiterin mit den wenigsten Fehltagen in der ganzen Firma musste ich mir solche Bemerkungen eigentlich nicht anhören, aber die Planschkuh würde schon sehen, was sie davon hatte, wenn ich erst das Problem Tom gelöst hatte.

Natürlich hatte ich schon mal darüber nachgedacht, mir etwas Neues zu suchen, aber als Frau über fünfzig rechnete ich mir keine Chancen auf dem Arbeitsmarkt aus.

Zita sah das ganz anders. »Du musst präsentieren, was du hast, und dein Licht nicht unter den Scheffel stellen! Bewirb dich auf jede Stelle, die dich interessiert, und schreib gleich in den ersten Satz, dass du alle Vorteile einer Frau über fünfzig mitbringst: Du wirst garantiert nicht mehr schwanger, wirst niemals fehlen, weil dein Kind die Masern hat, und deinen Burn-out hast du bereits zu Beginn der Wechseljahre erledigt. Du hast keine Launen vor, an und nach deinen Tagen, weil du keine Tage mehr hast. Du bist fit, kompetent, erfahren und zuverlässig und hast Zeit und Energie, um deinen Job so gut zu machen wie noch nie!« Zita hatte gut reden. Wenn ich so viele Fremdsprachen beherrschen würde wie sie, hätte ich auch keine Angst vor Hartz IV, damit kann man immer Geld verdienen.

Nein, ich musste Tom beseitigen, ich war mir sicher, das sei die einfachste und vernünftigste Lösung meiner Probleme.

Tom kam eine knappe Stunde nach mir nach Hause, freitags hatte er schon mittags Feierabend. Er grüßte knapp, sagte nur »Na du«, fragte mich noch nicht mal, warum ich schon da war, duschte lange, aß in der Küche einen Joghurt, ging ins Wohnzimmer, setzte seine Kopfhörer auf und vertiefte sich in ein Buch.

Er besaß etliche Bildbände über Trekkingtouren durch alle möglichen unwirtlichen Gegenden. Er träumte zum Beispiel davon, den Kilimandscharo zu sehen. Was hat man denn davon? Hoher Berg, ja und? Abgesehen davon, dass solche Reisen wirklich teuer sind, hatten sie für mich keinen Erholungswert. Ich wollte im Urlaub baden, faulenzen, essen, trinken, schlafen und mir vom Personal alles hinterherräumen lassen. Das ist Urlaub, wenn man mal ein paar Tage nichts zu tun hat. Unsere jährliche Städtereise reichte mir schon. Man rennt drei Tage von früh bis spät durch eine Stadt, in der man sich nicht auskennt, bis man Blasen an den Füßen hat. Man hakt auf der Liste eine Sehenswürdigkeit nach der anderen ab, trinkt an überfüllten Plätzen überteuerten Kaffee und geht auf ekelhafte

Toiletten, um abends in einem ebenfalls überteuerten Hotel halb tot in schlecht gelüftete Betten zu sinken.

Als Tom irgendwann mal mit der Idee ankam, die Chinesische Mauer zu besichtigen, bin ich fast ausgeflippt. »Wie stellst du dir die Kommunikation in einem Land vor, in dem du nicht mal die Buchstaben lesen kannst? Du verstehst kein Straßenschild, keinen Busfahrplan und keine Speisekarte, musst darauf vertrauen, dass man dir keine gebratenen Hunde zum Abendessen serviert, und weißt sowieso nie, mit wem du es gerade zu tun hast, weil man die Asiaten nun mal nicht voneinander unterscheiden kann. Das fängt doch schon mit der Haarfarbe an. Und außerdem ist da immer Smog, da sieht man sowieso nichts.«

Ich suchte ihm ein paar Filme über Exkursionen zur Chinesischen Mauer raus, damit er sich alles vom Sessel aus ansehen konnte – und zwar billiger, stressfreier und ungefährlicher.

Vielleicht gab es eine andere Möglichkeit als Rizinussamen im Müsli. Um darüber nachzudenken, wollte ich mich nicht zu ihm ins Wohnzimmer setzen, deswegen ging ich nach oben in mein Meeresstrandsand-Sammlungs-Zimmer. Es war stickig. Ich öffnete das Dachfenster und schaute über die Dächer der Siedlung. Im Norden konnte man die grünen Pfeiler der Rodenkirchener Autobahnbrücke sehen. Wenn der Wind ungünstig stand, hörte man den Verkehr bis hierher. Gott sei Dank bekamen wir die Abgase nicht mit.

Mir wurde plötzlich heiß. Das war es.

Tom müsste ohnmächtig sein, und ich müsste ihn irgendwie ins Auto schaffen und die Abgase ins Wageninnere leiten. Das hatte ich schon oft im Fernsehen gesehen. Er würde ganz sanft einschlafen und nichts merken. Aber wie sollte ich ihn ins Auto bekommen? Ich konnte ihn ja schlecht k.o. schlagen und dorthin schleifen, dafür war er viel zu schwer.

K.o.! Das war das nächste Stichwort.

Im Internet suchte ich nach K.-o.-Tropfen und war erstaunt, wie einfach sie zu finden waren. Das Zeug schien genau das Richtige für mein Projekt zu sein: sofort einsetzende Müdigkeit, Opfer schläft ein und wacht erst Stunden später wieder auf. Perfekt. Mit dem Unterschied, dass Tom gar nicht wieder aufwachen würde.

Ich müsste natürlich einen Abschiedsbrief schreiben, in seinem Namen, mit seiner Unterschrift, aber das war kein Problem, die konnte ich seit Jahren aus dem Effeff.

Ich bestellte gleich einen Doppelpack der K.-o.-Tropfen. Aber für den Fall, dass wieder etwas schiefging, wollte ich dieses Mal einen Plan B parat haben.

Der Zufall half mir bei der Konzeption. Irgendwie landete ich nämlich in einem Forum, in dem sich Leute über die Wechselwirkung von Viagra und Poppers austauschten. Viagra wäre natürlich das Letzte gewesen, was ich Tom verabreichen wollte, aber wenn man es mit diesem Schnüffelstoff kombinierte, konnte es final enden.

Ich überlegte nicht lange. Dieses Opfer konnte ich bringen. Ich müsste das Viagra ganz fein zermalmen und in seine Multivitaminkapseln füllen und müsste ihn nur im richtigen Moment an dem anderen Zeug schnüffeln lassen. Es würde sich schon eine Stellung finden, in der das trotz meiner ungelenkigen Verfassung möglich wäre.

Ich bestellte beide Teile. Das Schöne an Plan B war, dass ich keinen Abschiedsbrief würde schreiben müssen. Jeder Arzt, was rede ich, jeder *Mann* würde ihn um diesen Abgang beneiden.

Gut gelaunt ging ich hinunter.

Tom war weg. Ich hatte gar nicht gehört, dass er das Haus verlassen hatte. Ein Blick aus dem Fenster: Die Garage war offen, das Auto verschwunden. Wie praktisch, so konnte ich sofort nachsehen, ob sich der Schlauch unseres alten Staubsaugers – der stand in der Garage, weil Tom damit dienstags und samstags das Auto aussaugte – für Plan A eignen würde. Der Schlauch war ein bisschen kurz und würde nicht vom Auspuff zum vorderen Seitenfenster reichen, ich musste mir also was einfallen lassen. Unser neuer Staubsauger war von derselben Firma, vielleicht konnte ich beide Schläuche zusammenstecken.

Auf dem Weg zur Abstellkammer entdeckte ich Toms Handy auf der Kommode. Er schien es ja mächtig eilig gehabt zu haben. Natürlich war es absurd, dass ich mich verstohlen umschaute, als könnte mich jemand beobachten. Vorsichtshalber riegelte ich aber die Haustür von innen ab, bevor ich mich mit dem Handy im Bad einschloss. Die Gelegenheit würde so schnell nicht wiederkommen.

Ich gab sein Passwort ein: Tom123Colonia. Mist. Er hatte es geändert! Ich versuchte seinen Geburtstag. Falsch. Bastians Geburtstag. Falsch. Gesperrte Sim-Karte. Ach du liebe Zeit, was sollte ich denn jetzt machen?

Ich rief Elfie an. Erleichtert stellte ich fest, dass es ihr den Umständen entsprechend gut ging und dass sie noch nicht allzu viel Jägermeister mit Eierlikör getrunken hatte.

Natürlich fragte ich sie zuerst nach der verstorbenen Jenny, ließ mir berichten, wie das Begräbnis der Hündin vonstattengegangen war, und kondolierte angemessen. Dann senkte ich die Stimme: »Hat Walter keine unangenehmen Fragen zum Unfallhergang gestellt?«

»Nä, Liebelein, der war janz lieb, an sein Essen hat der jar nicht mehr jedacht.« Sie schlug ebenfalls einen gedämpften, vertraulichen Tonfall an. »Und bei dir isses auch schiefjejangen?«

Ich berichtete ausführlich.

»Hach«, machte Elfie. »Wäre ja auch zu schön jewesen …« Sie habe übrigens eine wunderbare Idee für später: Sie wollte, wenn sie erst auf La Gomera lebte, nicht nur so viele herrenlose Hunde wie es eben ginge retten, sondern auch eine Modekollektion für Vierbeiner entwerfen. Aber dafür musste sie einen neuen Versuch starten, denn Walter würde unter keinen Umständen auswandern. Er vertrug die Wärme der Kanaren nicht, wollte viel lieber in Südengland Golf spielen, als in der Hitze schwitzen. Aus Hunden mache er sich nichts, über Tierschutz könne man mit ihm nicht reden und überhaupt, mit ihm ginge nichts von dem, was Elfie sich vorstellte.

Ich dachte insgeheim, dass es auch schon ganz andere Zeiten gegeben hatte – da ging für Elfie nämlich nichts ohne Walter. Sein Geld hatte ihr immer ein sorgloses Leben ermöglicht, so gut hätte ich es auch gerne mal gehabt. Sie hätte nicht arbeiten müssen.

Aber: ohne Kinder und ohne Beruf, das war natürlich ein bisschen langweilig gewesen. Deswegen hatte Walter ihr den »Schlüpferladen« spendiert, damit sie wenigstens das Gefühl hatte, gebraucht zu werden. Natürlich warf der Laden keine Reichtümer ab, aber die Hauptsache war für ihn gewesen, dass Elfie beschäftigt war. Sagte er. Dass der Aufenthalt in »Elfies Lingerie« mit Beginn seines Ruhestandes sein liebstes Hobby wurde, verstand ich erst, als Elfie mir ein Geheimnis beichtete. Es gab in dem Geschäft nämlich eine Umkleidekabine, die besonders hell ausgeleuchtet war, damit die Kundinnen sich – wenn sie es ertrugen – deutlich im Spiegel sehen konnten. Was die Damen nicht ahnten: Es war ein Einwegspiegel, wie man ihn aus dem Fernsehkrimi kennt, wenn jemand verhört wird und die Kommissare ungesehen alles durch einen präparierten Spiegel beobachten können. Stunde um Stunde hockte Walter in einem Raum hinter dieser speziellen Umkleidekabine und beobachtete die Damen bei der Dessous-Anprobe. Und, ehrlich gesagt, Elfie, Marion, Babette und ich leerten in dieser Kammer manches Glas Sekt und amüsierten uns beim Beobachten der Kundinnen königlich. Ich grinste vor mich hin. Was hatten wir da alles gesehen …

Aber nun war das Geschäft längst geschlossen, Elfie wurde immer unglücklicher und deswegen immer dicker und deswegen immer unglücklicher. Sie war ein mütterlicher Mensch, sie hätte ein eigenes Kind gebraucht. Neben Walter war die fette Jenny ihr Kindersatz gewesen.

Ich konnte mir ihre Trauer gut vorstellen: Nun hatte sie das Lebewesen, das sie am meisten liebte, eigenhändig vergiftet. Das war tragisch.

Die Idee, sich auf La Gomera um herrenlose Hunde zu kümmern, fand ich jetzt besonders sinnvoll. Mir fiel der

Grund meines Anrufs wieder ein. »Tom hat sein Handy hier vergessen, und nun ist die Sim-Karte gesperrt!«

»Ach Mist, wieso hast du denn sein Passwort nicht?«

»Ich hatte es, aber er muss es geändert haben. Kann ich das Handy jetzt irgendwie entsperren, damit er nicht merkt, dass ich schnüffeln wollte?«

»Leider nicht.«

Ich legte das Handy nach dem Telefonat mit Elfie wieder dahin, wo ich es entdeckt hatte. Wenn Tom mich auf die Sim-Karte ansprechen würde, würde ich alles abstreiten. Das hatte Babette mir mal eingebläut: »Steffi, wenn du fremdgehst, und es kommt raus: abstreiten, abstreiten, abstreiten! Und wenn er dich in flagranti im Bett mit einem anderen Typen erwischt: abstreiten, abstreiten, abstreiten!«

So würde ich es auch in diesem Fall machen.

Den Rest des Tages verbrachte ich im Garten, da war einiges liegen geblieben. Ich mähte den Rasen, beschnitt die Büsche, zupfte Unkraut, fegte die Einfahrt.

Außerdem fielen mir die Staubsaugerschläuche wieder ein. Leider ergaben sie zusammengesteckt keine genügende Länge vom Auspuff bis zum Seitenfenster. Da musste ich mir was einfallen lassen.

Das Problem war jedoch sofort gelöst, als mein Blick auf den Gartenschlauch fiel, der, ordentlich aufgewickelt, auf einer Vorrichtung in der Garage hing. Ich schaute mir das Schlauchende an. Es war natürlich dünner als ein Auspuffrohr, aber wenn ich alles mit Plastiktüten und Folie abdichten würde, müsste es gehen.

Zur Tagesschau war Tom immer noch nicht wieder da. Auch als im WDR die Freitagsdokumentation über wilde Tiere in der Stadt begann, war ich allein. Um mir die Zeit zu vertreiben, holte ich die Geschirrtücher aus der Schublade und begann, sie sorgfältig zu bügeln. Dabei konnte ich prima nachdenken.

Die *Operation Müsli* war misslungen, na gut. Blieb die Abgasnummer und Plan B. Vielleicht hatte ich Glück und meine Poppers- und Viagra-Bestellung würde morgen schon geliefert, dann könnte ich den Reserveangriff schon beim nächsten Sonntagssex starten. Also übermorgen.

Ich bügelte, bis die NDR-Talkshow begann. Seit Frau Schöneberger sie moderierte, ließ Tom sich diese Sendung niemals und unter keinen Umständen entgehen.

Aber an diesem Freitag war er nicht zu Hause. Trieb sich herum. Hasserfüllt starrte ich der Schöneberger aufs üppige Dekolleté. Ihr traumhaft schönes Kleid war zum Kotzen. Die perfekt passenden Pumps auch. Royalblau. Und diese Haare! Diese Frau hatte einfach von allem zu viel: Busen, Bauch, Hintern, Haare, Ohrringe, Augen und Hirn. Wenn ich so aussähe, würde ich auch so glücklich und locker rüberkommen. Kein Wunder, dass Tom auf sie stand.

Ich dachte an die Moderatorin vom Fernsehgarten. Auch sie war blond, üppig, temperamentvoll. Was solche Frauen ihm wohl erzählen würden, wenn er nur immer unter der tickenden Uhr in der Küche Kreuzworträtsel lösen würde? »Pah! Bei denen würde er es gar nicht wagen, sich so langweilig zu benehmen!«, sagte ich laut und erschrak, als ich meine eigene Stimme hörte.

Automatisch griff ich nach meinem Handy, um Tom eine SMS zu schicken, aber mir fiel ein, dass er sein Handy ja hiergelassen hatte.

Und wenn ihm nun was passiert war? Ein Autounfall? Vielleicht lag er in einer verlassenen Gegend halb tot im Straßengraben und konnte keine Hilfe rufen, weil sein Handy hier auf der Kommode lag.

Unsinn, in Köln gab es keine verlassenen Gegenden. Wahrscheinlich waren der Schreck, den ich bekam, und die Angst, die sich unmittelbar danach einstellte, reine Gewohnheit. Im Grunde wäre es ja das Beste gewesen, wenn er einfach nicht wiedergekommen wäre, dann hätte ich mir nicht so viele Gedanken machen müssen.

Die Talkshow war längst zu Ende, und ich saß schon eine ganze Weile wartend und lauschend im Dunkeln im Bett, als ich ihn endlich nach Hause kommen hörte. Wenigstens war ihm nichts passiert.

Meiner spontanen Erleichterung folgte Verwunderung über mich selbst, aber das verdrängte ich sofort wieder. Ich war aus Gewohnheit besorgt, weshalb denn sonst. Mit dem Widerspruch, dass ich mir einerseits solche Sorgen um ihn machte, und andererseits plante, ihn in die ewigen Jagdgründe zu schicken, wäre ich ansonsten nicht klargekommen.

9

Dieser schreckliche Samstag, der in einer Tragödie enden sollte, begann mit meinem einsamen Frühstück.

Ich hatte mir keinen Wecker gestellt und bis zwanzig nach zehn geschlafen. Ich konnte mich nicht daran erinnern, wann mir das zuletzt passiert war.

Als ich in die Küche kam, war niemand da. Ich schaute in den Biomüll: Ja, eine frische Schale lag darin, Tom hatte seine Banane gegessen. Der Rest Kaffee in der Glaskanne der Kaffeemaschine war bereits kalt.

Ich ging ins Wohnzimmer. Er hatte sein Nachtlager aufgeräumt, die Decke lag ordentlich zusammengelegt über der Lehne, nur die Kissen hatte er natürlich nicht vernünftig aufgeschüttelt.

Im Bad sah ich, dass er geduscht hatte. Ich strich mit dem Finger über den Kopf seiner Zahnbürste, sie war nass. Außerdem roch es nach seinem Parfüm.

Ich inspizierte den Ankleideraum. Es war Bastians ehemaliges Kinderzimmer. Als uns klar geworden war, dass wir keine weitere Verwendung für diesen Raum hatten, hatte Tom ihn umgebaut. Jetzt hatte er wie immer seine Schranktüren offen gelassen. Auf dem Stapel T-Shirts, die ich stets fein säuberlich Kante auf Kante einsortierte, lag eine braune Papiertüte. Natürlich schaute ich hinein. Bis auf einen Bon über sechs T-Shirts aus einem Geschäft, das ich nicht kannte, war sie leer. Als ich sah, dass er für diese sechs T-Shirts über sechshundert Euro ausgegeben hatte, stieß ich einen spitzen Schrei aus. Der war doch nicht ganz dicht! Sofort lief ich zum Computer, setzte meine Lesebrille auf und loggte mich ins Onlinebanking ein. Von unserem Konto war diese Summe nicht abgebucht worden. Ich sah mir den Bon noch einmal an. Das Geschäft kannte ich, es war in der Pfeilstraße und bekannt für seine gepfefferten Preise. Barzahlung. Er hatte cash gezahlt. Woher nahm Tom sechshundert Euro cash für sechs gottverdammte T-Shirts?

Und außerdem: Wo konnte er heute, an einem Samstagmorgen, hingegangen sein? Wieder zu seiner Ische? Sein Handy lag nicht mehr auf der Kommode, also hatte er es mitgenommen. *Na warte*, dachte ich.

Ich rief ihn an. Nach dem sechsten Klingeln hörte ich seine Stimme. »Ja hallo, hier ist der Thomas!«

»Sag mal, wo steckst du denn, ich mache mir langsam …«

Er fiel mir ins Wort. »Du hast meine Nummer? Wie du hörst, hast du dich nicht verwählt, und nun hast du wenige Sekunden Zeit, um mich davon zu überzeugen, dich zurückzurufen! Piep!«

Verdattert starrte ich auf das Display. Das war seine Mailbox. Seit wann hatte er *so* eine Ansage auf der Mailbox? Sonst sagte er: »Keiner da, Nachricht nach dem Ton.« Basta. Wieso sprach er jetzt so locker flockig? Das musste ein Irrtum sein. Ich wählte erneut.

»Ja hallo, hier ist der Thomas.« Es folgte eine kurze

Pause, in der man natürlich etwas sagte, so wie ich eben, weil man nicht merkte, dass es ein Anrufbeantworter war.

»Du hast meine Nummer? Wie du hörst, hast du dich nicht verwählt, und nun hast …«

Ich legte auf.

Während der Kaffee durchlief, ging ich unter die Dusche.

Die Beschimpfungen, die ich ausstieß, während ich mir das Wasser über den Körper rieseln ließ, waren unterstes Niveau. Sie begannen mit »widerliche Arschgeige«, die anderen sind nicht zitierfähig. Keine Ahnung, wann ich je so unflätig geflucht hatte – aber an diesem Samstag im Juni war ja sowieso nichts mehr, wie es zu sein hatte.

Normalerweise saßen wir um diese Zeit am Frühstückstisch, aßen frische Brötchen und wachsweiche Bio-Eier und teilten uns die Wochenendausgabe des *Kölner Stadtanzeiger*. Tom echauffierte sich über Neuigkeiten aus der Politik, und ich las ihm vor, wer in der vergangenen Woche gestorben war und wer um wen trauerte. Ich überlegte beim letzten Kaffee, was ich anziehen sollte, und wir beratschlagten, ob wir mit der Linie sechzehn oder mit dem Auto in die Stadt fahren sollten. Und abends würden wir die Würstchen grillen, die wir gemeinsam eingekauft hatten. Normalerweise.

Stattdessen schlief Tom seit Tagen auf dem Sofa, aß keine Kohlenhydrate und samstags Bananen statt Brötchen, kam nach Hause, wann es ihm passte, und ließ sich einen Bart wachsen. Er trug unfassbar teure T-Shirts mit Aufdruck, die er sich selbst gekauft hatte, und er ließ mich hier einfach sitzen und dumm sterben.

Ach so, ja. Rasch drehte ich das Wasser ab, stieg aus der Dusche und öffnete die Badezimmertür, damit ich das Klingeln des Paketboten nicht überhörte, wenn Poppers und Viagra geliefert wurden.

Ich wartete bis nachmittags, der Bote kam nicht.

Aber im Briefkasten lag eine braune Kartonage, die Post musste gekommen sein, als ich unter der Dusche stand. Ich riss sie auf. Wenigstens die K.-o.-Tropfen waren da. Das also war das Mittel, mit dem Männer sich Frauen gefügig machten, indem sie in der Kneipe oder Disco heimlich ein paar Tropfen in die Getränke träufelten. Wie gut, dass ich nicht mehr in Diskotheken ging. Rasch überflog ich die Dosierungsanleitung, bevor ich den Karton mit der Flasche in der Waschküche im Klammerbeutel versteckte.

Tom kam nicht.

Was sollte ich tun? Putzen? Es war alles sauber. Im Garten arbeiten? Da war alles fertig. Allein in die Stadt fahren? Wozu? Wir fuhren schließlich jeden Samstag in die Stadt. Hier auf Tom warten? Das könnte ihm so passen.

Ich schickte eine Nachricht an Babette: *Hast du Zeit für ein Plauderstündchen?*

Sie antwortete sofort: *Komm rüber, ich mixe uns ein Aperölchen!*

Eigentlich war es Kaffeezeit, aber gegen einen Drink hatte ich in meiner Verfassung auch nichts einzuwenden.

Babette hatte ihre eigene Terrasse, man musste allerdings aus dem Küchenfenster steigen, um sie zu betreten. Die kleine Wohnung lag im Souterrain, Babette und Ralph hatten den Keller damals ausgebaut, weil er seine Mutter zu sich holen wollte, als sie krank geworden war. Der Kelch war an Babette vorübergegangen: Bevor sie ihre garstige Schwiegermutter pflegen musste, war diese Gott sei Dank gestorben.

Nachdem Babette in die Wohnung gezogen war, hatte sie die Terrasse selbst angelegt. Ralph ließ sie machen, nur eine Tür wollte er nicht einbauen lassen. Also kletterten wir drinnen auf eine Trittleiter, draußen über improvisierte Stufen aus verklebten Ytongsteinen durch das Fenster und ließen uns in weißen Korbsesseln mit Kissen aus pastellfarbener Spitze nieder.

Ich war ewig nicht hier gewesen und sah Babettes »Sommerzimmer« in diesem Jahr zum ersten Mal: meterhoher Bambus, Kletterrosen an Spalieren, traumhaft schön bepflanzte Kübel mit Lavendel, Hortensien und Phlox, steinerne Figuren und rostige Laternen. Es war wie in einem Märchengarten. Sogar einen kleinen Teich hatte sie angelegt, ein grüner Froschkönig aus Eisen hockte an seinem Rand und spie Wasser hinein.

»Schön hast du es hier!« Ich nahm einen großen Schluck Aperol. Eiswürfel klirrten gegen beschlagenes Glas, Insekten summten, irgendwo mähte jemand Rasen. »Wo ist er?«, fragte ich und wies mit dem Kopf aufs Haus.

»Ralph? Macht mit einem Kollegen eine Radtour nach Bonn in die Rheinaue, der kommt erst spät zurück.«

»Und wieso bist du hier? Hast du kein Date?«

Sie rührte mit dem Strohhalm in ihrem Glas herum und zögerte einen Moment. »Roger ist mit seiner Frau auf einer Silberhochzeit, das konnte er nicht absagen.«

Der aktuelle Lover hieß also Roger. Sie sprach es nicht

englisch aus wie Roger Moore, sondern deutsch. Ich wusste nicht, wie lange sie diesen Typen schon hatte, wir hatten uns schon lange nicht mehr unter vier Augen unterhalten.

»Ist er nett, der Roger?«, fragte ich.

Als Antwort zeigte sie mir ihre Armbanduhr. Ich hielt ihr Handgelenk fest und kniff die Augen zusammen, um sie besser sehen zu können. Es war eine relativ schlichte zweifarbige Uhr, mir gefiel sie nicht besonders. »Hübsch«, sagte ich höflich.

»Hübsch? Das ist eine Ebel!«, rief Babette.

Ich konterte: »Nee, sag bloß, ich dachte, es wäre 'ne Uhr!«

Sie sah mich missbilligend an. »Ach, Steffi, das ist ein Klassiker, die Ebel Wave kennt doch wirklich jeder.« Sie starrte das Ding verzückt an. »Kostet dreisechs.«

»Also ist Roger besonders nett«, grinste ich. »Was macht er beruflich?«

Babette sagte mit wichtigem Gesicht: »Kot-Immobilien!«

Ich verschluckte mich an meinem Getränk. »Bah! Igitt!«

»Wie, igitt? Die Côte d'Azur ist eine der teuersten Gegenden Europas …«

Wir stutzten beide, begriffen mein Missverständnis, begannen gleichzeitig zu lachen und kriegten uns kaum wieder ein.

Sie erzählte, dass sie ihn im Internet kennengelernt hatte, wie alle ihre Lover, aber mit ihm sei es anders.

»Was ist anders? Im Bett?«, fragte ich.

Sie winkte ab. »Unsinn, das ist immer dasselbe. Die Anzahl der Stellungen ist begrenzt, da kannst du das Rad nicht neu erfinden.« Ich versuchte, meine Gesichtszüge unter Kontrolle zu behalten, als sie aufzählte: »Von hinten, von vorne, von oben, von unten, von der Seite, im Stehen, im Sitzen. Oral, anal, vaginal, manuell. Ende Gelände. Nein, ich meine, mit Roger kann ich reden. Und lachen. Das ist so wichtig, verstehst du?«

Ja, das verstand ich. Tom und ich hatten früher auch viel gelacht. Er konnte mit unlesbarem Pokerface sehr komische Sachen sagen. Oder er schnitt Grimassen, bis ich mir vor Lachen den Bauch halten musste. Karneval ging er immer als Clown. Und er war früher ein richtiger Karnevalsfreak gewesen. Von Weiberdonnerstag bis zur Nubbelverbrennung hatten wir durchgefeiert, hatten gebützt, geschunkelt und gesungen, waren beim Geisterzug mitmarschiert, hatten am Rosenmontag in der Severinstraße gestanden, mit 'nem Pittermännchen, einem kleinen Fass Kölsch, auf dem mitgebrachten Klappstuhl und vielen Freunden um uns herum. Wir hatten Kamelle in Jutetaschen und Strüßchen gesammelt, so viel wir tragen konnten. Und am Aschermittwoch hatten wir glücklich und erschöpft auf dem Sofa gelegen. Wann hatte das aufgehört? Ich wusste es nicht mehr.

»Wie bitte?« Babette hatte irgendwas gesagt.

»Die arme Elfie, wie wird sie das nur aushalten ohne ihre Jenny …«, wiederholte sie.

Wir nickten synchron, schwenkten unsere Drinks, erhoben die Gläser und gedachten der verstorbenen Hündin.

»Wenn alles nach Plan verlaufen wäre, würden wir jetzt auf Walter trinken«, murmelte ich.

Babette schaute verträumt auf den eisernen Froschkönig. Der dünne Wasserstrahl, der ununterbrochen aus seinem gespitzten Mäulchen plätscherte, glitzerte in der Sonne wie Quecksilber.

Quecksilber. Ich sah hinüber zum Haus. Das war ein Stichwort, bei dem ich an Ralph und seinen Fieberthermometerfimmel denken musste. Na ja, wenn das alles gewesen wäre... Ralph war für Außenstehende in erster Linie ein Korinthenkacker. Kein anderes Wort trifft es so genau wie dieses. Wie sonst sollte man einen Menschen bezeichnen, der nach jedem Einkauf die Bons bügelte, auf ein blütenweißes Blatt klebte und, nach Datum und Uhrzeit sortiert, abheftete? Und wehe, Babette hatte einen Bon im Einkaufswagen liegen lassen. Ralph sagte dann mit dem schönsten Lächeln: »Ich hab's immer gesagt, du bist zu doof zum Scheißen. Was würdest du ohne mich anfangen?«

Ich konnte mir vorstellen, dass dieser bösartige Charme der Schlüssel zu ihrem Verhalten war. Eine normale Frau hätte sich nach solchen Sprüchen von diesem Stinkstiefel getrennt, aber Babette konnte das nicht. Nachdem sie mir die Szene, in der ihr »Abkommen« entstanden war, mal genau geschildert hatte, wusste ich Bescheid. Der Mann hatte eine dunkle, eine gefährliche Seite.

Es war am Tag nach der Abifeier von Damaris gewesen. Babette hatte sich ordentlich in Schale geworfen, bevor Ralph heimkam.

»Ich wollte ihm verkünden, dass ich ein neues Leben anfangen möchte. Er sollte aber unbedingt sehen, was er verlieren würde, deswegen hatte ich mein schönstes Kleid angezogen.«

Ich konnte die Szene vor mir sehen; wir hatten so oft

darüber geredet, dass ich sie wie einen Film vor meinem geistigen Auge abspielen konnte: Babette im durchgestylten Wohnzimmer ihres Reihenhauses, mit schwarzer Wallemähne und roten Lippen, stöckelt übers Laminat, sucht verzweifelt nach den Worten, die sie sich so schön zurechtgelegt hat – und kann sie nicht finden.

Er kommt nach Hause, klingelt wie immer, obwohl er einen Schlüssel hat. Er mag es, sie wie ein Dienstmädchen zur Tür zu zitieren, drängelt sich an ihr vorbei, mustert sie kurz und fragt: »Was gibt's zu essen?«

»Nichts«, sagt Babette, und beim Anblick seiner zackig hochschnellenden Augenbrauen bekommt sie heftiges Herzklopfen.

»So, nichts? Das kannst du mir bestimmt erklären«, sagt er und lockert seinen Krawattenknoten.

Er geht ins Wohnzimmer, setzt sich mitten auf die Couch – breitbeinig, die Arme rechts und links lang ausgestreckt auf der Lehne – und reckt das Kinn vor. »Und?«

Sie nimmt ihren ganzen Mut zusammen und sagt: »Ich will mich von dir trennen.«

Er sagt erst mal nichts. Schließlich verzieht er angewidert das Gesicht und deutet mit dem Kopf auf ihr Kleid. Und als hätte er ihren letzten Satz nicht gehört, sagt er: »Was ist das denn schon wieder für'n Nuttenfummel?«

Babette sucht nach einer passenden Antwort, will ihr Thema wieder aufnehmen.

Aber Ralph fährt mit eiskalter Stimme fort: »An welchen Straßenrand willst du dich heute stellen? Oder hast du deinen Freier im Internet klargemacht? Was zahlen die eigentlich für eine lahme Nummer mit dir? Mehr als ich?«

Er greift in die Brusttasche seines Hemdes und wirft einen Zwanzig-Euro-Schein auf den Tisch.

Babette schießen Tränen in die Augen, sie schnappt nach Luft und will sich verteidigen.

Er springt plötzlich auf und ist mit zwei Schritten bei ihr, greift in ihre langen Haare, wickelt sie einmal um seine Hand und reißt ihren Kopf so abrupt nach hinten, dass sie aufschreit. »Jetzt hörst du mir mal gut zu, du undankbares Dreckstück. Du hast mir diese Kinder angedreht, hast mich zum Heiraten genötigt, weil du zu faul und zu dämlich warst, um eine Ausbildung zu machen.« Er gibt ihr eine schmerzhafte Kopfnuss. »Nur Stroh in diesem Kopf, nur Stroh! Was habe ich getan? Ich habe mitgespielt. Ich habe alles für dich getan, alles. Habe dich finanziert, das Haus gekauft, alles angeschafft, jedes einzelne Teil, das es hier gibt, wurde von meinem Geld bezahlt. Und du? Das Einzige, was du geschafft hast, ist putzen und die Blagen dazu zu bringen, dass sie sich für berufen halten und meinen, studieren zu müssen, und dass ich auch dafür noch lange Zeit finanziell bluten muss. Das hast du fein eingefädelt. Und während ich das tue, während ich die Kinder aushalte, damit sie mal mehr können als ihre strunzdumme Mutter, willst du mich verlassen? Wie stellst du dir das vor? Willst du Unterhalt? Ja? Die Hälfte vom Haus? Hast du dir das so ausgedacht?« Er stößt sie weg. »Vergiss es«, zischt er. »Geh. Hau ab, sofort. Dann höre ich morgen auf zu arbeiten, hier geht alles den Bach runter, einschließlich der Ausbildung deiner Kinder. Oder du bleibst.« Er setzt sich wieder hin. »Zieh in den Keller, mach da unten, was du willst, du kannst hier wohnen und essen, dafür machst du so weiter wie bisher. Früher hast du mir dein Leben aufgedrängt, aber jetzt, jetzt sorgst du dafür, dass meins so bleibt, wie es ist.« Er macht eine Geste von oben nach unten. »Und wenn du demnächst wie ein Flittchen rumlaufen willst, geh ficken. Einen Batzen Taschengeld wirst du schon brauchen, um deinen vergammelnden Körper und dein alterndes Gesicht in Schuss zu halten.«

So war das damals gewesen.

Sie hatte sich darauf eingelassen und begonnen, sich diverse Lover zu suchen. Babette sah dank ihrer Flohmarkt- und eBay-Schnäppchen schon immer wie ein Luxusweibchen aus, nun wurde sie tatsächlich eins. Ganz hinten in meinem Herzen musste ich Tom zugestehen, dass er mit seinem Spitznamen »Betten-Babettchen« recht hatte. Rein technisch gesehen. Aber ich konnte sie verstehen.

Und nun hatte sie eine Ebel-Uhr von einem Mann namens Roger, mit dem alles anders war. Ich knüpfte wieder an den Beginn unseres Gesprächs an.

»Dein Roger hat also keine Zeit, weil er mit seiner Frau zu einer Silberhochzeit geht?«

»Genau.«

Ich sagte nichts weiter dazu. Man kennt das doch aus Büchern und Filmen, dass verheiratete Männer, die sich eine Luxusgeliebte halten, ihre Frauen niemals verlassen. Vielleicht wusste oder ahnte Babette das. Sie wollte bestimmt frei sein, und ich konnte das so gut verstehen.

Wir kamen wieder auf Elfies toten Hund zu sprechen. »So ein tragischer Unfall!«, murmelte Babette mit dem Strohhalm zwischen den Zähnen.

Sollte ich ihr von Toms verschmähtem Müsli erzählen? Ich entschied mich dagegen. Wir waren alle erwachsen und wussten selbst, was zu tun war. Zu viele informierte Mitwisser waren gefährlich.

Babette bot mir noch einen Drink an, aber ich lehnte ab. Es war Zeit, nach Hause zu gehen. Tom und ich wollten doch heute Abend grillen, und ich musste noch Salat vorbereiten und Kölsch kalt stellen …

Unsinn.

Wir hatten kein normales Leben mehr. Es gab ja gar kein Sommersamstagsritual. Ich war zu Babette gegangen, weil Tom wieder wortlos das Haus verlassen und mich allein gelassen hatte.

Ich dachte an Plan A und B. Einer von denen musste zeitnah umgesetzt werden.

Es war später Nachmittag. Der Aperol war mir ziemlich in den Kopf gestiegen. Wenn es draußen über fünfundzwanzig Grad war, konnte ich keinen Alkohol vertragen, und das Thermometer neben dem Ginsterbusch im Garten zeigte sogar dreißig an.

Ich betrat das leere Haus, warf meinen Schlüssel auf die Kommode, ließ die Jalousien an der Westseite herunter, damit das Haus sich durch die Abendsonne nicht aufheizen konnte. In heißen Sommern hatte ich mir manchmal ein Reihenmittelhaus gewünscht, weil wir dann keine Südseite gehabt hätten und es im Wohnzimmer immer angenehm kühl gewesen wäre. Meine Güte, worüber hatte ich mir in meinem Leben schon Gedanken gemacht. Gab es nichts Wichtigeres?

Ich ging barfuß in den Garten, genoss es, den kitzelnden Rasen unter den Fußsohlen zu spüren, und blieb unschlüssig stehen. Was war denn jetzt mit den Würstchen? Sollte ich nun Salat vorbereiten oder nicht? Meine Güte, ohne Rituale, an denen man sich orientieren konnte, war das Leben aber auch nicht einfach.

Ganz in Gedanken nahm ich den Rost aus dem gemauerten Gartengrill und trug ihn in die Küche, um ihn vor dem Grillen zu putzen. Und dann geschah in meiner Erinnerung alles gleichzeitig.

Ich hörte den Ford in die Garage fahren. Die Seitentür, die von der Garage aus direkt in unsere Diele führt, wurde geöffnet, und Tom kam herein. Er hatte gerötete Wangen, soweit ich das bei diesem Bart erkennen konnte, und er trug trotz der Hitze wieder lange Ärmel. Ich starrte auf seine Hände und die Handgelenke: Er trug mehrere Armbänder aus breitem Leder, mit klobigen Metallteilen verziert, und am Mittelfinger der linken Hand einen protzigen Ring mit einem Totenkopf.

Ich schnappte nach Luft. »Machst du jetzt einen auf Heino?« Der alte Barde lief ja neuerdings auch mit solchem Schmuck rum und sang mit diesen verrückten Rammstein-Typen.

Tom grinste. Sein Lächeln sah durch den Bart ungewohnt aus.

In genau diesem Moment klingelte unser Telefon. Wir schauten uns unschlüssig an, weil wir nicht wussten, wer rangehen sollte.

»Elfie«, erklärte ich nach einem kurzen Blick auf das Display und nahm ab.

Das hätte ich aber gar nicht sagen müssen, denn Elfie kreischte dermaßen ins Telefon, dass ich den Hörer automatisch weit weghielt und Tom alles verstehen konnte. »Er ist tot! Tot tot tot! Steffi, er ist tot!«

Wer?, wollte ich fragen, doch ich brachte nur ein Krächzen zustande. Meine Stimme gehorchte mir nicht, sie wurde von einer Million Gedanken gelähmt, die mir in einer einzigen Sekunde durch den Kopf schossen. *Sie hat es getan, o mein Gott, sie hat Walter tatsächlich umgebracht!* Ich zitterte am ganzen Körper. *Wow, jetzt wird es ernst. Halt den Hörer zu, falls sie in ihrer Aufregung irgendwas Verdächtiges von sich gibt, darf Tom es nicht mitkriegen.*

Gleichzeitig hörte ich Elfie erneut rufen: »Mein Walter ist tot. Sie haben es mir eben jesagt, aber ich darf ihn noch mal sehen.« Sie heulte jetzt herzerweichend.

Ich wartete geduldig, dabei war mir vor Entsetzen eiskalt.

»Steffiiiiii, du musst mitkommen, ich kann das nicht allein!«

Ich ließ den Hörer sinken und sah Tom ratlos an.

Er griff nach seinem Autoschlüssel und machte mir mit der Hand ein Zeichen, dass wir sofort losfahren würden. »Frag sie, wohin wir kommen sollen«, sagte er.

Wir holten Elfie zu Hause in Weiß (sie nannte den Kölner Ortsteil immer »Nice Weiß«) ab, verfrachteten sie auf den Rücksitz und brachten sie zur Uniklinik.

An die Autofahrt erinnere ich mich kaum, Tom chauffierte uns ruhig und sicher durch den Kölner Horrorverkehr, und ich saß mit der Rotz und Wasser heulenden Elfie im Fond und versuchte, sie tröstend zu umarmen, was allerdings angesichts meiner kurzen Arme und ihrer Leibesfülle nicht möglich war. Ich unterstützte sie also, indem ich ihr ununterbrochen Taschentücher reichte und liebevoll ihre Schulter tätschelte.

Tom und ich durften Walter natürlich nicht sehen, man ließ nur die direkten Angehörigen zu ihm. Ein Arzt führte Elfie dorthin, wo sie sich verabschieden konnte.

Bis dahin war ich noch felsenfest davon überzeugt gewesen, dass sie ihn vergiftet hatte, und bewunderte heimlich ihre überzeugende Schauspielkunst.

Aber es war ein Unfall gewesen, ein schrecklicher, bizarrer Unfall. So ein Glück.

Walter war auf dem Golfplatz gestorben. Er hatte erst im vergangenen Sommer mit diesem Sport angefangen, und es hatte sich rasch gezeigt, dass er völlig talentfrei war. Dennoch machte er weiter, verbrachte Stunde um Stunde auf dem Platz.

»Mein Mausebär … er hatte doch so ein Kämpferherz. Und nun isses erneut kaputt!« Elfie brach in lautstarkes Geheule aus.

An diesem Samstag hatte Walter am sechsten Loch einen Ball versiebt und war darüber so wütend geworden, dass er kurz danach seinen Spazierstock, den er neuerdings benutzte, mit ganzer Kraft gegen einen Baum gedroschen hatte. Der Stock war zerbrochen, der Stiel zurückgeprallt und hatte dabei sein Herz durchbohrt. Aufgespießt. Und schon hatte sich das mit dem Kämpferherz erledigt. Walter war innerhalb weniger Sekunden tot gewesen.

»Er hat jottseidank nicht jelitten«, schluchzte die frischgebackene Witwe, und ich dachte, dass ich mir unbedingt ganz genau merken musste, wie sie die Verzweifelte gab, denn das konnte später für mich wichtig sein.

Auf dem Weg nach Hause schaute ich wortlos aus dem Fenster. Tom war sichtlich erschüttert und schwieg auch die ganze Zeit. Wenn man nicht wusste, dass Elfie ein Riesenglück gehabt hatte, weil sie jetzt nicht nur ein fettes Erbe antreten würde, sondern auch einen Batzen von der Unfallversicherung und die Lebensversicherung abkassieren würde, konnte sie einem ja auch leidtun. Es war, objektiv gesehen, schon hart, innerhalb von vierundzwanzig Stunden Hund und Mann zu verlieren. Tja. Glück musste man haben. Jetzt konnte sie sich um ihren Viecherschutz kümmern und nach »Jomera« fliegen. *Gute Reise, meine Liebe*, dachte ich.

Der Schreck schoss mir dermaßen in die Knochen, dass ich mich kerzengerade machte und mir mit der flachen Hand den Mund zuhielt, um nicht laut zu schreien. Reise!

Tom sah mich fragend von der Seite an, legte mir eine Hand auf den Oberschenkel und streichelte tröstend mein Bein, sagte aber nichts. Er dachte bestimmt, ich hätte eine verspätete Schockreaktion oder so was.

Weit gefehlt. Das heißt, einen Schock hatte ich in der Tat, aber keineswegs wegen Walter.

Die Reise!

Unsere Reise! Um Gottes willen.

Daran hatte ich überhaupt nicht mehr gedacht, so ausgiebig war ich gedanklich damit beschäftigt gewesen, zeitnah Witwe zu werden. In wenigen Wochen, genau gesagt am sechsten Juli, begann unser Urlaub. Wir hatten bereits im Januar eine teure Mittelmeerkreuzfahrt auf einem Segelschiff gebucht. Wir machen das immer so früh im Jahr, wegen der Frühbucherrabatte, die können den Reisepreis schon mal um ein Viertel reduzieren, das lohnt sich. Tom musste unbedingt vor dem Urlaub ster... verschwinden. Wenn ich die Buchung zu spät stornierte, würde doch die Reiserücktrittsversicherung nicht zahlen!

Heute war Samstag, der 25. Juni. Ich musste etwas unternehmen.

Morgen.

Heute war ich zu kaputt.

Als Tom später in der Wohnzimmertür stand und sagte: »Wenn es dir hilft, kann ich heute ausnahmsweise im Schlafzimmer schlafen«, schüttelte ich den Kopf und drehte mich wortlos um. Ich wollte nicht, dass er die blöden Tränen sah, die mir plötzlich grundlos übers Gesicht liefen.

10

Am Sonntag stand ich um sieben Uhr auf, duschte, zog mir ein bequemes beigefarbenes Leinenkleid und passende Schläppchen an und machte Frühstück. Ich deckte den Tisch mit dem Bunzlauer Service und faltete gelbe Stoffservietten dazu, mir gefiel der sonnige Kontrast zum kräftigen Blau des Geschirrs.

Ich kochte Eier, exakt fünfeinhalb Minuten lang, zwei Stück für jeden. Zwei Eier wickelte ich in ein gelbes Frotteehandtuch und legte sie in ein gepolstertes Weidenkörbchen, darin blieben sie nämlich ewig heiß. Die anderen beiden stellte ich in die Eierbecher und zog ihnen die niedlichen Thermomützchen über, die meine Mutter mir zu irgendeinem Hochzeitstag geschenkt hatte.

Ich hörte Tom ins Bad gehen. Rasch legte ich Toastscheiben in das silberne Chromkörbchen, platzierte den Käsehobel neben der Käseglocke, füllte Erdbeer- und Hagebuttenmarmelade in Glasschälchen und legte kleine Silberlöffel dazu. Ich mag es nicht, wenn man das Messer ins Marmeladeglas tunkt, weil man damit immer Butter in die Marmelade schmiert. Schließlich stellte ich die Pfanne auf den Herd und legte sie komplett mit Baconscheiben aus. Wenn Tom gleich aus dem Bad kam, reichte ein Handgriff, und dank meines Induktionsherdes würde der Speck im Nullkommanichts brutzeln, und es würde im ganzen Haus wunderbar duften.

Ich prüfte den Tisch: geräucherter Lachs, sternförmig in Röllchen angerichtet und mit Dill garniert, Sahnemeer-rettich, Käse, Schinken, Mettwurst, Fleischwurst, Quark, frisches Obst, Kaffee in der silbernen Thermoskanne, frisch gepresster Orangensaft im gläsernen Designerkrug. Das Besteck lag eine Messerlänge weit auseinander und eine Daumenbreite von der Tischkante entfernt, die Kniffe der Servietten zeigten in dieselbe Richtung, die Henkel der Kannen ebenfalls. Alles war perfekt. So liebte ich unser Frühstück. Es fühlte sich an, als sei alles normal.

Wobei das hier natürlich kein normales Frühstück war. Es war eine Henkersmahlzeit.

Tom kam um acht Uhr in die Küche, geduscht, gut duftend, in einem nagelneuen weißen Shirt. Natürlich war es eins der teuren Teile, von denen ich den Bon ge-funden hatte. Ich dachte an die K.-o.-Tropfen im Klam-merbeutel und sagte nichts.

Er betrachtete den üppig gedeckten Frühstückstisch und wollte etwas sagen, aber ich fiel ihm ins Wort.

»Ich weiß, dass du keine Kohlenhydrate essen willst, aber ein bisschen Toast kann ja wohl nicht schaden, oder?«

Er zögerte. »Steffi, es tut mir wirklich leid, aber ich habe einen Termin und muss sofort weg.«

Automatisch schaute ich auf die Uhr. Sonntag morgen, kurz nach acht. Termin. Aha.

Er ging.

Es hätte nicht viel gefehlt, und ich hätte den kompletten Tisch mit einer einzigen Armbewegung abgedeckt. Ich hätte gleichzeitig schreien und heulen können, aber ich tat nichts dergleichen. Stattdessen saß ich eine Ewigkeit nur da, hörte mein Herz schlagen und die Uhr ticken. Synchron.

Bada-bumm. Bada-bumm. Ticke-tack. Ticke-tack. Hau-jetzt-ab. Hau-jetzt-ab.

Irgendwann begann die Wurst sich an den Rändern zu kräuseln und auf dem Käse bildeten sich Flüssigkeitsperlen. Gedankenverloren stach ich mit der Gabel immer wieder in die Lachsröllchen. Im Takt mit Herz und Uhr stach ich zu.

Bada-bumm. Ticke-tack. Hau-jetzt-ab.

Ich dachte darüber nach, was in den letzten Tagen passiert war. Heute vor einer Woche war noch alles normal gewesen, bis ich am Sonntag die Kartoffeln geschält und diese Sendung über die unentdeckten Mörder gesehen hatte.

Heute vor einer Woche war mir chronisch langweilig gewesen, ich hatte mich alt, träge und hässlich gefühlt, war nur in meinen Gedanken schlagfertig und selbstbewusst gewesen, aber in der Realität hatte ich mir nichts zugetraut und immer getan, was man mir sagte. Ich hatte mir vor wenigen Tagen nichts Schlimmeres vorstellen können, als mit Tom zusammenzubleiben und tagein, tagaus unter unserer Mittelstandskäseglocke zu leben. Mein Mann hatte sich noch letzte Woche nahezu sklavisch an unsere Regeln und Abläufe gehalten, die meisten hatte er selbst aufgestellt, Kreuzworträtsel gelöst, Fernsehgarten und jede Sendung mit Barbara Schöneberger geguckt und an seinem Laptop Stunde um Stunde ein Strategiespiel mit grünem Hintergrund gespielt. Er hatte beim Sex die Augen geschlossen und nicht mitbekommen, dass ich währenddessen heimlich las, er hatte ungestutzte Nasen- und Ohrbehaarung gehabt, im Sommer weiße Shirts und Jeans und im Winter blaue Hemden und Jeans getragen. Noch vor wenigen Tagen hatte ich seine Passwörter gekannt und seinen Kontostand und hätte mir niemals träumen lassen, dass er ohne mein Wissen mehr als sechshundert Euro für T-Shirts ausgeben, sich Armbänder aus Leder und Ringe aus dickem Silber kaufen und heimlich das Passwort für sein Smartphone ändern würde.

Innerhalb einer Woche hatte er sich so verändert, dass er morgens sein Müsli nicht mehr aß und auf dem Sofa schlief, ohne mir auch nur mit einem einzigen Wort zu erklären, warum. Er hatte plötzlich eine neue Ansage auf der Mailbox und trug einen Bart.

Ich stutzte.

Hallo? Steffi Herren, ist jemand zu Hause?, dachte ich und schüttelte den Kopf über meine eigene Doofheit. Plötzlich? So ein Unsinn. Das alles konnte unmöglich innerhalb einer Woche geschehen sein, es musste viel eher angefangen haben, und ich hatte mal wieder nichts gemerkt. Und jetzt saß ich hier, mutterseelenallein, an einem Sonntag, und wusste nicht, was ich machen sollte. Ich fing bitterlich an zu weinen, anders wusste ich mir spontan nicht zu helfen.

Vor lauter Heulen und Schniefen und Schnäuzen hätte ich beinahe das Klingeln meines Handys nicht gehört. Schluchzend nahm ich ab.

Es war Elfie. Sie weinte auch, schaffte es kaum, sich vernünftig zu melden. »Ach Steffi, es ist so schrecklich, nie hätte ich gedacht, dass es so schrecklich ist, wenn sie mal tot ist.«

Ich dachte an die dicke Jenny und an den armen Walter, der jetzt mausetot mit durchbohrtem Kämpferherz in einem Kühlschrank der Uniklinik lag und nie wieder mit der nackten Elfie über die Kölner Ringe fahren würde.

»Wenn sie tot *sind*, meinst du?«, verbesserte ich.

Sie jaulte auf. »Ja, Walter auch, natürlich. Aber Jenny, sie war jung... und unschuldig... konnte doch nichts dafür...«

Ich riss mich zusammen und verdrängte meinen eigenen Kummer, das war ich meiner Freundin schuldig.

»Immerhin hat sie dich davor bewahrt, eine...«, ich sah mich idiotischerweise in meiner Küche um und senkte die Stimme zu einem Flüstern, »... Mörderin zu werden.«

Elfie gab einen sirenengleichen Ton von sich, so laut, dass ich den Hörer vom Ohr nehmen musste. »Als hätte sie es geahnt...«

Ach du dickes Ei. Aber wenn sie glauben wollte, dass ihr Hund Selbstmord begangen hatte, um sein Frauchen davor zu bewahren, seinen Gatten zu vergiften – von mir aus. Ich fand Walters Unfall wirklich schrecklich, so ein Ende wünscht man niemandem, aber ich versank deswegen nicht in tiefer Trauer.

Schon verrückt. Wenn Tom sein Müsli gegessen hätte, wären heute drei Tote zu beklagen. So war nur Elfie eine glückliche Witwe, und ich musste erst noch dafür sorgen, eine zu werden.

Ich putzte mir die Nase. »Wie geht es denn jetzt weiter?«, fragte ich.

Elfies Stimme wurde von jetzt auf gleich normal und nahm einen geschäftigen Tonfall an. »Tja, wie jeht es weiter. Die Beerdijung ist Mittwoch um halb elf, eure Einladung habt ihr Montag im Briefkasten, wann die Versicherung zahlt, weiß ich noch nicht. Aber ich kann das Haus auf alle Fälle schon mal an einen Makler geben, damit der sich um den Verkauf kümmert. Und der Erlös jeht inne Stiftung fürn Kölner Zoo. Die brauchen dat Jeld immer.«

Ich überschlug in Gedanken, wie viel der Bungalow in Köln Weiß wert sein könnte. Baujahr 1993, zweihundertvierzig Quadratmeter Wohnfläche, am Ende einer Sackgasse gelegen, top in Schuss, schöner großer Garten, uneinsehbar hinter hohen Hecken. Angesichts der irrsinnigen Kölner Immobilienpreise und des guten Zustands tippte ich auf mindestens eine halbe Million. Da würde sich der Zoo aber freuen. Mit Sicherheit würde später ein Affengehege oder ein Baum nach Elfie benannt, und damit wurde sie durch Walters Tod quasi unsterblich.

»Ich wollte warten, bis alle Jelder jeflossen sind und dann auf Jomera nach nem jescheiten Anwesen gucken«, sagte sie.

»Und was ist mit Montag? Kommst du zum Stammtisch?«, fragte ich.

»Mal sehen. Eijentlich jibbet keinen Jrund, auf Jesellschaft zu verzichten.« Sie fing wieder an zu schluchzen. »Hier ist ja keiner mehr …«

Ich besann mich auf meine Situation und dachte, dass hier bald auch keiner mehr sein würde. Und dass unser Reihenhäuschen in Rodenkirchen auch ordentlich was bringen würde. Ich würde das Geld aber nicht für Tiere ausgeben, sondern für mich. Nun, meine Mutter pflegte zu sagen: »Erst die Arbeit, dann das Vergnügen.« Genau. Heute Abend gab es reichlich Arbeit.

Elfie und ich legten auf, und ich kümmerte mich zuerst um den Frühstückstisch. Was hatte ich mir nur dabei gedacht? Hatte ich wirklich geglaubt, Tom würde mit mir frühstücken? Nach allem, was ich über ihn wusste, war es so sicher wie das Amen in der Kirche, dass er eine andere hatte. Und ich demütigte mich selbst, indem ich mich wie eine Idiotin benahm und ein romantisches Pärchenfrühstück ausrichtete. Wie bescheuert konnte man eigentlich sein?

Obwohl es mir ein Gräuel ist, Lebensmittel wegzuwerfen, landeten Bacon, Eier, Wurst, Käse, Lachs und Toast im Biomüll. Das Geschirr stellte ich zurück in den Schrank, die Servietten konnte man noch mal benutzen, sie gehörten in die rechte Schublade.

Die Küche war wieder tipptopp. Und nun? Fernsehen? Lesen? Bei Facebook surfen?

Langsam ging ich durch die Räume, betrachtete jedes Möbelstück, jede Lampe, jedes Bild. Die meisten Dinge, die hier herumstanden, benutzten wir gar nicht. Mein Blick wanderte über die deckenhohe Regalwand voller gelesener Bücher, die ich einmal in der Woche abstaubte. Ein weiteres Regal mit CDs und DVDs. Wir hörten unsere Musik doch schon lange über Computer, Fernseher oder die Smartphones. CD- und DVD-Player standen seit einer Ewigkeit im Keller. Und hier, die Bilder mit abstrakten Motiven, die ich damals farblich passend zu den Sofakissen ausgesucht hatte und seitdem nicht mehr wahrnahm.

Sechs Stühle am Tisch, von denen wir nur zwei benutzten. Eine Schale mit Bastkugeln, die kleine Statue aus der Türkei, eine Vase aus Griechenland, eine Holzmaske aus Andalusien. Alles ohne Funktion, ohne wahre Bedeutung. Stehrümchen, Mitbringsel aus dem Urlaub oder von Samstagsausflügen zu IKEA.

Ich ging ins Ankleidezimmer. Über vier Meter Breite und zwei Meter Höhe hingen meine Klamotten so dicht, dass kein Zentimeter mehr zwischen die Kleiderbügel passte. Kleider, Blusen und Shirts nach Armlänge und Farben sortiert: vorn die hellen, beginnend mit den ärmellosen Teilen.

Ich zog eine beigefarbene Tunika heraus, die am Dekolleté mit Minimuscheln verziert war. Wann hatte ich sie zuletzt getragen? Keine Ahnung. Ich legte sie über einen Stuhl. Oder dieses leberwurstfarbene Viskosekleid, das die Verkäuferin mir als »taupe« verkauft hatte: Ich besaß es seit Urzeiten und hatte es noch nie an. Das graue Ensemble, bestehend aus Marlene-Hose, Weste und Bluse, war nach Bastians Einschulung in der Versenkung verschwunden, und dort hing es nun seit über zwanzig Jahren. Ab auf den Stuhl damit.

Nach einer Stunde hatte sich ein riesiger Haufen Klamotten angesammelt, den ich in Abfallsäcke verteilte. Weg damit. Der Inhalt meines Kleiderschranks nahm jetzt nur noch etwas mehr als einen Meter ein. Braucht man mehr Kleidung, als man in drei Wochen tragen kann? Nein.

Die Säcke wollte ich bei Gelegenheit zur Kleiderkammer der Diakonie in Michaelshoven bringen, ganz in der Nähe waren kürzlich Flüchtlinge in ein Containerdorf gezogen, die konnten das Zeug vielleicht gebrauchen. Bis dahin stapelte ich die Säcke in der Diele. Als dort kein Platz mehr war, schleppte ich die restlichen in die Waschküche.

Ich fühlte mich großartig, so, als hätte ich jede Menge überflüssigen Ballast abgeworfen. Mir wurde klar, dass ich noch nie wirklich ausgemistet hatte, bisher hatte ich immer gedacht, dass man alles irgendwann noch mal gebrauchen könnte. In der Hinsicht tickten Tom und ich übrigens gleich. In seinem Werkzeugkeller waren Schrauben, Dübel, Nägel, Muttern, Kabel, Ventile und anderes Zeug in beschrifteten Plastikschubladen verstaut. Den Nagel, den er nicht irgendwo gelagert hatte, gab es nicht. Er hatte in einer alten Wäschewanne Tapetenreste aus dreißig Jahren säuberlich aufgerollt, zusammengebunden und mit Klebezetteln versehen, auf denen Länge und Breite des Restes vermerkt waren. Sein Vorrat an Kugelschreiberminen lagerte in ausrangierten Besteckkästen, ebenso wie Glühbirnen und Werkzeuge. Genau, der Werkzeugkeller! Dort wollte ich nachsehen, ob Tom vielleicht einen Schlauch besaß, den ich heute Abend mit dem Staubsaugerschlauch verbinden konnte, um die *Operation Garage* durchführen zu können. Danach würde ich weiter ausmisten. Irgendwo standen sogar noch Kartons mit alten Schuhen meiner Schwiegermutter. Als meine Schwiegereltern uns das Haus überlassen hatten, um in eine Eigentumswohnung am Maternusplatz zu ziehen, waren die Kartons hier geblieben.

Ich schüttelte fassungslos den Kopf. Toms Vater war schon lange tot, seine Mutter lebte seit Jahren im Heim.

Dies war sein Elternhaus, hier war er aufgewachsen und hatte noch nie woanders gelebt. Ich kam aus demselben Stadtteil, hatte mit meinen Eltern und Marion vier Kilometer weiter in Sürth gewohnt. »Côte da Sürth«, sagte Babette zu unserem Örtchen. Vor dreißig Jahren war ich mit Tom hier eingezogen und hatte nie ernsthaft in Erwägung gezogen, Rodenkirchen zu verlassen. Warum eigentlich nicht?

Zita leistete sich zurzeit ein Penthaus in der Südstadt. Sie hatte kürzlich zu mir gesagt: »In Rodenkirchen kannst du nur wohnen, wenn du da geboren oder wenn du auf der Flucht bist.«

Darüber hatte ich lange nachgedacht. Warum hatte ich nie etwas gewagt? Warum war ich hier hängen geblieben, auf der sicheren Seite, in der gewohnten Umgebung?

Auf dem Weg in den Keller blieb ich vor dem Spiegel in der Diele stehen. Die vielen Kleidersäcke verdeckten ihn halb, ich konnte nur meine Schultern und das Gesicht darin sehen. Alles an mir war irgendwie beige. Die Haare, die Haut, das Kleid. *Wie kann ein Mensch nur so unscheinbar sein*, dachte ich, hob mit zwei Fingern eine Haarsträhne hoch und ließ sie mit verächtlichem Blick wieder fallen. Sogar meine Lippen waren farblos, ich zog sie durch die Zähne, damit sie besser durchblutet wurden. Ohne Erfolg.

Zita hatte sich die Lippenkonturen tätowieren lassen, es sah total echt aus, und ihr Mund wirkte viel voller. Sie hatte auch feine Striche in die Augenbrauen tätowiert und einen ganz natürlich aussehenden Permanentlidstrich. Na ja, anders als ich war Zita an Männern interessiert, da spielte die Optik natürlich noch eine Rolle.

Meine Schwester Marion sagte immer: »Bei Frauen über fünfzig gilt dasselbe wie für Mode aus der Vorsaison: Je älter die Ware ist, desto aufwendiger muss die Präsentation sein.«

Ich wollte mich ja nicht verkaufen oder anpreisen; wenn Tom weg war, würde ich allein bleiben. Aber ich könnte durchaus etwas für mich selbst tun. Wenigstens ein bisschen Make-up, es musste ja nicht gleich eine Tätowierung sein. Obwohl ich Tattoos toll fand. Wie würde ein bunter Rosengarten auf meinem Rücken aussehen?

Ich riss mich von meinem Anblick los. Eins nach dem anderen. Jetzt brauchte ich erst mal einen Schlauch. Ich öffnete die Tür.

Als ich Toms Werkzeugkeller betrat, traf mich fast der Schlag.

Der Keller war komplett leer. Regale, Kisten, Kästen, Tonnen, Eimer, Werkzeug – es war alles weg. Der Fußboden picobello sauber gefegt, kein Stäubchen, nirgendwo.

Wann hatte Tom das ganze Zeug weggeschafft? Und warum? Und wohin?

Ich öffnete die anderen Kellertüren. Heizungsraum und Vorratskeller sahen aus wie immer. Ebenso der »Gerümpelkeller«, in dem natürlich kein Gerümpel stand, sondern Zeug, das man nicht jeden Tag braucht. Meine Weihnachts- und Osterdeko zum Beispiel, Gläser, Geschirr und Töpfe, ein paar Plastikkisten voller Legos und Playmobil von Bastian, die sollte sein Kind später mal bekommen, die bleiben ja immer modern. Ich ließ den Blick schweifen. Ein Kinderroller, wie neu, ein Skateboard, fast unbenutzt, ein paar Lampen, Übertöpfe und Vasen aus meiner Rosa-Phase, das Gleiche aus der Zeit, in der ich alles in Apricot dekoriert hatte.

Ratlos schloss ich die Tür. Wo war das ganze Werkzeug geblieben? Warum war es weg, und was hatte Tom mit dem leeren Raum vor? Dass er ihn ausgeräumt hatte, musste einen Grund haben.

Ich ging in die Waschküche. Hier war alles normal, inklusive der Dreckwäsche, die Tom wieder neben den Wäschekorb geworfen hatte und nicht hinein. Ich bückte mich, um die Klamotten nach Farben zu sortieren.

Das weiße Shirt hatte er neulich angehabt. Ich zog es automatisch auf links, damit der Aufdruck beim Waschen nicht ausblich. Und erstarrte.

Die Innenseite des einen Ärmels war voller Blut!

Jetzt entdeckte ich zwischen den Wäschestücken ein komisches Knäuel. Zusammengeknülltes Cellophan, es sah aus wie Frischhaltefolie. Ich zog es vorsichtig auseinander. Und auch das war voller Blut. Was hatte Tom getan?

Wie von Sinnen begann ich, zuerst seine Hosentaschen zu durchsuchen. Ich durchwühlte die Schmutzwäsche, anschließend alle Hosen, Hemden und Jacken im Ankleidezimmer. Ich kontrollierte sogar seine Schuhe, Stiefel und sein Sportzeug. Bis auf ein gefaltetes Blatt mit einer merkwürdigen geometrischen Schwarz-Weiß-Zeichnung, das in der Innentasche seiner Lederjacke steckte, fand ich jedoch nur ein paar Münzen.

Da war doch etwas Schreckliches im Gange, ich spürte es ganz deutlich! Blut im T-Shirt, Frischhaltefolie, blutverschmiert. Die Zeichnung. Ich sah sie mir erneut an, drehte sie in alle Richtungen, aber es war und blieb einfach ein Fantasie-Muster. Wenn man es in einer bestimmten Weise drehte, erinnerte es entfernt an ein Wappen, von Kordeln umrahmt. Was sollte ich machen? Ihn darauf ansprechen? Aber wozu. Heute Abend würde er, wenn alles glattlief, sowieso keine Erklärung mehr abgeben können.

Dennoch verpackte ich diese drei Indizien für etwas Unerklärliches in einem Plastikbeutel und versteckte ihn in einer Schachtel unter einem Regal meiner Meeresstrand-sand-Sammlung im Dachzimmer.

Anschließend ging ich ins Bad und widmete mich meiner Körperpflege. Schließlich war Sonntag.

Als ich alles wieder auf Vordermann gebracht hatte und mich im Bademantel aufs Bett legte, schaute ich auf die leere Hälfte. Mich überkam ein wehmütiges Gefühl, das ich sofort zu ignorieren versuchte. Wenn ich jetzt aus lauter Sentimentalität schwach werden würde, konnte ich meinen Plan vom neuen Leben gleich vergessen. Wenn ich Glück hatte und gesund blieb, würde ich noch dreißig gute Jahre vor mir haben. Ohne ihn.

Ich stand wieder auf, zog mir graue Shorts und ein graues Top an und ging in die Garage. Höchste Zeit, sich um die weiteren Details zu kümmern.

Irgendwann würde Tom nach Hause kommen, und zwar zum letzten Mal. Egal, wo er zuvor gewesen war, es spielte jetzt ebenso wenig eine Rolle wie die blutigen Teile aus der Waschküche.

Ich verband den alten Staubsaugerschlauch mit dem neuen und dem Gartenschlauch. Die Verbindungsstellen umwickelte ich zuerst mit Folie und dann mit elastischen Binden aus dem Erste-Hilfe-Kasten. Mit großen Schritten maß ich die Entfernung vom Garagentor, vor dem sich ungefähr der Auspuff des Wagens befinden würde, bis zum Seitenfenster des Autos. Jawohl. Meine Konstruktion war lang genug. Ich musste Tom nachher nur irgendwie ins Auto schaffen, das Garagentor verschließen, den Schlauch am Auspuff und im Wagen platzieren und den Motor starten. Um den Abschiedsbrief würde ich mich danach kümmern, immer schön eins nach dem anderen.

Kribbelnde Euphorie ergriff mich, und ich dachte, dass es allein schon ein Abenteuer war, überhaupt einen geheimen Plan zu haben.

Nach Abschluss aller Vorbereitungen setzte ich mich mit einer Tasse Kaffee in den Garten.

Plötzlich fiel mir diese Kiste mit den alten Putzmitteln ein, die in der Waschküche ganz oben auf dem Regal stand. Sie hatte meiner Schwiegermutter gehört, und wenn ich mich recht erinnerte, gab es darin noch eine Tube Bohnerwachs. Wenn die noch gut war, könnte ich die Treppe damit so blank polieren, dass er vielleicht schon vor meiner *Operation Garage* darauf ausrutschte und Opfer eines schrecklichen Unfalls wurde. Quasi als Plan C.

Ich ließ den Kaffee stehen und lief in die Waschküche, kletterte auf einen Hocker und zog die Holzkiste, die etwa die Größe eines Schuhkartons hatte, hervor. Dabei fiel eine Illustrierte herunter, flog an meinem Kopf vorbei und landete auf dem Fußboden.

Im ersten Moment dachte ich, es seien Pornohefte. Niemand außer Tom konnte sie dorthin gelegt haben. Es waren aber keine Pornos, sondern zwei Zeitschriften. Ich stieg vom Hocker herunter und sah sie mir an. Eine war der aktuelle Prospekt von Harley-Davidson. Ich blätterte ihn durch. Und stutzte. Ein Modell, das unfassbare 38.660 Euro kostete, war mit einem Edding eingekreist und mit einem Ausrufezeichen versehen.

Die andere Zeitschrift war ein Reiseprospekt für Harley-Touren durch die ganze Welt. Mir fiel die Kinnlade herunter. Eine Tour durch die Alpen kostete ab sechstausend Euro aufwärts, eine Reise durch Nordamerika gab es ab siebentausend. Ich überflog das Angebot und las halblaut: »... markante Landschaften ... atemberaubende unvergessliche Aussichten ... Kaktuswälder in Tucson ... roten Felsen von Monument Valley ... Canyons von Utah ... großen Ebenen von Lakota zwischen Wyoming und South Dakota ... Yellowstone Nationalpark ... Black Hills ... Mount Rushmore ...«

Ich ließ den Prospekt sinken. Was sollte das? Tom hatte keine Harley. Er besaß nicht mal den Führerschein für so einen Feuerstuhl.

Adrenalin strömte heiß und kribbelnd durch meinen Körper, ich begann zu zittern und zu schwitzen gleichzeitig, meine Haare schienen waagerecht vom Kopf abzustehen, mein Hals war trocken. *Ganz ruhig bleiben, Steffi, du musst cool und ruhig bleiben und haarscharf und logisch kombinieren. Ganz tief einatmen und wieder ausatmen. Und noch mal. Und jetzt fass mal zusammen, was wir haben.*

In Gedanken zählte ich auf: Blut in teuren Klamotten, die er sich heimlich gekauft hatte, bezahlt mit Bargeld, von dem ich nichts wusste, weil es definitiv nicht von einem unserer Konten stammte. Der Bart, der Leder-schmuck, seine Ausflüge ohne Erklärungen oder Entschul-digungen, die Nächte auf dem Sofa, die flotte Ansage auf der Mailbox. Der leere Werkzeugkeller und die ver-schwundenen Utensilien. Prospekte über Motorräder und Biker-Touren.

Bilder von den Hells Angels und anderen Motorrad-gangs tauchten vor meinem geistigen Auge auf. Ich sah ja fern, ich wusste doch, was das für Leute waren. Hatten sie Tom geködert? Hatte er sich solchen Leuten angeschlossen? Was war hier los? Was das Blut im Cellophan zu bedeuten hatte, überstieg meine Fantasie. Ich packte alles wieder zu-rück in die Kiste.

Die *Operation Bohnerwachs* konnte ich ja immer noch durchführen.

Eine halbe Stunde, bevor die Tagesschau begann, kam Tom nach Hause. Als er durch die Seitentür aus der Garage in die Diele trat, hörte ich ihn rufen: »Heiliger Strohsack, was ist denn hier los?« Er musste über die Abfallsäcke mit meinen alten Klamotten klettern.

»Ich habe ausgemistet, es wurde mal Zeit«, antwortete ich trocken. Obwohl ich an meiner Selbstbeherrschung fast erstickte, verlor ich über meine Entdeckungen im Kel-ler und in der Waschküche kein Sterbenswörtchen.

»Super, finde ich klasse«, rief er. »Man muss sich ab und zu von Dingen trennen, ist doch alles nur Ballast!«

Na, das sagte der Richtige! Ich dachte an den leeren Werkzeugkeller und an all das verschwundene Zeug. Hatte er auch Ballast abgeworfen?

Tom ging in der Küche an den Kühlschrank, dann hörte ich den Kronkorken auf die Arbeitsplatte fliegen. Er kam mit einer Flasche Kölsch in der Hand ins Wohnzimmer und setzte sich in den Sessel.

Ich schaute ihn mit Unschuldsmiene an. »Na?«, sagte ich nur und unterdrückte jedes weitere Wort, damit man die Wut in meiner Stimme nicht hörte.

»Tut mir echt leid, dass ich dich nach dem schrecklichen Unfall allein lassen musste«, sagte er. »Aber es ging nicht anders.« Er nahm einen großen Schluck Kölsch.

Ich verstand nicht sofort, dass er Walters Tod meinte, daran hatte ich gar nicht mehr gedacht, Tom und sein bevorstehendes Ableben hatten mich den ganzen Tag beschäftigt.

Automatisch legte ich die Hand auf die Seitentasche meiner Shorts, in der sich die K.-o.-Tropfen befanden. Meine Schlauchkonstruktion wartete in der Garage auf ihren Einsatz, ich hatte sie hinter den Winterreifen versteckt.

Zum Schein ging ich auf seine halbherzige Entschuldigung ein. »Schon gut. Was war denn so wichtig, dass du einfach so gehst? Am Sonntag? Nicht dass ich neugierig bin, aber seit ein paar Tagen benimmst du dich wirklich komisch!« So vorwurfsvoll hatte meine Stimme eigentlich nicht klingen sollen.

Er grinste mich tatsächlich an. »Erfährst du schon noch!«

Das könnte dir so passen, dachte ich, *dass du mich vor vollendete Tatsachen stellst, wenn du mich wegen irgendeiner Tussi verlassen wirst.* Aber ich riss mich zusammen. Wenn ich ihm die K.-o.-Tropfen unauffällig verpassen wollte, musste ich freundlich sein und durfte keinen Streit provozieren. Ich musste irgendwie dafür sorgen, dass er die Bierflasche unbeaufsichtigt ließ. Den Gefallen tat er mir zwar, aber vorher trank er sie in einem Zug leer. Mist.

Er stand auf und sagte: »Ich geh mal duschen.«

»Das denk ich mir, dass du noch mal duschen musst, wenn du bei der Hitze den ganzen Tag im Langarmshirt rumläufst!« Ich hätte mir die Zunge abbeißen können, als der Satz raus war. Den hätte ich mir wirklich sparen können. Aber Tom reagierte gar nicht.

Im Ankleidezimmer klappten Schranktüren, dann ging er ins Bad. Ich wartete, bis ich die Dusche plätschern hörte, lief zum Kühlschrank, nahm zwei Flaschen Kölsch raus, öffnete sie, schüttete Chips und Salzmandeln in kleine Schalen und platzierte alles so, wie ich es zum Tatort immer tat. Außerdem hatte ich einen Teller mit Schnittchen vorbereitet, den ich dazustellte.

Meine Finger zitterten wie bei einem Alkoholiker auf Entzug, als ich den Deckel des Fläschchens aufschraubte und eine Portion K.-o.-Tropfen in sein Kölsch laufen ließ. Gott sei Dank schäumte das Bier nicht. Ich schnüffelte am Flaschenhals, aber das Zeug roch nach nichts.

Kurz nach Beginn der Tagesschau kam Tom ins Wohnzimmer. Er trug Jeans-Bermudas und ein schwarzes Shirt. Mit langen Ärmeln.

Ich sagte in sanft leidendem Tonfall: »Lass uns bitte was ganz Normales tun. Zusammen. Walters Unfall sitzt mir dermaßen in den Knochen, ich werde die schrecklichen Bilder im Kopf einfach nicht los und muss immer wieder daran denken, wie er gestorben ist.« Ich wischte mir sogar eine imaginäre Träne weg. »Bitte schau dir mit mir den Tatort an. Ist zwar eine Wiederholung aus Österreich, aber ich muss mich ablenken, sonst drehe ich durch.« Ich nahm mein Kölsch und prostete ihm zu.

»Ja, mach ich«, antwortete er, nahm ebenfalls das Kölsch und trank.

Ich beobachtete ihn aus den Augenwinkeln und tat so, als würde ich mich auf die Nachrichten konzentrieren.

Es passierte verdammt noch mal gar nichts. Die Tropfen wirkten nicht. Er saß einfach da, aß und trank und sah fern. In der Fußball-Europameisterschaft spielte Deutschland gegen die Slowakei und Frankreich gegen Irland.

Hatte ich womöglich zu wenig ins Bier getan?

Götz George war gestorben. Das war traurig.

Ich schielte auf Toms Flasche. Sie war halb leer.

Der Bundespräsident besuchte Sebnitz in Sachsen und wurde beschimpft.

Tom nahm wieder einen Schluck. Stellte die Flasche auf den Tisch und schob sie fast bis in die Mitte. Mein Herzschlag setzte aus. Hilfe, mochte er nicht mehr, hatte er etwas geschmeckt?

Das Wetter für morgen, Montag, den 27. Juni.

Mitten im Vorspann zum Tatort kippte Tom plötzlich zur Seite. Na endlich! Seine Lider flatterten, der Blick wurde glasig, aber er war nicht ohnmächtig.

»Tom? Ist mit dir alles okay?«, fragte ich scheinheilig.

Wie in Zeitlupe drehte er den Kopf zu mir, hob den Blick und sah durch mich hindurch. Ich zögerte. Bekam er tatsächlich nichts mit? Es schien so. Was für ein Teufelszeug!

Ich schaltete den Fernseher aus, die Stimmen machten mich nervös. Tom versuchte aufzustehen, aber es gelang ihm nicht, er sank immer wieder zurück in den Sessel.

»Komm, ich bringe dich ins Bett.« Ich stand auf, trat neben den Sessel und packte seinen Arm. Mit zärtlicher Säuselstimme lockte ich: »Komm, Tom, komm!«

Ich glaube, so viel Adrenalin wie in den Minuten, in denen ich ihn in die Garage führte und ins Auto setzte, war vorher noch nie durch meinen Körper geströmt.

Er war völlig willenlos.

Faszinierend.

Während ich das Ende der Staubsauger-Schlauchkonstruktion auf den Auspuff steckte und das andere durch den geöffneten Spalt des Seitenfensters schob, saß er mit offenen Augen hinter dem Steuer. Ich stieg auf der Beifahrerseite ein, nahm den Gang raus, startete den Wagen, tätschelte ihm die Wange und verließ die Garage.

Die Kölschflasche mit dem Rest Bier und den Tropfen spülte ich mit kochendem Wasser aus und stellte sie anschließend zusammen mit meiner leeren Flasche in die Leergutkiste. Die restlichen K.-o.-Tropfen schüttete ich ins Klo, das Fläschchen steckte ich in eine zerknüllte Doppelseite der Tageszeitung und schlug mit der Nudelrolle drauf, bis die Scherben fast nur noch Staub waren. Ich nahm den Stöpsel aus dem Waschbecken und putzte es mit einem Handtuch total trocken. Das Badezimmerfenster öffnete ich auf Kippstellung, damit der Rauchmelder nicht anschlug, als ich das Papierknäuel im Waschbecken anzündete. Die Reste spülte ich mit Wasser in den Ausguss und vernichtete die letzten Spuren mit Domestos. Natürlich putzte ich nicht mit einem Lappen, sondern mit Klopapier, das ich anschließend im Klo verschwinden ließ.

Ich sah mich um. Keine Spuren.

Blieb noch die Kunststoffkappe der K.-o.-Tropfen, aber auch daran hatte ich gedacht. Ich legte sie in eine der kleinen Auflaufformen, in denen ich normalerweise Crème brûlée flambierte, und stellte sie bei 250 Grad in den Backofen. Nach kurzer Zeit war die Kappe geschmolzen.

Keine Ahnung, wie lange ich danach in der Küche saß und dem Ticken der Uhr lauschte. Das Wissen, dass sich mein Mann nebenan in der Garage eine Abgasvergiftung zuzog, fühlte sich an, als stünde ich neben mir und sähe mir einen schlechten Film an, in dem ich mitspielte. Mir war überhaupt nicht klar, dass ich Worte wie »sterben«, »tot« oder »Mord« im Zusammenhang mit ihm nicht einmal dachte. Meine Pläne und Aktionen waren konkret und abstrakt zugleich. Ich wagte auch nicht nachzusehen, ob er drüben schon eingeschlafen war. Am besten war es sowieso, wenn nicht ich ihn finden würde, sondern jemand anders. Ich müsste mich so normal wie möglich verhalten und so tun, als bekäme ich nicht mit, was in der Garage passierte.

Also setzte ich mich wieder vor den Fernseher. Der Tatort war zu Ende, folglich mussten anderthalb Stunden vergangen sein, seit die Tropfen gewirkt hatten. Ich schaltete um zum Promi-Dinner. Die Leute, die in dieser Sendung kochen mussten, kannte ich nicht. Gleich zehn Uhr. Ob er schon …?

Ich musste zur Toilette. Mit weichen Knien ging ich in Richtung Badezimmer. Aber ich ging gar nicht ins Bad, sondern bog rechts ab und öffnete ohne nachzudenken die Tür zur Garage.

Just in dem Moment kotzte Tom in hohem Bogen gegen die Windschutzscheibe.

Niemals hätte ich mir träumen lassen, wie schnell ich reagieren konnte. Instinktiv ließ ich ihn weiterkotzen, riss den Schlauch aus Fenster und Auspuff und stopfte ihn ruckzuck wieder hinter die Autoreifen. Mit Schwung stieß ich das Garagentor auf, rannte um den Wagen herum, stieg ein, drehte den Zündschlüssel und schrie Tom an: »Sag mal, bist du total wahnsinnig geworden, wohin wolltest du denn in deinem Zustand fahren?«

Er glotzte mich mit leidendem Blick an, wirkte völlig verständnislos. Und göbelte mir einen warmen Schwall über den Schoß. Dann sank sein Kopf vornüber auf das Lenkrad. Er saß reglos da und wimmerte vor sich hin.

»Tom?«

Keine Reaktion.

Ich begriff, dass die Tropfen noch immer wirkten, und wenn alles stimmte, was ich im Internet darüber gelesen hatte, würde er sich später überhaupt nicht mehr an diese Situation erinnern.

Noch nie hat mein Gehirn so schnell und so präzise gearbeitet wie in diesen Minuten. Ich sprang aus dem Auto, schüttelte mich vor Ekel, als das Erbrochene an meinen nackten Beinen herunterlief und in meine Schlappen sickerte. Rasch zog ich mein Shirt aus und putzte mir die dicksten Brocken ab, ließ die Schlappen stehen und hetzte barfuß, nur mit BH und Shorts bekleidet, ins Haus. Im

Nullkommanichts hatte ich zwei Schnapsgläser auf den Tisch gestellt, mir die ungeöffnete Flasche Grappa aus dem Barfach geschnappt und in der Küche in den Ausguss gekippt. Ich ließ einen etwa dreifingerbreiten Rest in der Flasche und stellte sie zu den Gläsern, nachdem ich in jedes Glas ein paar Tropfen Schnaps geschüttet hatte. Außerdem hinterließ ich einen Lippenabdruck an einem Glas. Ich schaltete den Fernseher aufs Erste Programm und zerwühlte die Kissen auf dem Sofa. Viel Zeit, um alles noch mal zu kontrollieren, nahm ich mir nicht.

Tom saß noch immer jammernd und völlig benommen auf dem Fahrersitz und wusste überhaupt nicht, wo er war. Er ließ sich von mir ins Bad führen und auf den Wannenrand setzen. Ich dachte, dass so ein willenloser Mann durchaus seinen Reiz hatte.

»Arme hoch, T-Shirt aus!«, befahl ich.

Er gehorchte. Ich hatte ein bisschen Mühe, ihm das vollgekotzte Shirt über den Kopf zu ziehen. Er schien den Mageninhalt von einer ganzen Woche losgeworden zu sein, beim Ausziehen landete natürlich einiges von der Vorderseite des Shirts in seinem Gesicht und in seinen Haaren. Ich hielt die ganze Zeit die Luft an, sonst hätte ich meinen Teil dazugegeben.

Als er mit nacktem Oberkörper auf dem Wannenrand saß, über und über besudelt und wimmernd wie ein Baby, fiel ich fast in Ohnmacht. Vor lauter Entsetzen schlug ich mir meine schmutzige Hand vor den Mund, sonst hätte ich geschrien wie am Spieß.

Toms linker Arm war vom Ellenbogen bis über die Schulter tätowiert. Die Farben glänzten schwarz, die hellen

Stellen schimmerten rot, und an manchen Stellen hatte sich eine feine blutige Borke gebildet. Das Muster hatte ich schon mal gesehen. Als Zeichnung, auf einem Zettel in der Waschküche.

Ich lachte vor Erleichterung. Jetzt wurde mir klar, warum er in den letzten Tagen trotz der Hitze immer lange Ärmel getragen hatte – er wollte das Tattoo vor mir verheimlichen. Daher auch das Blut im Ärmel. Und mit der Folie hatte er vielleicht versucht, die Wunde abzudecken? Das wäre eine Erklärung, mit der ich leben konnte. Aber warum hatte er sich das Tattoo heimlich machen lassen?

Wie ein großes Kind saß er in der Badewanne und ließ sich von mir einseifen und abduschen. Er hatte tatsächlich abgenommen, der Kugelbauch war fast weg. Natürlich hatte er nicht mehr die Figur eines jungen Mannes, aber er sah noch ganz passabel aus. Auch untenrum. Unseren sonntäglichen Beischlaf absolvierten wir seit Jahren immer in Löffelchenstellung, ich hatte ihn schon lange nicht mehr nackt gesehen. Ich musste an Elfies Spruch mit den Glocken und dem Seil denken und lachte schallend. »Seit wann hast du das?«, fragte ich und zeigte auf das Tattoo.

Langsam drehte er den Kopf, schaute auf seine Schulter und den Arm, blickte mich dann mit dem Augenaufschlag eines Bassets und einem Gesichtsausdruck an, der mir zeigte, dass er nicht mal wusste, wie er hieß, geschweige denn, dass er ein Gemälde an seinem Körper trug.

Handzahm ließ er sich zum Bett führen. Er schlief sofort ein.

Ich ging noch mal in die Garage, um das Tor wieder zu schließen. Das Auto war seine Sache, das konnte er morgen sauber machen. Im Wohnzimmer ließ ich alles so, wie ich es vorbereitet hatte. Rasch duschte ich und ging anschließend auch ins Bett.

Zum ersten Mal seit über einer Woche lag Tom wieder neben mir. Ich drehte mich auf die Seite und beobachtete ihn. Dachte ich eigentlich darüber nach, dass mein Plan, ihn zu ermorden, wieder gescheitert war? Ich weiß es nicht. Ich beobachtete wieder nur sein Äußeres. Er war mir vertraut und zugleich fremd. Lag es an dem Bart? Am Tattoo, das ich übrigens ganz klasse fand? Ein bisschen sah er nun aus wie Alex von »The Boss Hoss«, mein Schwarm. Wenn die beiden auftreten, ist Alex immer der Linke und Sascha der Rechte. Sie sehen super aus in ihren Rockerklamotten, und beide sind total nett, wenn sie Interviews geben. Und nun lag Tom hier, trug Rockerschmuck und hatte dieses Tattoo, das noch ganz frisch zu sein schien. An manchen Stellen war die Haut rot und wund, wahrscheinlich hatte ich beim Duschen die Kruste abgewaschen.

Ich stand noch mal auf und holte die Bepanthen-Salbe aus dem Medizinschrank. Behutsam cremte ich ihn ein. Das Tattoo war gut gemacht, sauber gestochen, satte Farben, das Motiv gekonnt gezeichnet.

Plötzlich durchfuhr mich ein Gedanke wie ein elektrischer Schlag: Das alles hatte ich seiner Tussi zu verdanken! Auf die Idee, sich tätowieren zu lassen, war er mit Sicherheit nicht von selbst gekommen. Ich verrieb die Salbe fester, aber er merkte nichts. Er schlief wie ein Toter. Die Ironie dieses Satzes fiel mir schon auf, während ich ihn dachte. Als ich den Deckel wieder auf die Tube schraubte, schüttelte ich den Kopf. Das Leben ist unberechenbar.

Eigentlich, wenn alles nach Plan gelaufen und er nicht vorzeitig aufgewacht wäre und sich die Seele aus dem Leib gespuckt hätte, wäre ich jetzt bereits Witwe.

Stattdessen hatte ich ihn vorhin gewaschen wie ein Baby und versorgte nun seine Wunden. Das war doch alles nicht normal, oder?

11

Als ich am nächsten Morgen um Viertel nach sechs aufstand, schlief Tom immer noch tief und fest.

Mein erster Weg führte in die Garage: Ich musste die Schläuche wieder auseinanderbauen. Das alte Stück Schlauch und mein selbst gebasteltes Dichtungsmaterial warf ich in die gelbe Tonne, das andere befestigte ich wieder am Staubsauger.

Bevor ich das Haus verließ, rief ich in der Firma an. Die Nummer des Personalbüros war eingespeichert.

»Ford-Werke Köln, Adelheid Zimmermann.«

»Stefanie Herren, guten Tag, ich möchte meinen Mann Thomas Herren krankmelden, er hat Magen-Darm und kann heute nicht arbeiten.«

»Einen Moment bitte.«

Ich konnte hören, dass sie etwas tippte. Dann legte sie offenbar die Hand über den Hörer und sprach mit jemandem, ich konnte aber nichts verstehen.

»Hallo, Frau Herren?«

»Ja, ich bin noch dran.«

»Wen möchten Sie krankmelden?«

Ich verdrehte die Augen. »Na, meinen Mann natürlich, Thomas Herren.«

Wieder dieses Geräusch, wenn jemand den Hörer zuhält und kurz danach die Hand wegnimmt. »Ja, äh, vielen Dank, Frau Herren«, sagte Adelheid Zimmermann und legte auf.

Wie mein Tag im Büro verlief, weiß ich nicht mehr. Ich weiß aber noch, dass ich Tom in der Frühstückspause anrief.

»Ja?« Seine Stimme klang wie die eines Sterbenskranken.

»Wie geht es dir?«

»Mir?«

Er war also immer noch nicht ganz bei Sinnen.

»Schlaf dich aus, ich habe im Büro Bescheid gesagt, dass du heute nicht kommst. Um kurz nach fünf bin ich zu Hause.« Ich hatte mich entschlossen, nicht zum Sport zu gehen, und der Stammtisch fiel wegen Pietät bezüglich Walters Tod nun doch aus.

Tom antwortete etwas, das klang wie: »Ähemjaissgut.«

Er saß am Küchentisch, als ich heimkam. Sein Gesicht war grünlich, die Augen blutunterlaufen, seine Bewegungen wirkten zittrig. »Das heulende Elend« hätte meine Mutter bei seinem Anblick gesagt.

Ich setzte mich auf den Stuhl gegenüber. Jetzt musste ich höllisch aufpassen, was ich sagte, damit er keinen Verdacht schöpfte. Den ganzen Tag über hatte ich immer wieder Stoßgebete gen Himmel geschickt, dass er sich wirklich an nichts erinnern konnte. Es war ja nicht immer alles wahr, was man im Internet recherchierte, und ich konnte nur hoffen, dass die Eigenschaften und Wirkungsweisen, die ich über K.-o.-Tropfen gelesen hatte, der Wahrheit entsprachen.

»Geht's wieder?«

Er musste sich räuspern, bevor er sprechen konnte. »… geht mir ganz schrecklich …«

Ich nickte verständnisvoll und zählte bis zehn, bevor ich mit vorwurfsvoller Stimme sagte: »Was hast du dir nur dabei gedacht? Du konntest doch in deinem Zustand nicht mehr fahren!«

Er fuhr sich mit der Hand über den Bart und zog die Augenbrauen zusammen, die steile Falte dazwischen vertiefte sich. »Ich wollte fahren? Wohin denn? Mann, Steffi, ich habe den totalen Filmriss, 'nen richtigen Black-out.«

»Ich auch, ich hätte den Schnaps nicht trinken dürfen!«, behauptete ich und bemühte mich um eine passende Mimik, als ich sein verdutztes Gesicht sah. Schauspielerin hätte ich werden sollen, dachte ich. Und dann erklärte ich ihm total glaubhaft und logisch in allen Einzelheiten, dass wir zusammen ein Kölsch getrunken hatten und den Tatort schauen wollten, dass wir aber über Walters schrecklichen Tod gesprochen hatten und dass Tom gesagt hätte, er bräuchte jetzt erst mal einen Grappa. Na ja, und es hätte sich eben so ergeben, dass wir fast die ganze Flasche leer gemacht hätten und ich auf dem Sofa eingeschlafen sei. Da habe er aber noch im Sessel gesessen.

Er schaute mich mit großen Augen an. »Wir haben Grappa getrunken? Ich erinnere mich nicht!«

Ich zuckte mit den Achseln. »Die Gläser und die Flasche stehen noch im Wohnzimmer auf dem Tisch. Kannst ja nachschauen. Als ich aufgewacht bin, warst du jedenfalls nicht da. Ich musste zur Toilette, und als ich an der Tür zur Garage vorbeiging, habe ich irgendwas gehört.«

»Ich war in der Garage?« Man sah ihm an, dass er wirklich ahnungslos war.

Erneut legte ich eine dramaturgische Pause und tat so, als müsste ich heulen. Stockend sprach ich weiter: »Ja. Du hast im Auto gesessen und wolltest wegfahren, der Motor lief, ich weiß nicht, wie lange schon, ich hatte ja geschlafen ... aber ... das Garagentor war doch zu!« Ich atmete theatralisch ein. »Wenn ich dich nicht gefunden hätte, wärst du an den Abgasen erstickt!«

Er schüttelte den Kopf. »Nee, das nun nicht, wir haben ja 'n Kat am Auto ...«

»Was haben wir?«

»Einen Ka-ta-ly-sa-tor.«

»Tom, ich weiß was ein Kat ist, aber was hat das damit zu tun?« Mir schwante Böses.

»Durch den Kat ist der CO_2-Anteil in den Abgasen so niedrig, dass eine Kohlenstoffmonoxidvergiftung kaum möglich ist.«

Ich schnappte nach Luft. Es kostete mich meine ganze Kraft, meine Gesichtszüge sofort wieder zu beherrschen und nicht hysterisch loszulachen. Im Ernst? Die Abgasnummer funktionierte mit modernen Autos gar nicht? Wie blöd konnte man eigentlich sein?

»Warst du schon in der Garage?«, fragte ich, um ihn von meiner Reaktion abzulenken.

Er schüttelte den Kopf. Wir gingen gemeinsam hinüber.

Der Gestank war widerlich; die Sonne hatte den ganzen Tag aufs Garagendach geknallt. Ich unterdrückte ein Würgen, hielt mir die Nase zu und öffnete das Tor, um frische Luft hereinzulassen.

Als Tom darauf bestand, das vollgekotzte Auto allein sauber zu machen, protestierte ich nicht.

Vier Stunden später war er fertig.

Er hatte das Auto in die Einfahrt gefahren und alle Türen geöffnet, damit die Sitze trocknen konnten.

Während er duschte, saß ich vor der Haustür auf den Treppenstufen und bewachte den Wagen.

Mir war klar, dass er sich über den weiteren Hergang des Abends Gedanken gemacht haben musste, und so war es auch. Als er im Langarmshirt herauskam und sich zu mir setzte, musste ich grinsen. Er erinnerte sich also auch nicht daran, dass ich sein Tattoo bereits gesehen hatte.

»Du musst mir helfen. Ich krieg das nicht zusammen.«

Ich sah ihn abwartend an.

»Mittags hatte ich zwei Ibuprofen genommen, weil ich solche Kopfschmerzen hatte. Vielleicht hat der Schnaps deswegen so stark gewirkt. Das Letzte, was ich weiß, ist, dass ich Tagesschau gucken wollte.« Er schüttelte den Kopf und wirkte fassungslos. Kein Wunder.

Ich wagte, die Frage zu stellen: »Du weißt nicht mehr, worüber wir beim Grappa geredet haben?«

»Ich weiß doch nicht mal, dass wir welchen getrunken haben … Ich habe also im Auto gesessen und gekotzt.«

»Genau. Und du kannst dich nicht daran erinnern, wie du da hingekommen bist?«

»Nein, keinen Schimmer. Ich habe den absoluten Filmriss, ich weiß nicht, wann und wie und warum ich in die Garage gegangen bin. Aber wach geworden bin ich im Bett.«

Ich nickte. Er tat mir ein bisschen leid, man sah ihm an, wie verzweifelt er versuchte, sich an irgendwas zu erinnern. Diese Tropfen waren wirklich ein Teufelszeug. Unfassbar, dass man sie einfach so kaufen konnte.

»Ich lag im Bett«, wiederholte Tom, »hatte nichts an und war sauber.«

»Ja.«

Er raufte sich die Haare. »Aber wie kann das denn sein, wenn ich mich vorher total vollgekotzt und eingesaut habe?«

Ach, wie genoss ich seinen Gesichtsausdruck, als ich sagte: »Ich habe dich ins Badezimmer geschleppt, dich ausgezogen und geduscht. Und dann habe ich dich ins Bett gebracht.«

Automatisch fasste er sich an den linken Arm. »Hast du ...«

»Ob ich dein Tattoo gesehen habe? Aber ja. Nicht schlecht, Herr Specht. Warum hast du es denn vor mir versteckt?«

Er holte tief Luft und setzte zu einer Erklärung an. Jetzt war ich aber gespannt!

Just in diesem Moment hielt ein Taxi vor unserer Einfahrt, und Babette steckte den Kopf aus dem Fenster. »Hey, ihr beiden, was macht ihr denn da? Ist was mit dem Auto?« Sie zeigte auf den Ford mit den offenen Türen.

Tom reagierte völlig arglos: »Steffi und ich haben uns gestern Abend dermaßen betrunken, dass ich irgendwann das Auto mit der Kloschüssel verwechselt habe ... vier Stunden habe ich gebraucht, um das Malheur zu beseitigen!«

Babette lachte, bezahlte den Taxifahrer, stieg aus und wartete, bis er ihren Koffer aus dem Kofferraum gehoben und auf den Bürgersteig gestellt hatte. Dann stöckelte sie auf mindestens zehn Zentimeter hohen, fliederfarbenen Pumps auf uns zu, warf ihre Wallemähne zurück und fragte: »Gab's denn bei euch was zu feiern?«

Wir sahen uns an und schüttelten gleichzeitig den Kopf.

»Wir haben um Walter getrauert und dabei auf sein Wohl getrunken«, erklärte ich schnell. Bisher war alles so super gelaufen, Tom glaubte mir jedes Wort – eine entlarvende Bemerkung von Babette war das Letzte, was ich jetzt gebrauchen konnte. Um sie abzulenken, fragte ich, wo sie herkäme.

»Och, ich war … weg …«, antwortete sie mit einem Seitenblick auf Tom. Sie wusste ja, dass er eigentlich ziemlich spießig war und von ihren Eskapaden nichts hielt. Als hätte sie meine Gedanken gehört, sah sie ihn genauer an und sagte: »Seit wann hast du einen Bart? Sieht cool aus!«

Ich stutzte. *Cool?* Seit wann sagten andere Frauen, mein Mann sähe cool aus? Dann fiel mir wieder ein, dass er ja fremdging und es mal mindestens ein Weib geben müsse, dem er gefiel.

Er strich sich über den Bart und grinste. »Danke.« Dann stand er auf. »Ich geh mal rein. Langsam bekomme ich Hunger, mein Magen ist ja ziemlich leer.« Wie kleinlaut er klingen konnte! Er wandte sich an mich: »Ich fahre das Auto in die Garage und lasse über Nacht die Türen auf, damit es trocknet.«

Babette setzte sich neben mich auf die Stufen. Es war ein schöner Sommerabend, die Grillen zirpten, Schwalben

133

jagten pfeilschnell durch die Luft, und es wehte ein laues Lüftchen. Eigentlich liebte ich diese langen Juninächte, aber in diesem Jahr hatte ich noch keine einzige richtig genossen.

»Alles klar?«, fragte ich Babette. »Hast du nicht am Samstag gesagt, dass dein Roger einen Termin mit seiner Frau hatte, den er nicht absagen konnte?«

Sie zuckte mit den Achseln. »Schon. Aber er hat mich Sonntagnacht angerufen und gebeten, heute früh nach Bonn ins Kameha zu kommen.« Sie lächelte. »Da sag ich doch nicht Nein!«

Klar, das Kameha Grand Hotel in Bonn war ein todschickes Designhotel und unfassbar teuer, Tom und ich hatten es uns mal von außen angesehen.

Ich zeigte auf ihren Koffer. »Und für diesen Tagesausflug brauchst du großes Gepäck?«

Babette sah glücklich aus. »Roger ist unglaublich, er bat mich, mit leerem Koffer zu kommen. Jetzt ist er voll. Er hat für mich zwölf wunderschöne Kleider gekauft. Für jeden Monat, den wir uns kennen, eins. Escada, Steffen Schraut, Marc Cain, Strenesse, Max Mara. Und er ist meinetwegen heute nicht ins Büro gefahren, er hat sich den ganzen Tag für mich Zeit genommen.«

Irgendwie rührte mich ihr verträumtes Gesicht. Mit Sicherheit hatte dieser Roger seiner Gattin von einer unaufschiebbaren »Geschäftsreise« erzählt. Man kennt doch solche Typen.

Babette sah auf ihre Ebel-Uhr. »Es ist spät, ich muss rüber. Er will essen.« Bei dem Wort »Er« wies sie mit dem Kopf in Richtung ihres Hauses und schaute so angewidert, dass ich ihren Hass spüren konnte. Was für ein Kontrast-programm: Von der teuer ausstaffierten Geliebten im Luxushotel zurück in die Souterrainwohnung zum Dienst-mädchenjob. Sie zahlte einen hohen Preis, fand ich.

Als ich ins Haus kam, schlief Tom. Im Bett, nicht auf dem Sofa.

12

Dienstagfrüh fühlte Tom sich noch immer krank. Seine Knie zitterten, als er aufstand, und ihm wurde sofort schwindlig. Er wollte lieber noch einen Tag liegen bleiben. »Ruf in der Firma an«, sagte ich. Ich war zu spät aufgestanden und hatte keine Zeit mehr. So kam ich gar nicht dazu, ihn erneut auf sein Tattoo anzusprechen und zu fragen, warum er so einen Bohei darum gemacht hatte. Sah doch toll aus.

Die Sitze und Matten waren wieder trocken, und weil Tom das Auto heute nicht brauchte, konnte ich endlich die Müllsäcke mit meinen Klamotten einladen und sie vor der Arbeit zur Kleiderkammer nach Michaelshoven bringen – so viel Zeit musste sein. In der Mittagspause fuhr ich kurz nach Hause, um nachzusehen, ob die Lieferungen mit Viagra und Poppers endlich angekommen waren. Nichts. Keine Päckchen und keine Nachrichten darüber, dass sie eventuell im Nachbarhaus abgegeben worden waren.

Tom lag im Bett und las in einem Buch über Wanderwege in den Pyrenäen. Er habe keinem Paketboten geöffnet, sagte er. Im Büro schrieb ich die Versender an. Beide behaupteten, die Waren seien ordnungsgemäß zugestellt worden. Das war eine glatte Lüge. Leider kam ich nicht dazu, mich um den Verbleib der Päckchen zu kümmern, denn wieder einmal überschlugen sich die Ereignisse.

Rüschen-Resi hatte offenbar einen ihrer Hormonschübe, jedenfalls war sie übel gelaunt und zeterte wegen meines bevorstehenden freien Tages. »Es hätte nur noch gefehlt, dass Sie Sonderurlaub beantragt hätten, um zur Beerdigung eines Fremden zu gehen.«

Ich schnappte nach Luft ob dieser Unverschämtheit und hätte gern etwas Passendes geantwortet, aber ich sagte nur: »Walter war der Mann meiner besten Freundin, kein Fremder.«

Sie musterte mich und gab mir das Gefühl, dass sie mir nicht glaubte. Allein dafür hätte ihr eine scheuern können. »Komisch, das ist ja schon alles ein bisschen kurzfristig.« Ich konnte kaum glauben, was sie da von sich gab. Warum ich nicht konterte, ihr an den Kopf warf, dass tödliche Unfälle nun mal nicht mit unserem Dienstplan abgestimmt werden können ... ich weiß es nicht. Ich schluckte und machte meine Arbeit. *Bald*, dachte ich, *bald kannst du mich kreuzweise. Ich bin die längste Zeit deine Sklavin gewesen, warte nur ab ...*

Kurz vor Feierabend simste meine Schwester: *Was ziehst du morgen zur Beerdigung an?*

Ach herrje. Ich hatte keine Ahnung. Über meine Garderobe hatte ich mir überhaupt noch keine Gedanken gemacht. Ich hatte mir den ganzen Tag zurechtgelegt, was ich Tom abends alles fragen wollte. Es ging ja nicht nur um das Tattoo, sondern auch um die teuren T-Shirts, die Ansage auf der Mailbox, das geänderte Passwort, den leeren Keller, die Prospekte mit den Motorrädern und Harley-Touren, um seine Nächte auf dem Sofa und seine ach so wichtigen Termine, die wer weiß wo stattfanden. So einfach war die Sache nicht, dass er sich mir nichts dir nichts ins Ehebett legen konnte, und alles war wieder gut. Da kam schon was zusammen. Nicht mit mir. Ich wusste zwar nicht, um welche Sache es eigentlich ging, aber das würde ich schon noch herausfinden.

Fakt war, dass ich für Walters Beerdigung nichts Schwarzes mehr hatte, denn die wenigen schwarzen Teile, die ich besessen hatte, waren uralt gewesen und lagen seit heute Morgen in der Kleiderkammer der Diakonie.

Hilfe! Keine Ahnung!, simste ich zurück.

Marion antwortete: *Hab ich geahnt. Kenn dich doch. Komm nach Feierabend her, wir haben reduziert, ich kauf auf meinen Namen zum Personalpreis.*

Manchmal war sie echt ein Goldstück. In den letzten Wochen hatte ich mich viel zu selten bei ihr gemeldet.

Heute war Dienstag, also rief ich im Altenheim an und sagte den Besuch bei Toms Mutter ab, wir seien beide krank und wollten keine Epidemie ins Heim tragen, erklärte ich.

Nach Feierabend fuhr ich in die City und parkte den Wagen, der doch noch leicht säuerlich roch, im Parkhaus im Belgischen Viertel. Ich war lange nicht mehr in der City gewesen, dennoch kannte ich hier jeden Winkel. Ich schlenderte den Hohenzollernring entlang. Auf den Kölner Ringen bekam ich immer Heimatgefühle, sogar noch mehr als beim Anblick des Doms oder der Hohenzollernbrücke. Riesige Bäume, schattige Gehsteige, hupende

Autos, rasende Radfahrer und die vielen Menschen, Sprachfetzen aus ungezählten Ländern – das war für mich Großstadtleben pur. Natürlich passte ich auf meine Handtasche auf, machte einen Bogen um jeden Bettler und die Junkies, die mit ihren Hunden in den Hauseingängen hockten. Jeden Tag könnte ich diesen wuseligen Trubel nicht ertragen, aber ab und zu war es toll. Die Ringe wirkten im Gegensatz zum aufgeräumten Rodenkirchen wie eine westfälische Kleinstadt neben New York. Ich überquerte den Rudolfplatz und blieb unter dem Hahnentor stehen. Hier hatte Tom mich zum ersten Mal geküsst, damals, am Rosenmontag, im strömenden Regen. Und da vorn an der Uhr vor dem Drogeriemarkt hatten wir mit der ganzen Clique vor zwei Jahren gestanden, als Zita ihren ersten Halbmarathon gelaufen war. Mit Trillerpfeifen, wild geschwenkten Fähnchen und lauten Rufen hatten wir sie jedes Mal angefeuert, wenn sie unseren Standort passiert hatte. Sie war in ihrer Altersklasse zehnte geworden, meine Güte, hatten wir den Sieg danach gefeiert …

Wenn man so lange in einer Stadt lebt, springen einen die Erinnerungen überall an. Würde ich überhaupt in Köln bleiben, wenn ich mich frei entscheiden könnte? Ich wusste es nicht.

Marion sah, wie immer, ein bisschen zu jugendlich aus. Sie trug ein Chiffonkleid in Türkistönen und gelbe Sandalen. Zur Begrüßung umarmte sie mich und küsste mich neben beide Wangen. »Prosecco?«, fragte sie.

»Lieber Kaffee, wenn du hast.«

Sie winkte eine junge Frau heran, bestellte einen doppelten Espresso und zwei Prosecco.

Marion war die geborene Verkäuferin. Nicht nur weil sie wirklich einen guten Geschmack hatte, sondern auch weil sie ein untrügliches Gespür dafür besaß, was eine Frau tragen konnte. Eigentlich hörte ich meistens nur aus Trotz nicht auf ihren Rat, obwohl mir klar war, dass sie viel besser wusste, was mir stand, als ich selbst. In diesem noblen Luxusschuppen war sie jedenfalls goldrichtig, etliche Stammkundinnen kamen nur ins Geschäft, wenn sie da war. Ich hatte hier noch nie eingekauft, die Klamotten waren für mich viel zu extravagant und selbst im Schlussverkauf noch entschieden zu teuer.

Marion schob mich in eine Umkleidekabine, die mit Spiegel, Sessel, Tisch und Kleiderständer möbliert und geräumiger als unser Badezimmer zu Hause war. Ich bemerkte sofort die hervorragende Beleuchtung. Niemals fand ich mich so hässlich wie im Neonlicht der Umkleidekabinen, aber hier sah ich wirklich ganz passabel aus. Meine Schwester drückte mich in den behäbigen grünen Samtsessel mit den vergoldeten Füßen und ließ die Getränke auf das Tischchen daneben stellen.

Wir sprachen über die Beerdigung. Marion sagte: »Die arme Elfie, in ihrer Haut möchte ich nicht stecken. So ein schrecklicher Tod. Wie wird man bloß damit fertig?«

Nachdenklich betrachtete ich meine Schwester, die jünger aussah als ich, obwohl sie älter war. Sie hatte ein turbulentes Leben hinter und, wie ich sie kannte, auch noch vor sich. Sie war vor ihren drei Ehen dreimal verlobt gewesen und hatte mit jedem Typen zusammengelebt.

Unsere Mutter war darüber fast verzweifelt, weil sie sich dauernd umgewöhnen musste. Nicht nur, dass sie immer wieder neue Quasi-Schwiegersöhne präsentiert bekam, Marion zog auch jedes Mal in einen anderen Stadtteil um. Sie brachte es tatsächlich auf bisher siebzehn Umzüge.

Als sie Rodenkirchen mit achtzehn verließ, um in Nippes mit Uwe zusammenzuleben, stattete meine Mutter ihr den Haushalt aus, spendierte Geschirr, Töpfe, Besteck und Handtücher. Dann war mit Uwe Schluss und Marion liebte Andreas aus Bayenthal. Ihren Hausstand überließ sie dem Ex. Mutter schleppte wieder Tassen, Töpfe, Gläser und Vasen in die neue Wohnung. Wenn ich es richtig im Kopf hatte, folgte Bernie aus Porz, bevor sie Niklas aus Sürth heiratete. Da war sie Mitte zwanzig. Mit ihm bekam sie ihre Töchter Charlie und George. Eigentlich heißen sie Charlotte und Georgina. Mit Niklas war Marion für ihre Verhältnisse relativ lange verheiratet, bestimmt zwölf Jahre. Das war eine komische Ehe gewesen: Er war Hausmann mit einem Nebenjob an der Tankstelle, sie ging arbeiten. Na ja, jeder Jeck ist anders. Eines Tages verließ sie ihn, die Kinder blieben bei ihm, und Marion war die einzige Frau, die mir je begegnet ist, die arbeiten ging und für Mann und Kinder Unterhalt zahlte. Ich hatte ehrlich gesagt nicht damit gerechnet, aber ihr Konzept ging auf. Aus den Mädels ist was geworden. George arbeitet bei der Sparkasse und verdient richtig gut, Charly ist Redakteurin beim *Stadtanzeiger*.

Zurzeit ist Marion mit Oliver Wagner aus Sülz verheiratet, aber ich habe das Gefühl, das geht nicht mehr lange gut.

»Hallo Steffi, ist da jemand?«, fragte Marion und holte mich damit wieder in die Gegenwart zurück. »Ich hab dir schon mal was rausgesucht, damit du gar nicht erst auf die Idee kommst, dich wieder in den Steffi-Look zu werfen.« Sie hängte ein paar schwarze Kleider an den Haken und schloss den Samtvorhang hinter sich.

Das erste Kleid passte wie angegossen. Ich drehte mich vor dem Spiegel hin und her. Meine Figur war gar nicht so übel. Der Schnitt betonte Taille und Busen und kaschierte meinen hängenden Hintern und die von Orangenhaut verbeulten Oberschenkel.

Es war ärmellos und hatte einen runden Ausschnitt. Meine Oberarme waren noch tipptopp in Ordnung, da war, dank meiner gezielten Übungen im Fitnessstudio, kein Winkefleisch zu sehen. An den Seiten bestand das Kleid aus Stretch und vorn und hinten aus weichem Leder. Ich hob den Saum und fummelte das Materialschild an der Seitennaht heraus. Richtig, wusste ich es doch, man konnte es nicht selbst waschen, also kam es natürlich nicht infrage.

In dem Moment, in dem ich es wieder ausziehen wollte, riss Marion den Vorhang zur Seite und musterte mich. »Perfekt. Besser kann es nicht sitzen, du brauchst die anderen gar nicht mehr anzuprobieren, das ist es schon. Eine Cardigan-Jacke mit Dreiviertelarm drüber, ein paar Wedges aus Wildleder oder, wenn du unbedingt flache Schuhe tragen willst, Ballerinas. Und nach der Beerdigung kannst du das Teil mit allem kombinieren, was in deinem beige-grauem Kleiderschrank hängt.«

Sie wartete meine Reaktion nicht ab, drehte sich um,

eilte zu einem Tisch, auf dem Strickwaren lagen, und kam mit einem Strickjäckchen zurück, das sie mir um die Schultern legte.

Ich drehte mich wieder hin und her und schmiegte meine Wange an die Schmusewolle. Okay, meine weißen Söckchen sahen jetzt nicht so toll dazu aus.

Als hätte sie meine Gedanken gelesen, sagte Marion: »Zieh mal die Socken aus, ich hole dir Schuhe. Größe 39?«

Inzwischen hatte ich gesehen, dass das Jäckchen aus Seide und Kaschmir bestand und nur mit der Hand gewaschen werden durfte. »Nein, das geht nicht, die Jacke kann ich nicht in der Maschine waschen, und das Kleid muss jedes Mal in die Reinigung!«, protestierte ich.

Marion zog missbilligend die Augenbrauen hoch. »Rede nicht so einen Unsinn.«

Die Sandalen hatten einen hohen Keilabsatz und saßen wie angegossen. Ich hatte nicht erwartet, dass sie so bequem waren.

Ein älteres Paar ging an meiner offenen Kabine vorbei, und ich erkannte ihn sofort: Es war der berühmte Schriftsteller Frank Fetzing. Ich hielt vor Schreck die Luft an.

Und dann passierte etwas Unfassbares. Er lächelte mich an. Das bedeutete, er hatte mich bemerkt und nicht durch mich hindurchgesehen. Ich war nicht durchsichtig. Jedenfalls heute nicht.

Ich schaute wieder in den Spiegel. Bis auf den eingedrückten roten Rand, den meine Socken über meinen Knöcheln hinterlassen hatten, die schlappen Haare und das ungeschminkte Gesicht sah das wirklich gut aus. Ich nahm mein Prosecco-Glas und prostete mir im Spiegel zu.

Marion trat hinter mich und zupfte ein bisschen an den Klamotten herum.

Leise fragte ich: »Was kostet denn alles zusammen?«

»Regulär tausendfünfhundert …«

Ich musste husten, verschluckte mich am Prosecco und spuckte ein bisschen davon an den Spiegel.

Marion tätschelte mir die Schulter. »Bleib ruhig, Schatzi, sind Teile aus dem Sale, da gehen fünfzig Prozent runter.«

»Immer noch zu teuer«, krächzte ich.

»… minus meine zwanzig Prozent Personalrabatt!«

Ich trank mein Glas leer. Verdammt noch mal, wenn Tom sechshundert Euro für ein paar dämliche Shirts ausgeben konnte, durfte ich mir ja wohl mal im Schlussverkauf ein Kleid für Walters Beerdigung kaufen.

Als ich den Laden verließ, schwenkte ich die edle Tüte wie eine Trophäe. Da musste erst der Mann meiner Freundin tot umfallen, bevor ich mir mal was gönnte. Schluss damit. Jetzt brachen andere Zeiten an.

Tom kam mir frisch geduscht und gut gelaunt in der Diele entgegen. Offenbar hatte er die Abgasattacke folgenlos weggesteckt, und es ging ihm schon viel besser.

»Ich habe dich in die Garage fahren hören …« begann er. Er bemerkte die schicke Tüte in meiner Hand. »Warst du shoppen?«

Ich reckte fast schon trotzig das Kinn. »Ja. Wenn unser Freund begraben wird, muss ich mich vernünftig anziehen.« Eigentlich wollte ich mich cool und gelassen benehmen, aber es platzte aus mir heraus: »Wenn du dir für so viel Geld T-Shirts kaufen kannst, darf ich mir ja wohl mal …«

Er winkte ab. »Logo! Ich sag doch gar nichts. Was hast du dir denn gekauft?«

»Siehst du morgen.«

Er lächelte. »Willst du was essen? Ich habe Tomaten und Mozzarella angemacht und Knoblauchbrot aufgebacken. Wir haben auch Würstchen von Samstag, die sind noch gut, wenn du die magst? Du musst sagen, wenn ich den Grill anschmeißen soll.«

Hatte seine Tussi mit ihm Schluss gemacht, oder was sollte das jetzt?! Aber ich sagte nichts und folgte ihm wortlos an den Küchentisch. Ja, das hatte er nett gedeckt, passierte ja selten genug, dass er sich um das Essen kümmerte. Eigentlich nur im Sommer und auch nur im Garten am Grill. Er war seit jeher der »Grillmeister« und absoluter Fachmann im Würstchendrehen. Als ob das eine Kunst wäre.

Als er fragte: »Möchtest du Wasser, Kölsch oder Wein?«, wusste ich endgültig, dass irgendwas im Busch war. Und ich hatte recht.

Wir begannen schweigend zu essen. Er merkte mir hoffentlich nicht an, wie laut mein Herz klopfte. Ich hatte Angst. Angst, dass er mir jetzt sagen würde, dass er eine andere hatte und mich verlassen wollte. Angst, dass ich deswegen meine Pläne von einem anderen Leben mit seinem Geld, dem Haus und dem Auto aufgeben musste. Angst, dass ich aus diesem Haus ausziehen sollte, denn es war ja sein Elternhaus. Ich hatte solche Angst, dass ich meine Lippen ganz fest zusammenpresste und sogar vergaß, den Mund aufzumachen, als ich eine Scheibe Tomate essen wollte. Sie rutschte von der Gabel und klatschte zurück auf den Teller. Meine Bluse hatte nun ein hässliches Muster aus Olivenöl- und Balsamico-Dressing. Ich lehnte mich zurück, wischte mit der Serviette an den Flecken herum und warf sie genervt auf den Tisch. Aus dem Augenwinkel versuchte ich, die Lage einzuschätzen.

Tom wirkte nervös. Außerdem war er doch noch blass um die Nase.

Ich sagte nichts.

Er sagte nichts.

Mir lag auf der Zunge: *Was willst du von mir?*, aber ich fragte: »Gibt es einen Grund für deine Mühe?«

Er lächelte. »Na ja, ich bin dir dankbar, dass du mich aus dem Auto gerettet hast. Stell dir mal vor, ich wäre losgefahren, und das in meinem Zustand!«

Okay. Es war wirklich nett von ihm, sich bei mir zu bedanken. Mein Gewissen meldete sich, weit hinten, in den tiefsten Tiefen meines Unterbewusstseins rumorte es. Es sorgte dafür, dass mein Herz noch schneller klopfte, meine Handflächen feucht wurden und die Finger zitterten. Ich schob die Hände unter meine Oberschenkel. Atmete bewusst langsam durch die Nase ein. Und aus. Und ein. Wartete ab. Vielleicht gab er mir jetzt irgendeine angenehme Erklärung für sein Verhalten. Vielleicht ging er gar nicht fremd. Vielleicht würde ich ihn doch nicht ins Nirwana schicken müssen, vielleicht konnten wir das alles noch mal in den Griff bekommen. Ich fiel in eine weiche, sanfte Stimmung.

»Steffi«, begann er, »ich möchte den Ford verkaufen, aber das kann ich natürlich nicht allein entscheiden.«

»Weil du ihn vollgekotzt hast? Ach, mach dir keine Sorgen, wir können ihn in der Waschanlage grundreinigen lassen, der Gestank wird schon rausgehen, da ist doch sonst nix dran ...«

Er unterbrach mich. »Nein, ich würde ihn gern verkaufen und für dich ein kleines gebrauchtes Auto anschaffen.«

Ich guckte wie die berühmte Gans, wenn's donnert. »Wie meinst du das?«

Wozu sollte ich ein eigenes Auto haben, ich ging gern zu Fuß zur Arbeit, das Büro war nur fünfhundert Meter entfernt. Keine Ahnung, was er vorhatte.

Er strahlte mich an, als würde er mir was ganz Tolles erzählen wollen. »Und ich möchte etwas mit dir besprechen, das uns beide angeht.«

Jetzt setzte mein Herzschlag aus.

Trennung. Scheidung. Mein Ruin.

»Ich möchte das große Auto verkaufen, du sollst natürlich was Kleines haben, damit du mobil bleibst.«

Ich setzte an, um zu antworten, aber er unterbrach mich wieder. »Weil ... ich würde mir nämlich gern eine Harley kaufen!«

Tatsächlich grinste er von einem Ohr zum anderen, als hätte er mir soeben erzählt, dass er im Lotto gewonnen hatte.

Ich sprang auf und knallte dabei mit dem Knie mit voller Wucht unter die Tischkante. Und das war der Auslöser.

Der Schmerz ließ meine Stimme noch schriller wirken, als ich kreischte: »Ach! Daher weht der Wind! Ich verstehe, Tom, ich verstehe! Deswegen hast du die Prospekte im Keller versteckt, über die Harleys und diese Reisen, deswegen hast du dieses beknackte Tattoo und deine bescheuerten T-Shirts und das alles, jetzt reicht es mir aber, echt. Das Auto verkaufen. Mein lieber Freund, ich glaube, dir haben sie ins Gehirn geschissen!«

Das sagte ich tatsächlich. Ich, Steffi Herren, flippte völlig aus. Griff meinen Teller mit den restlichen Tomaten und dem Mozzarella, der inzwischen in einer braunen Brühe aus Balsamico und der Flüssigkeit aus den Tomaten schwamm, warf ihn auf den Boden und das Besteck und die Serviette gleich hinterher.

Den unmittelbar folgenden Schock über meinen Ausbruch ließ ich mir nicht anmerken, stapfte aus der Küche, lief ins Schlafzimmer und schloss die Tür hinter mir ab – aber erst nachdem ich seine Decke und sein Kissen in die Diele gefeuert hatte.

Ich warf mich aufs Bett und heulte, bis ich einschlief.

13

Energisches Klopfen an der Tür weckte mich. Meine Augen waren vom Heulen so geschwollen, dass ich sie kaum öffnen konnte.

»Steffi, du musst aufstehen!«

Ich setzte mich auf und schaute auf den Wecker. Sieben Uhr. Wieso verschlafen, ich musste doch erst um Viertel nach sechs aufstehen?

Es klopfte wieder. »Bist du wach? Wir müssen um halb neun bei Elfie sein!«

Die Beerdigung. Wir hatten Elfie versprochen, sie zu Hause abzuholen und mit ihr gemeinsam zum Friedhof zu fahren. Man konnte ihr doch nicht zumuten, an so einem Tag ein Taxi zu nehmen oder selbst zu fahren.

Ich stand auf, schnappte meinen Bademantel, schloss die Tür auf, marschierte erhobenen Hauptes wortlos an Tom vorbei und ging ins Bad.

Mein Gesicht sah zum Fürchten aus. Wenn man über fünfzig ist und am nächsten Tag was vorhat, sollte man abends wirklich nicht heulen: Tränensäcke, geschwollene Oberlider und eine rote Nase sehen nicht gut aus. Ich gab mir besondere Mühe mit meinen Haaren, um vom Gesicht abzulenken und versuchte vergeblich, mich mit ein bisschen Make-up einigermaßen herzurichten.

Das neue Kleid mit der Strickjacke und den Schuhen sah toll aus – aber die dicken Augen verdarben alles. Kurz entschlossen setzte ich die riesige Sonnenbrille auf, die ich mir mal im Türkei-Urlaub gekauft und noch nie getragen hatte. Oh. Das war nicht schlecht. Sauber gelöst, Steffi, dachte ich, packte Taschentücher, Handy, Geld und meinen Labello in die Handtasche und trat in die Diele.

Tom trug ein schwarzes Shirt, schwarze Jeans und ein Sakko. Ich glaube, ihm klappte die Kinnlade runter, als er mich in meinem schicken Outfit sah.

Ich würdigte ihn keines Blickes, ging in die Garage, setzte mich ins Auto, knallte die Tür zu und starrte aus dem Fenster.

Jetzt musste ich mich auf Elfie konzentrieren, sie hatte heute so einen schweren Tag vor sich, und ich als ihre beste Freundin musste ihr beistehen. Ehrensache.

Tom und ich wechselten auf der Fahrt kein einziges Wort. In mir brodelte es wie in einem Suppentopf, und ich war noch immer so sauer, dass ich bei jedem ersten Satz explodiert wäre. Auto verkaufen. Harley anschaffen. Der tickte ja nicht ganz richtig! Ich schüttelte den Kopf.

Um kurz nach halb neun fuhren wir bei Elfie vor. Keine Ahnung, warum ich eine trauernde – oder zumindest traurig aussehende – Witwe erwartet hatte, obwohl ich wusste, dass sie durch Walters Ableben fast am Ziel ihrer Träume angelangt war. Keine Ahnung, warum ich so dumm aus der Wäsche guckte, als sie uns mit wild toupierter Löwenmähne und rot geschminkten Lippen empfing und strahlte, als ginge sie zu einer Party und nicht zur Beerdigung ihres Mannes. Nur ihr schwarzer Kaftan und die schwarzen Ohrringe hatten einen Bezug zum Anlass.

»Liebelein!«, rief sie gut gelaunt und herzte und küsste Tom und mich. Sie hielt mich eine Armlänge von sich entfernt. »Hallo, du siehst ja toll aus! So was solltest du öfter tragen. Und die schicke Brille! Extra für mich? In der Küche jibbet Kaffee und Brötchen, jeht einfach durch.«

Ich bemerkte Toms konsternierten Blick. Wir durchquerten das Wohnzimmer, ein Radio lief, Wetterbericht, Radio Köln, es würde ein sonniger Tag werden.

Ich stand an der perlmuttfarbenen Küchenbar mit der schwarzen Marmor-Arbeitsplatte und biss hungrig in ein Leberwurstbrötchen.

»Sektchen?«, fragte Elfie.

»Äh, heute?«, fragte ich mit vollem Mund.

»Für jeden nur 'n Schlückschen.« Sie ging an den überdimensionalen Kühlschrank, dessen Inhalt, wie ich jetzt sah, für eine Großfamilie gereicht hätte, nahm eine Flasche Freixenet heraus, öffnete sie und verteilte Sekt in drei Kaffeetassen.

Wir stießen mit Arzberger Porzellan an.

»Auf Walter. Möje es ihm jut jehen, wo immer er ist!« Sie schickte einen Blick zum Himmel, trank die Tasse leer und stellte sie hinter sich ab.

»Ja ja, hoch die Tassen, auf Walter«, sagte Tom spöttisch. Man sah ihm an, dass er Elfies Laune genauso befremdlich fand wie ich. Im Gegensatz zu ihm wusste ich, dass sie nicht in tiefer Trauer war, aber ich fand, dass sie sich unbedingt zusammenreißen musste. Was sollten die über zweihundert erwarteten Trauergäste denken, wenn sie nachher dermaßen fröhlich auftrat!

Tom und ich wechselten einen ratlosen Blick. Ich gab ihm ein Zeichen, uns allein zu lassen, er verstand sofort. Dieser vertraute Moment machte mich ein bisschen traurig, wir waren mal so ein gutes Team gewesen.

»Ich schnapp mal frische Luft, solange es draußen noch kühl ist«, sagte er.

Elfie nötigte ihn, ein Käsebrötchen mitzunehmen, und drückte es ihm in einer Papierserviette in die Hand. Ich sah ihm hinterher, wie er über die Terrasse in den Garten schlenderte und sich die Rosenbeete ansah. Am Rhododendron, vor Jennys Grab, blieb er stehen. Ich konnte erkennen, dass ein kleines Holzkreuz, ein bunter Ball, Stofftiere und viele Blumen den kleinen Hügel schmückten.

Tom war jetzt außer Hörweite, und ich legte sofort los. »Elfie, jetzt reiß dich bloß zusammen, du bist eine Witwe, du kannst doch gleich auf dem Friedhof nicht auflaufen, als hätten wir was zu feiern, was sollen denn die Leute denken! Wenn du in ein paar Tagen oder Wochen auf La Gomera bist, kannst du dein Leben in vollen Zügen genießen, aber bitte nicht heute. Immerhin ist auch Walters erste Frau mit seinen Söhnen da, die willst du doch nicht vor den Kopf stoßen.«

Sie stand die ganze Zeit nur da, hatte sich an die Arbeitsplatte gelehnt und hörte mir mit einem Lächeln und einem Ausdruck in den Augen zu, den ich noch nie an ihr gesehen hatte. Höchstens, wenn sie früher von ihrer Hündin erzählt hatte. Passend zu meinem Gedanken fiel mein Blick auf die leeren Futterschalen, die auf einer Matte neben der Terrassentür standen. An der Wand darüber, etwa in der Höhe meiner Knie, hing ein Foto der fetten Töle. Jenny mit Trauerflor. Meine Güte.

»Hat sich erledigt mit Jomera«, sagte Elfie, »hab umdisponiert!«

»Was?«

Sie grinste. »Jawoll. Pläne sind dazu da, um jeändert zu werden, wenn die Umstände es erfordern!«

»Aber warum denn? So kurz vor dem Ziel? Ich verstehe nur Bahnhof. Jetzt hast du endlich die Kohle, um alle deine Träume zu verwirklichen, hast das Geld sogar auf ganz legale Weise, sagen wir mal, erwirtschaftet, und jetzt kneifst du? Sorry, aber das ist mir zu hoch!«

Wieso grinste sie denn die ganze Zeit? Hatte sie was eingenommen?

»Hab ich jesacht, dass ich meine Träume aufjebe? Nee. Im Jejenteil, ich hab 'ne viel bessere Idee als Jomera. Ich bleibe nämlich in Köln!« Sie machte eine wirkungsvolle Pause, bevor sie fortfuhr. »Und ich eröffne einen Tierfriedhof, janz schick, mit schattigen Jrabstellen, mit Trauerbejleitung, mit 'nem Jeschäft für die Särje und Urnen und Kreuze mit allem Zick und Zack.«

Ich muss ziemlich blöd geguckt haben, denn sie sagte, ich könne den Mund wieder zumachen. Nach einer Weile fand ich meine Sprache wieder. »Ich freue mich natürlich, dass du in Köln bleibst, das sind wirklich tolle Neuigkeiten. Aber wieso denn ein Tierfriedhof? Wo denn? Warum denn? Wie kommst du denn nur auf so was?« Mein Blick fiel auf das Foto über den leeren Näpfen. »Wegen Jenny?«

»Ja. Nein. Jein. Also auch wejen Jenny, aber die liejt ja hinten im Jarten. Ich kann sie immer besuchen, sie ist die janze Zeit hier. Aber für Leute, die keinen Jarten haben und einen Ort zum Trauern brauchen …«

»Du spinnst. Du gehst nicht nach La Gómera, weil dein Hund im Garten begraben ist? Meine Güte, buddle halt die Urne wieder aus und nimm sie mit. Wird sich schon ein Plätzchen in deiner Finca finden.« Ich legte das Brötchen auf einen Teller, ich hatte ganz vergessen, weiterzuessen. »Wie kommst du plötzlich auf die Idee, alles umzuschmeißen? Vor ein paar Tagen klang das ganz anders!«

Elfie lächelte verzückt. »Daran ist Jildo schuld.«

Ach du grüne Neune. Jetzt war es geschehen. Der Schock. Ich wusste ja, dass sie »Gildo« meinte, wenn sie »Jildo« sagte, und ging erschrocken einen Schritt auf sie zu, schob meine Sonnenbrille in die Haare, damit sie meine Augen sehen konnte, und nahm sie in den Arm. »Meine arme liebe Elfie, ich bin bei dir, wir sind Freunde, ich lasse dich jetzt nicht allein, es wird alles wieder gut, glaub mir! Du kannst dich hundertprozentig auf mich verlassen.«

Gildo. Seit dieser verrückte Schlagertyp Gildo Horn beim Grand Prix gesungen hatte, war Elfie eine seiner glühendsten Verehrerinnen. Dagegen war ich mit meiner Schwärmerei für die »Bossi Hossis« direkt harmlos. Im Umkreis von zweihundert Kilometern um Köln hatte Elfie jedes verdammte Konzert gesehen, das dieser Nussecken futternde Langhaardackel gegeben hatte. Ich war ein paar Mal dabei gewesen, wenn sich kein anderer erbarmt hatte, sie zu begleiten. Sie konnte jedes Lied auswendig. Gildo hat euch lieb. O mein Gott. Die arme Elfie.

Und jetzt drehte sie durch. Kein Wunder, das war alles zu viel für sie gewesen. Erst ihre aufregenden Walter-Beseitigungspläne, die jämmerlich gescheitert waren, der daraus resultierende versehentliche Tod ihrer geliebten Jenny, und am Ende der grauenhafte Unfall auf dem Golfplatz. Aufgespießt. Mit dem Spazierstock im Herzen verreckt. Das steckst du natürlich nicht folgenlos weg. Wie hatte ich das nur erwarten können.

Sie begann plötzlich laut zu lachen, dabei vibrierte ihre mächtige Oberweite an meiner Brust. Das machte die Situation noch gruseliger. Totaler Zusammenbruch, ganz klar.

Sie schob mich weg und hielt mich mit ausgestreckten Armen an meinen Schultern fest. »Nee, Liebelein, ich bin nicht bekloppt. Oder vielleicht doch. Ich – bin – ver-liebt! In Jil-do.« Sie nickte so heftig, dass ihre Ohrringe wild schaukelten.

O nein. Mir stiegen Tränen in die Augen. Jetzt fantasierte sie auch noch. Ich wollte gar nicht hören, was jetzt kam. Das waren astreine Wahnvorstellungen.

Sie sagte: »Eijentlich heißt er Ermenejildo Konstantino, der Vatter ist Italiener, aber alle nennen ihn nur Jildo. Mensch Steffi, das war 'ne jöttliche Füjung! Wir haben uns jesehen, und es hat direkt jefunkt. Wie im Film. Und dann noch dieser Name, hör mal, das ist doch 'n Wink vom Himmel!«

Langsam wich meine Anspannung, und ich wurde wieder locker. Das klang doch nicht so dramatisch. »Du hast dich in einen Italiener verliebt? Ach so. Okay. Verstehe.« Aber das musste ganz frisch passiert sein. »Wann denn?«

»Bei der Besprechung.«

»Welche Besprechung?«

»Na, die von Walters Beerdigung.«

»Elfie! Bitte, ich verstehe nur Bahnhof.«

Sie konnte offenbar gar nicht mehr aufhören zu grinsen. »Es ist ein bisschen unjewöhnlich, aber ich habe mich in Jildo Konstantino verliebt. Auf den ersten Blick. Zack bumm.« Sie schlug sich mit der flachen Hand auf die Herzgegend.

Ich kapierte immer noch nichts.

Sie verdrehte die Augen. »Jildo Konstantino von *Pietät & Takt*, der macht Walters Beerdigung!«

Jetzt fing ich an zu lachen. Ich lachte so laut, dass Tom mit schnellen Schritten über den Rasen gelaufen kam und in der Terrassentür stehen blieb. »Was ist los? Kann ich mitlachen?«

»Ja, kannst du, Tom, kannst du. Unsere Elfie hat sich in den Bestatter ihres Mannes verliebt!«

»Meine Güte, wonach stinkt es hier denn so?«, fragte Elfie und hielt sich die Nase zu, als sie sich in den Fond fallen ließ.

Ich antwortete nicht, sollte Tom es ihr doch erklären.

Tat er aber nicht. Er konzentrierte sich auf den Verkehr, fragte sie aber an der Ampel (endlich) nach Gildo Konstantino vom Institut *Pietät & Takt*. »Was ist denn das für einer? Macht der sich berufsmäßig an Witwen ran? Du musst schon entschuldigen, aber Walter war unser ältester gemeinsamer Freund. *Mich* trifft es, dass er tot ist. Warst du seitdem Tag und Nacht mit dem Typen zusammen? Habt ihr beim ersten Date schon Zukunftspläne geschmiedet? Walter war noch nicht ganz kalt, und du hattest heiße Nächte? Dass du dich in ihn verknallt haben willst, bevor dein Mann unter der Erde ist, finde ich ... ach Scheiße, ich weiß gar kein Wort dafür ...«

Elfie klang völlig ungerührt. »Paragraf eins und zwei Kölsches Jrundjesetz: Et es, wie et es. Et kütt, wie et kütt. Klingt einfach, is aber so. Wo die Liebe hinfällt, da kann man nix machen. Tom, man muss auch jönnen können, also jönn et mir.«

Enthusiastisch erklärte sie, was sie nun vorhatte: Gildo, der das Beerdigungsinstitut *Pietät & Takt* bereits in dritter Generation führte, würde sie bei ihrem »Businessplan« unterstützen. Er besaß im Kölner Stadtteil Rondorf ein riesiges Grundstück, das er zurzeit an den Reitverein verpachtet hatte. Dieser Pachtvertrag lief aus, und das Gelände eignete sich vorzüglich, um einen Tierfriedhof anzulegen. Die nötigen Genehmigungen seien kein Problem, behauptete Gildo, er habe durch sein Geschäft gute Freunde und noch bessere Beziehungen zur Stadtverwaltung.

»Es gibt aber doch schon Tierfriedhöfe in Köln«, wandte ich ein.

Elfie ließ sich nicht beirren: »Der Markt ist riesig, und ich werde alles mit Jildos Hilfe aufziehen.«

»Und deswegen hast du dich in ihn verliebt?«

Elfie lachte. »Nein. Du wirst ihn ja nachher sehen, dann verstehst du sofort, was mich an ihm fasziniert.«

Ich war gespannt.

Die Fahrt zum Friedhof dauerte nur ein paar Minuten, ich sah im Rückspiegel, dass Elfie sich jetzt mental auf ihren Auftritt konzentrierte. Bevor sie ausstieg, setzte auch sie eine große Sonnenbrille auf. Die war genauso dunkel getönt wie meine, sodass man unsere Augen nicht sehen konnte. Ich stieg vor ihr aus, öffnete ihr die Tür wie ein Chauffeur und hakte sie beim Gang zur Kapelle unter.

Sie marschierte ein bisschen zu forsch los, ich musste sie bremsen und zischte: »Langsam schreiten und mit dem Taschentuch an der Nase rumfummeln, als ob du heulst!«

»Jawoll Scheff!«, antwortete sie leise, zog ein Spitzentaschentuch aus den Falten ihres Kaftans und befolgte meinen Rat.

Marion, ihr aktueller Gatte Oliver, Babette und Zita warteten neben der Kapelle auf uns. Der Reihe nach umarmten sie Elfie stumm. Außer mir wusste ja niemand, dass sie Walter nur durch göttliche Zufälle und Fügungen nicht selbst ins Nirwana befördert hatte.

»Wo ist dein Mann?«, fragte Tom Babette.

Sie atmete zitternd ein und aus und zuckte mit den Achseln. Sie war blass, hatte dunkle Schatten unter den Augen und wirkte irgendwie abwesend. Die ganze Zeit kaute sie auf ihrer Zunge herum. Oha. Das sah nach Zoff aus.

Ich saß in der dritten Reihe zwischen Tom und Babette, neben ihr saßen Marion und mein derzeitiger Schwager. Zita hatte in der Reihe direkt hinter uns einen Platz bekommen. Ralph saß auf der anderen Seite des Ganges und starrte Babette böse an. Sie ignorierte ihn demonstrativ. Zu der Zeit war ich noch immer ahnungslos – die beiden stritten oft, das war nichts Neues.

Die arme Elfie schluchzte brav in der ersten Reihe,

direkt vor Walters Sarg, ich konnte es an ihren zuckenden Schultern erkennen.

Jemand hielt eine Rede. Und noch jemand. Und noch jemand. Dass Walter so ein großartiger, warmherziger, loyaler, fleißiger, erfolgreicher, liebevoller, zuverlässiger und was weiß ich noch für ein Kerl gewesen war, hatte ich gar nicht gewusst, obwohl ich ihn über dreißig Jahre gekannt hatte. Was heißt *gekannt*. Wir hatten viele Feste zusammen gefeiert, Weihnachten, Silvester, Geburtstage, Karneval. Kennt man jemanden, wenn man mit ihm gesoffen hat? Walter war immer hilfsbereit und freundlich gewesen, konnte gut zuhören und fragte auch interessiert nach, wenn man sich mit ihm unterhielt, aber er ging mir nicht ans Herz. Klingt pathetisch, zugegeben. Vielleicht hatten mich seine ewigen zweideutigen Bemerkungen abgestoßen, seine schlüpfrigen Witzchen, die kameradschaftlichen Tätscheleien, wenn er was getrunken hatte, und seine Leidenschaft für frivole Situationen. Natürlich hatten wir damals, in Elfies Schlüpferladen, auch jede Menge Spaß miteinander gehabt und viel gelacht, wenn wir hinter dem Zauberspiegel gehockt und den Damen der Kölner Hautevolee bei der Dessousanprobe zugeschaut hatten. Aber während ich mir die ahnungslosen Frauen eher unter dem Aspekt »körperlicher Zustandsvergleich« angesehen hatte, war er jedes Mal erotisch motiviert gewesen. Und das wusste ich nicht nur, weil Elfie nach einigen Piccolöchen oder Jägermeister-Eierlikörchen allzu gern aus dem Nähkästchen plauderte, sondern weil die Anzughose eines Boxershortsträgers nun mal von Natur aus verräterisch ist.

Es wunderte mich allerdings nicht, dass Walter in den letzten zwanzig Jahren seines Lebens chronischen Notstand gehabt hatte, denn als er Elfie seinerzeit ehelichte, hatte sie ganz anders ausgesehen als heute. Sie war sozusagen heute mehr als die doppelte Portion. Sie hatte sich optisch und im Wesen extrem verändert. Ihre Fröhlichkeit hatte sie sich bewahrt, aber die burschikos freche Art war einer mütterlichen gewichen. Dennoch hatte sie für Walter offenbar nichts an Attraktivität eingebüßt, sie hatte sich beim Stammtisch oft genug darüber beschwert, dass er ihr immer noch »nachstellte«, wie sie es nannte. Ich hatte Tom damals davon erzählt, und er hatte gemeint, dass kein normaler Mann mit einer Frau schlafen könne, die ihm die Schuhe zuband und die Unterhosen rauslegte.

Irgendjemand sagte »Amen«, die Trauergäste murmelten das Wort im Chor nach. Ich schaute nach vorn und konzentrierte mich auf den Trauerakt.

Tja, nun lag der gute alte Walter da vorn in seiner Kiste. Die vielen Leute, die Kränze, Blumen und Reden hätten ihm gefallen. So viel Aufmerksamkeit hatte er lange nicht bekommen. Ich dachte an die Szene in der Kneipe, damals, als er eigentlich noch Marion liebte, aber mit Elfie zusammengekommen war. Er hatte sie immer mit Marion eifersüchtig gemacht. Ich hörte oft genug, wenn er meiner Schwester in Elfies Gegenwart Komplimente über ihr Aussehen, ihre Garderobe oder ihre Figur machte. Und je dicker Elfie wurde, desto verletzender mussten diese Vergleiche für sie gewesen sein. Vielleicht hatte sie sich, sinnbildlich gesprochen, diesen Panzer angefressen, quasi als Schutzschicht.

Ich schaute hinüber zu Marion. Das konnte ja wohl nicht wahr sein! Sie tippte lautlos auf ihrem Handy herum und bemerkte nicht oder *wollte* nicht bemerken, dass Oliver einen langen Hals machte und versuchte zu lesen, was sie schrieb. Ich hustete vernehmlich, um sie darauf aufmerksam zu machen, aber sie reagierte nicht.

Babette und ich wechselten einen missbilligenden Blick; sie hatte Marions unmögliches Benehmen auch bemerkt. Jetzt erst sah ich, dass Babette flache Schuhe zu ihrer schwarzen Jeans trug. Keine Ahnung, wann ich sie zuletzt in Ballerinas gesehen hatte. Überhaupt sah sie eher sportlich als elegant aus, was angesichts des Anlasses und der damit verbundenen Möglichkeit eines großen Auftritts gar nicht zu ihr passte. Ihre Locken trug sie auch nicht als Mähne, sondern hatte sie im Nacken zusammengebunden.

Musik erklang. Irgendwas Klassisches, aber trotzdem schön. Kurze Zeit später traute ich meinen Augen nicht: Als die Trauergemeinde aufstand, um gemeinsam zu beten oder zumindest so zu tun als ob, fischte Babette blitzschnell ein Paar hochhackige Pumps aus ihrer Prada-Tasche und ließ die Ballerinas darin verschwinden.

Ich sah sie fragend an, sie rollte ihre Augen in Ralphs Richtung und machte fast unhörbar: »Pscht.«

Die Prozession hinter dem Sarg war lang und feierlich, die Stimmung angemessen traurig. Als ich mit dem Schäufelchen Erde in die Grube warf, tat Walter mir ehrlich leid. So ein Ende. Da wäre er mit dem Chili von Elfie besser dran gewesen. Das hätte nicht so wehgetan wie ein Krückstock im Herzen.

Apropos Elfie. Verliebt in den Bestatter. Wo war er

denn? Ich hielt Ausschau nach jemandem, der aussah, als könne er Gildo Konstantino heißen. Auf den Mann, den ich später beim Beerdigungslunch im Gasthaus *Zum fröhlichen Jecken* kennenlernte, war ich nicht gefasst gewesen.

Gildo Konstantino war ein zierlicher Typ mit lebhaften, dicht bewimperten braunen Augen. Er war höchstens einen Meter fünfundsechzig groß. Sein Haarwuchs hatte ungefähr die Stärke und Dichte seines Dreitagebartes, die schneeweißen Zähne hatten bestimmt ein Vermögen gekostet. Der schwarze Anzug saß wie angegossen und war mit Sicherheit eine Maßanfertigung. Na ja, gestorben wird immer, das ist ein sicheres Einkommen.

Elfie stellte mir diesen Mann, dessen Schulter mühelos unter ihre Achsel passte, mit dem schönsten Lächeln vor, das ich je an ihr gesehen hatte. Er reichte mir eine manikürte Hand, bei deren Anblick ich mich fragte, ob diese Hand den armen toten Walter vor seinem Begräbnis gepudert und gewaschen hatte. Stichwort Glocken und Seil.

Der Händedruck war fest und trocken, ein wichtiges Kriterium, das bei mir sofort darüber entscheidet, ob ich einen Menschen mag oder nicht. Gildo mochte ich. Er benahm sich taktvoll und höflich, was natürlich sein Beruf war. Ich versuchte zu erkennen, ob die beiden in der kurzen Zeit, in der sie sich kannten, schon Sex gehabt hatten. Es sprach nichts dafür und nichts dagegen.

Bevor das Büfett eröffnet wurde, gab es für die geladenen Trauergäste eine Runde Jägermeister.

Elfie erhob ihr Glas und sagte: »Auf meinen lieben Walter, der heute unter uns ist, auch wenn wir ihn nicht sehen.«

Wohlsein. Den Schnaps merkte ich sofort, es war ja erst Mittag und bis auf das Leberwurstbrötchen heute morgen in Elfies Küche hatte ich noch nichts gegessen.

Tom stand mit Ralph drüben am Fenster, sie unterhielten sich angeregt. Zita hatte sich irgendwo ein Glas Sekt organisiert und flirtete mit einem entzückenden jungen Kellner. Ob der auch zu den unbefriedigten Exemplaren gehörte, die ihre Not per App auf dem Handy kundtaten?

Babette und Marion kamen aus Richtung der Waschräume auf mich zu. Babette hatte ihren Zopf gelöst und trug die Haare wieder offen. Sie musterte mich. »Steffi, du solltest dich immer so anziehen, siehst toll aus im Kleid, Schwarz steht dir super.« Das hatte Elfie auch gesagt.

»Danke, das ist das Werk meiner Schwester«, gab ich zu.

»Aber du kannst deine Sonnenbrille jetzt ruhig abnehmen, hier drinnen ist es ja relativ schattig«, bemerkte Marion trocken.

Oh, die Sonnenbrille. Ich hatte nicht bemerkt, dass ich sie noch trug, und schob sie in meine Haare.

Babette und Marion runzelten gleichzeitig die Stirn.

»Auch 'ne lange Nacht gehabt?«, fragte Babette.

Ich nickte. »Erzähl ich euch ein anderes Mal. Wieso auch?«

»Ich bin mit dem Fahrrad hier.«

Ich staunte. »Was? Das sind über zehn Kilometer!«

»Nicht so laut!«, zischte Babette. Sie wies unauffällig mit dem Kopf zu Ralph hinüber.

Wir gingen ein paar Schritte weiter und setzten uns in eine ruhige Ecke. Zita hatte den feschen Jüngling stehen lassen und gesellte sich zu uns. Zu dritt lauschten wir nun Babettes Geschichte.

»Als ich heute Morgen hinauf in Ralphs Refugium gegangen bin, um für ihn Frühstück zu machen, stand er im Wohnzimmer vor dem Kamin. Es brannte ein heftiges Feuer. Ende Juni. Und es stank. ›Was verbrennst du da?‹, habe ich ihn gefragt. Er hat mich angeglotzt und nicht geantwortet. Und dann habe ich es gesehen. Meinen Koffer. In dem ich die schönen, neuen Kleider von Roger aufbewahrt habe. Ich war noch nicht zum Auspacken gekommen.«

Ich schlug mir mit der Hand vor den Mund. »Nein! Hat er … hat er deine Kleider … im Kamin …?« Ich konnte das Schreckliche nicht aussprechen.

»Zwölf Kleider, keins unter fünfhundert Euro.«

Marion blieb ruhiger als ich. »Woher hatte er den Koffer?«

»Aus meiner Wohnung. Er muss ihn geholt haben, als ich schlief.«

»Wusste er, was drin war?«

»Glaube ich nicht, woher? Aber ich hatte schon ein paarmal den Verdacht, dass er in meinen Sachen schnüffelt.«

Ich schaute hinüber zu Ralph, der mit meinem Mann noch immer ein, so schien es, harmonisches Gespräch führte. Dieses Schwein. »Was hat er davon, deine Kleider zu verbrennen?«, fragte ich.

Elfie kam auf uns zu, sie hatte die ganze Zeit Hände geschüttelt und Beileidsbekundungen entgegengenommen und brauchte davon offenbar eine Pause. Sie sah, dass Babette sich mit dem Handrücken die Tränen abwischte, die jetzt über ihre Wangen kullerten. »Liebelein, sei doch nicht so traurig wegen Walter. Ich komm schon klar. Weißt du, von hundert Menschen sterben hundert Prozent, und Walter war ja auch nicht mehr der Jüngste …«

Zita zupfte sie am Arm. »Nee, sie weint nicht wegen Walter. Ralph hat ihre Kleider verbrannt!«

Elfie riss die Augen auf. »Was?«

»Das war noch nicht alles«, flüsterte Babette. »Er hat mich nur super abfällig angeschaut. ›Na, du alternde Hure, hast du es wieder mit irgendeinem alten Sack getrieben, um dich mit neuen Klamotten für deinen nächsten Freier aufzudonnern?‹, hat er gesagt. Er hat mir den Rücken zugedreht und mit dem Schürhaken im Feuer herumgestochert. In dem Moment habe ich in Gedanken nach etwas gesucht, mit dem ich ihn hätte erschlagen können, aber ich stand da wie angenagelt und konnte mich nicht rühren.« Jetzt war es um ihre Selbstbeherrschung geschehen, und sie weinte bitterlich. Gott sei Dank waren wir auf einer Beerdigungsfeier, da fiel das nicht weiter auf.

»Verhurte Schabracke«, hatte Ralph sie genannt und die Handtasche hochgehoben, die am Abend zuvor auf Babettes Nachttisch gestanden hatte.

Babette flüsterte die ganze Zeit, und Elfie, Zita, Marion und ich lauschten ihr fassungslos. »Er hat die Tasche an sich genommen, als ich geschlafen habe.«

»Hattest du deine Tür nicht abgeschlossen?«, fragte Zita.

»Doch, aber ich hatte den Schlüssel nicht von innen stecken lassen, er muss einen Zweitschlüssel haben. Er packte die Handtasche, hat mit großer Geste hineingegriffen und nacheinander alles rausgenommen, was drin war, und ins

Feuer geworfen. Fotos, mein Telefonbüchlein, Schminke, Visitenkarten. Meine Brieftasche. Geld, Reisepass, Personalausweis, Führerschein, Versichertenkarte, Kundenkarten waren drin!«, heulte sie. »Er hat das Geld demonstrativ herausgenommen und die Scheine in seine Hosentasche gesteckt. Die Münzen hat er auf den Fußboden geworfen. Dann hat er das Portemonnaie samt Papieren und Karten ins Feuer geworfen.«

»So eine verdammte Drecksau!«, entfuhr es Marion. Feindselig starrten wir hinüber zu Ralph, der sich mit Tom unterhielt, als sei alles in bester Ordnung.

»Mein Handy hat er auch verbrannt«, sagte Babette.

Sie hatte geschrien, als er es ins Feuer warf, wo es sich mit einem Zischen und einer Stichflamme verflüssigt hatte.

Mir stand vor Entsetzen der Mund offen. Papiere und Handy verbrannt. Hasserfüllt sah ich erneut hinüber. Ralph hatte inzwischen mitgekriegt, dass wir über ihn redeten, sein Grinsen war diabolisch.

»Und weiter?«, fragte Marion.

»Dann hat er gesagt, es wäre bestimmt kein Problem für mich, die Beine breit zu machen oder jemandem den … jemandem den Schw… Ich mag das nicht sagen.«

Er meinte also damit, Babette könne sich neue Papiere, Klamotten, ein Handy und Geld auf die übliche Art und Weise erwirtschaften.

»Bist du ihm nicht an die Gurgel gegangen?«, fragte Zita. »Du hast Nerven, er hatte doch den Schürhaken! Ich hatte schreckliche Angst vor ihm.«

Wir schwiegen minutenlang, und ich wusste, dass jede

von uns jetzt daran dachte, wie man selbst in so einer Situation reagiert hätte. In diesem Moment schämte ich mich zum ersten Mal, weil ich Tom eigentlich nur aus schnöder Langeweile loswerden wollte. Er hatte mir nie etwas getan.

Babette sagte: »Ich bin wieder runter in meine Wohnung und hab in mein Kissen geschrien.« Ihre Papiere und ihre Kontokarte waren verbrannt. Um die wieder zu beschaffen, würde sie nun Geld brauchen, das sie nicht hatte. Sie konnte niemanden anrufen, alle Nummern hatten in ihrem Notizbüchlein gestanden und waren im Handy gespeichert gewesen, und beides war nun eine klebrige Elektromasse oder Asche.

Mit ein paar Atemübungen hatte sie sich schließlich ein bisschen beruhigt. Als sie hörte, dass Ralph oben die Haustür zuknallte, stand sie hinter der Gardine. Er brauste im schwarzen Anzug mit quietschenden Reifen vom Hof. Sie wusste, dass er zur Beerdigung fuhr und sie ohne Geld, Handy und Ausweis zurückgelassen hatte. *Er hat ein Stück ihrer Identität verbrannt*, dachte ich.

»Warum hast du nicht bei uns geklingelt? Wir hätten dich doch mitgenommen!«

»Eure Garage stand offen, und das Auto war nicht da.«

Stimmt, wir waren ja schon früh zu Elfie gefahren.

Babette hatte sich also kurzerhand flache Schuhe angezogen und war mit dem Rad zum Friedhof gekommen. Mit zitternder Stimme wandte sie sich an Elfie. »Ich wollte dich doch in deiner schweren Stunde nicht allein lassen!«

»Ach Liebelein …« Elfie umarmte sie.

Ich starrte Ralph erneut an. Am liebsten wäre ich rübergegangen und hätte ihm eine Sektflasche über den Schädel gezogen. Ich konnte ja nicht ahnen, dass sich das sowieso nicht mehr gelohnt hätte.

Wir leisteten Babette natürlich Erste Hilfe.

Zita nahm zwei Hunderter aus ihrem Portemonnaie und drückte sie Babette in die Hand. »Du musst ja Bargeld haben.« Marion spendierte ebenfalls einen Hunderter.

Zita sprach aus, was wir alle dachten: »Du musst da raus. Weiß der Teufel, warum er heute so ausgetickt ist, aber du bist da nicht mehr sicher. Wenn er einen Schlüssel zu deiner Wohnung hat und heimlich zu dir kommt, wenn du schläfst – das geht ja wohl gar nicht! Wer weiß, was er heute Nacht anstellt.«

Sie hatte natürlich recht. Nach dieser Aktion traute ich Ralph alles zu. Er war zu allem fähig. Natürlich bekam Babette bei uns Asyl, Ehrensache. Ich wusste, dass ich Tom deswegen gar nicht fragen musste, in solchen Dingen war er uneingeschränkt hilfsbereit. Marion bot Babette an, ihr mit ein paar Klamotten auszuhelfen, damit sie in den nächsten Tagen nicht nach Hause gehen müsste. Ich hatte noch ein altes Smartphone, das würde ich ihr geben.

»Danke, ihr seid wirklich tolle Freundinnen. Ich nehme das alles gerne an. Das Geld gebe ich euch zurück, sobald ich kann. Steffi, das Angebot mit dem Telefon ist super. Ich versuche, Roger heute Abend bei euch über Facebook zu erreichen. Er wird mir auch helfen.« Sie schien eine Idee zu haben. »Fährst du mit mir nachher in die Stadt? Ich muss mir eine SIM-Karte besorgen und Unterwäsche, eine Zahnbürste und so ein Zeug.« Sie wirkte plötzlich gefasst und kühl.

Zita winkte den schnieken Kellner heran und bestellte noch eine Runde Jägermeister. Wir tranken schweigend, ohne Trinkspruch. Zum Essen gab es Wein, danach Aquavit, zum Kaffee Amaretto und Eierlikör. Ohne diesen Alkoholpegel wäre das, was später an diesem Tag geschah, nicht möglich gewesen, dessen bin ich sicher.

Die Bestattungsfeier im *Fröhlichen Jecken* dauerte bis zum Nachmittag. Marion war schon früher gefahren, sie musste wieder ins Geschäft und wollte vorher schnell daheim vorbei, um ein paar Klamotten für Babette einzupacken, die wir im Geschäft abholen sollten. Ralph hatte sich irgendwann aus dem Staub gemacht, ohne sich von uns zu verabschieden.

Eigentlich hatte ich an diesem Tag überhaupt nicht mit Tom reden wollen, wir hatten schließlich wegen der idiotischen Pläne mit dem Auto und der Harley noch ein Hühnchen zu rupfen, aber jetzt ging Babettes Problem vor. Ich nahm ihn also zur Seite und umriss die Situation.

Er war echt sauer. »Ich habe mich doch die ganze Zeit mit ihm unterhalten, er wirkte total normal!«

»Das macht die Situation nicht ungefährlicher«, konstatierte ich.

Ich kannte Tom gut genug, um zu wissen, dass er Ralph am liebsten sofort zur Rede stellen würde, aber das sollte er nicht. Babette bat ihn, nichts zu unternehmen und ihn bloß nicht zu reizen, wer wusste schon, was diesen Ausraster in ihm ausgelöst hatte. Sie müsse nur ihren Freund Roger erreichen, der würde wissen, was zu tun sei.

»Ich fahre mit Babette in die Stadt«, sagte ich. »Wir besorgen das Nötigste, gehen zu Marion in den Laden, holen da ein paar Klamotten ab und kommen später mit der Straßenbahn nach Hause. Du kannst auf dem Sofa bleiben. Babette schläft in deinem Bett.« Diesen Seitenhieb konnte ich mir nicht verkneifen. Die Waffenruhe bedeutete ja nicht, dass der Krieg zu Ende war.

Wir stiegen zwanzig Minuten später am Apellhofplatz aus. Babette hatte die Pumps in der Tasche verstaut und trug wieder ihre Ballerinas. Wir gingen zuerst in die Ehrenstraße, kauften einen Fünferpack Slips und zwei Büstenhalter. Den dramatischen Anlass unserer Shoppingtour verdrängten wir spätestens, als Babette mich durch eine pinkfarben gestrichene Passage schob und wir uns in dem Lokal, in dem wir plötzlich standen, zwei Prosecco genehmigten. Und noch zwei.

Inzwischen taten mir die Füße weh, ich hatte seit dem frühen Morgen meine neuen Schuhe an und weigerte mich, auch nur einen einzigen Schritt darin weiterzugehen.

»Zieh sie halt aus!«, sagte Babette, und natürlich hatte sie recht. Ich zahlte, wir gingen, ich stöhnte wohlig, als ich barfuß über den Bürgersteig lief, war aber trotz meines ordentlichen Alkoholpegels vorsichtig und schaute, dass ich nicht in Scherben oder Hundehaufen trat.

Bis zu dem Geschäft, in dem Marion arbeitete, waren es nur ein paar Minuten Fußweg. Heute hatte ich überhaupt keine Schwellenangst, schließlich hatte ich erst gestern hier eingekauft und kannte mich aus. Selbstbewusst ließ ich mich in einen Sessel sinken und rieb mir die wunden Füße.

Marion ließ uns direkt noch zwei Gläser Sekt bringen. Wir stießen an. Auf Walter, auf Elfie, auf die Freundschaft. Und Babette sagte: »Auf ein neues Leben!« Da war ich ganz bei ihr, auf das neue Leben trank ich auch.

Marion hatte die Klamotten für Babette in einen Rollkoffer gepackt. »Du kannst schauen, was du tragen willst, behalte, was dir gefällt.«

Babette fiel ihr um den Hals und gab ihr einen Kuss.

Marions Blick fiel auf meine nackten Füße. Sie verzog missbilligend das Gesicht, verschwand hinter dem Tresen an der Kasse hinter einer Tür und kam mit einem Paar Boots zurück. Sie waren aus exquisitem schwarzen Leder, hatten einen flachen Absatz, ein gelbes Futter und waren mit drei derben Schnallen verziert. »Zieh mal an.«

»Zu diesem Kleid?« Ich musste aufpassen, nicht zu lallen, inzwischen war ich schwer angetrunken.

Als ich vor dem Spiegel stand, im halbledernem Etuikleid und derben, himmlisch bequemen Bikerboots, hätte ich mich fast selbst kaum wiedererkannt. Das war cool. Übermütig stolzierte ich durch den Laden, griff im Vorbeigehen mit einer lässigen Bewegung nach einer grauen Wildlederjacke, an deren Ärmel lange Fransen genäht waren, und zog sie über. Marion und Babette klatschten in die Hände, was natürlich die Aufmerksamkeit aller Kunden und Mitarbeiter auf sich zog. Alle Leute schauten mich an. Und ich, Steffi Herren, eigentlich beige, unscheinbar und unsichtbar, drehte mich wie ein Pfau und fühlte mich großartig, bezahlte Jacke und Boots, ohne nach dem Preis zu fragen, mit der Kreditkarte und behielt alles gleich an. Babette flüsterte ehrfürchtig, dass es echte Fiorentinis seien, die ich nun trug, aber das war mir schnurzegal – sie waren cool und bequem, und ich sah klasse aus. Ich wollte überhaupt nicht nach Hause, sondern ich wollte in den Einkaufsstraßen flanieren.

Babette brauchte noch die SIM-Karte für das Handy, das ich ihr abends geben wollte. Wir gingen wieder in die Ehrenstraße. Vor jedem Schaufenster blieb ich stehen und bewunderte mein eigenes Spiegelbild.

Plötzlich bemerkte ich den Friseur. Es war ein kleiner Laden, aus dem Technomusik dröhnte, vor der Tür saßen zwei tätowierte Mädchen mit Piercings im Gesicht und grellbunten Frisuren und rauchten. Keine Ahnung, welcher Teufel mich ritt, als ich fragte: »Haben Sie Zeit, mir die Haare zu machen?«

Die mit der pinkfarbenen Mähne musterte mich, ich genoss ihren Blick und grinste.

»Was soll denn gemacht werden?«, fragte sie.

Ich nahm die Sonnenbrille ab. Der folgende Satz war den zwei Promille geschuldet, die ich mindestens intus hatte. »Schauen Sie mich an. Wenn Sie total freie Hand hätten, was würden Sie mit diesen Haaren machen?«

Sie drückte die Zigarette aus und stand auf. »Ey cool. Komm rein, ich habe eine Idee.«

Eigentlich kann ich es nicht ausstehen, wenn fremde Leute mich duzen, aber ihr nahm ich es nicht übel. Babette folgte uns, den Rollkoffer hinter sich herziehend.

Die Friseurin hieß Vanessa. Sie band mir einen pinkfarbenen Umhang um und fasste in meine mittelaschblonde Schnittlauchfrisur. »Hättest du mal Bock auf was richtig Krasses?«

Babette und ich wechselten im Spiegel einen Blick. Sie hob den rechten Daumen.

Als Vanessa mir erklärt hatte, was sie vorhatte, grinste ich von einem Ohr zum anderen. Babette verließ den Laden, um im nächsten Büdchen drei Piccolo zu kaufen. Wir tranken den Sekt mit Strohhalmen direkt aus der Flasche, Gläser gab's bei Vanessa nicht.

Babette gönnte sich in der Wartezone ein Nickerchen, die Füße hatte sie auf den Koffer gelegt. Als sie wieder aufwachte, war ich gerade fertig. »O mein Gott, Steffi, ich glaub's ja nicht!«, kreischte sie.

Vanessa zeigte mir mit einem Handspiegel meinen Hinterkopf. Ich jauchzte vor Vergnügen. So eine Frisur hatte ich noch nie gesehen, bei niemandem.

Vanessa befreite mich von dem Frisierumhang, ich stand auf, strich das enge Kleid glatt und schüttelte meine Haare. Vanessa hatte genau das Richtige getan, und ich gab ihr vor lauter Glück fünfzig Euro Trinkgeld. Ich hängte mir die neue Fransenjacke über die Schulter und küsste sie zum Abschied auf beide Wangen. Bevor ich den kleinen Laden verließ, schaute ich noch einmal in den Spiegel.

Die alte Steffi gab es nicht mehr. Der Bob mit Seitenscheitel war Geschichte. Mein Haar war jetzt rundherum kinnlang geschnitten, der Scheitel saß exakt in der Mitte und sah aus wie mit dem Lineal gezogen. Die linke Seite meiner Haare war rabenschwarz. Und die rechte Seite war weiß.

Am Willy-Millowitsch-Platz gönnten wir uns eine Currywurst mit Pommes, die ich noch mal kräftig nachsalzen ließ. Ich hatte so viel getrunken, dass ich unbedingt was Deftiges brauchte. Babette war nach ihrem Nickerchen fast wieder nüchtern, jedenfalls kam sie mir so vor.

Wir saßen auf einer Bank, aßen die Pommes mit den Fingern, und ich genoss die Blicke der Passanten. Meine Frisur war ein absoluter Eyecatcher. Niemals hätte ich gedacht, dass es mir gefallen würde, wenn Leute sich nach mir umdrehten. Ich stieß Babette mit dem Ellenbogen an. »Stell dir morgen mal das Gesicht meiner Chefin vor. Rüschen-Resi wird ausflippen, wenn sie mich so sieht!«

»Lass sie doch, sie kann dich ja nicht rauswerfen, weil du schwarz-weiße Haare hast. Was wird Tom dazu sagen?«

Ach so. Tom. An den hatte ich gar nicht mehr gedacht.

Und als sei es Telepathie gewesen, klingelte mein Handy, und er war dran. »Soll ich euch irgendwo abholen?«

»Ach, hast du etwa Zeit? Keine wichtigen Termine heute?« Babette horchte auf, als sie meinen katzigen Tonfall bemerkte, den ich mir selber nicht erklären konnte. Sein Angebot war ja wirklich nett.

»Steffi, hör doch auf. Babette hat heute viel mitgemacht, du bist auch schon den ganzen Tag auf den Beinen, so eine Beerdigung mit allen Emotionen geht ja nicht in den hohlen Baum, außerdem habt ihr einiges getrunken, du musst doch total erschossen sein.«

Ich konnte es nicht lassen. »Haha, du hast ja keine Ahnung, wir haben in der Stadt nämlich noch weitergetrunken, regelrecht gefeiert haben wir, auf ein neues Leben haben wir angestoßen, und ich war schon wieder bei Marion shoppen, was du kannst, kann ich nämlich schon lange, und außerdem hab ich die Haare ab.« Ich merkte, wie betrunken ich klang.

Tom lachte. »Klingt gut. Soll ich euch nun abholen?«

Ich fragte Babette. »Gerne. Ist doch besser, als mit der Bahn zu fahren, und ein Taxi nach Rodenkirchen kostet fünfundzwanzig Euro. Ich muss aber noch zum Rewe.« Sie überlegte. »Vielleicht kann Tom uns am Barbarossaplatz abholen?«

Obwohl es bis zum Barbarossaplatz ein ganz schönes Stück war, stimmte ich zu. Mir fiel nichts Besonderes auf und ich hatte keinen Verdacht. Tom würde in einer Stunde dort sein und auf dem Parkplatz hinter dem Blumenladen warten.

Am Hohenzollernring blieb ich mit dem Koffer vor dem Rewe-Markt stehen, während Babette hineinging. Sie kam aber ohne Einkäufe wieder raus. »Was ich brauche, war nicht da«, sagte sie, »lass es uns am Zülpicher Platz versuchen.«

Unterwegs dorthin musste ich pinkeln. Sofort. Ich hatte einfach zu viel Flüssigkeit intus. In einem Lokal am Hohenstaufenring legte ich einen Euro auf die Theke und ging zur Toilette.

Babette wartete draußen und passte auf das Gepäck auf. Sie lehnte sich müde an einen dieser Spritzenautomaten für Junkies und beobachtete den Mann, der Müll, Unkraut und vertrocknete Blätter mit einem Rechen unter einer Hecke hervorholte.

Wir machten uns auf den Weg zum nächsten Rewe am Zülpicher Platz. Ich fragte nicht, was Babette gesucht und nicht bekommen hatte, als sie auch dort mit leeren Händen zurückkam. Schräg gegenüber war ein weiterer Rewe-Markt, dasselbe Spiel. Babette ging rein, kam wieder raus und hatte nichts gekauft.

»Was suchst du denn so Spezielles?«, fragte ich – mit einem Blick auf die Uhr, denn bis zum Treffpunkt waren es noch etwa achthundert Meter.

Sie zögerte einen winzigen Moment. »Ach, ich brauche ein bestimmtes Deo, das hatten sie nirgends. Geh doch schon mal mit dem Koffer zum Parkplatz, ich springe am Barbarossaplatz noch mal in den neuen Rewe, und wenn sie es da auch nicht haben, werde ich notgedrungen ein anderes nehmen.«

Tom war schon da. Alle Parkplätze waren besetzt, der Ford stand direkt in der Einfahrt.

Mein Mann erkannte mich nicht.

Er sah mich durch die Frontscheibe auf unser Auto zugehen, schaute mir ins Gesicht, aber er erkannte mich nicht. Was für ein Spaß.

Ich steuerte ungerührt auf ihn zu, öffnete die Beifahrertür, beugte mich hinunter und sagte: »Hi!«

Ihm entgleisten sämtliche Gesichtszüge. Er stierte mich mit offenem Mund an, als sähe er einen Geist.

Betont langsam richtete ich mich wieder auf, ging in Zeitlupe um das Auto herum, öffnete den Kofferraum und hob Babettes Koffer hinein.

Als ich mich neben ihm in den Sitz fallen ließ, saß er noch genauso da wie eben. Mit demselben fassungslosen Gesichtsausdruck und offenem Mund.

Ich bekam einen Lachanfall, der erst aufhörte, als Babette, diesmal mit einer Plastiktüte in der Hand, vor dem Auto stand. »Ich sehe, dass dir die Überraschung gelungen ist!«, sagte sie.

Tom suchte nach Worten. Ich genoss die Situation und hätte sie gern noch ein bisschen hinausgezögert, aber hinter uns begannen Autos zu hupen, die auf den Parkplatz fahren wollten.

Erst als wir den dichtesten Verkehr hinter uns gelassen hatten und auf der Rheinuferstraße Richtung Rodenkirchen fuhren, fand Tom seine Sprache wieder. »Du siehst hammermäßig aus. War die Frisur geplant oder spontan? Wie fühlst du dich damit?«

Ich kicherte. »Wenn ich morgen wieder nüchtern bin, sag ich es dir. Heute fühle ich mich damit großartig.«

Er schaute in den Rückspiegel. »Babette, ist bei dir auch alles okay?«

»Ja, sicher. Danke, dass ich heute bei euch schlafen kann.«

»Ralph war eben bei mir und hat nach dir gefragt. Ich wollte wissen, was bei euch los ist, und er meinte, das sei eine Sache zwischen dir und ihm. Er will nachher noch mit dir reden.«

»Ich aber nicht mit ihm!«

»Er weiß, dass ich euch abhole und kommt später noch mal zu uns. Ich hatte den Eindruck, dass ihm, was immer bei euch los war, wirklich leidtut!«

Ich drehte mich zu Babette um, sie presste die Lippen zusammen und starrte aus dem Fenster. Meine Frage, ob sie ihn sehen wollte, beantwortete sie nicht. Was würde ich an ihrer Stelle tun? Ich wusste es nicht.

Tom musterte mich immer wieder von der Seite. Er legte tatsächlich eine Hand auf mein Bein! Rigoros schob ich sie weg und zischte: »Das könnte dir so passen!«

Als wir auf unser Grundstück fuhren, brannte bei Ralph im Esszimmer Licht. Babette wirkte total ruhig, als sie ausstieg. Wir gingen durch die Seitentür in unser Haus. War es wirklich erst vorgestern gewesen, dass ich Tom durch diese Tür geschleppt hatte, nachdem ich versucht hatte, ihn mit Abgasen zu vergiften?

Wir hatten kaum den Koffer und unsere Handtaschen in der Diele abgestellt, als es klingelte. Ich öffnete die Tür.

Ralph schaute mich genauso verdattert an wie Tom zuvor. Er musterte mich von den Stiefeln bis zu den zweifarbigen Haaren. »Okay. So was muss man mögen.«

Ich wusste nicht, was ich sagen sollte, also sagte ich nichts.

Er schaute an mir vorbei. »Babette, wir müssen reden!« Er klang friedlich, sodass ich einen Schritt zur Seite ging. Tom mischte sich ein. »Vielleicht wollt ihr hierbleiben, auf neutralem Terrain? Ihr könnt ins Wohnzimmer gehen, Steffi und ich warten auf der Terrasse.«

Aber Babette hatte ihren Entschluss gefasst. »Nein. Ich bleibe hier, und ich will nicht mit dir reden.«

Ralph drehte sich wortlos um und ging.

Wir saßen zu dritt in unserer Küche und tranken Tee. Tom hatte die neue SIM-Karte in mein altes Handy gelegt; Babette tippte die ganze Zeit darauf herum und versuchte, ihren Freund Roger über Facebook zu erreichen.

Ich konnte kaum noch denken. Der Alkohol und die Aufregungen des Tages forderten ihren Tribut, in meinem

Kopf regierte das Chaos. Unglaublich, was in den letzten Tagen alles passiert war, was allein in die vergangenen vierundzwanzig Stunden hineingepasst hatte. Ich dachte an Toms bekloppte Idee am Abend zuvor, das Auto zu verkaufen und ein Motorrad anzuschaffen, an das Frühstück bei Elfie, die Neuigkeit, dass sie nun doch nicht nach La Gomera ziehen wollte, weil sie sich in den kleinen Gildo, den Bestatter ihres Mannes, verknallt und sich einen Tierfriedhof als neue Aufgabe in den Kopf gesetzt hatte. Walters Beerdigung, Babettes Bericht von den verbrannten Klamotten und Papieren, der Nachmittag in der Stadt, der Alkohol. Und meine Haare. Schwarz, weiß, ab. Das waren meine letzten Gedanken, bevor ich auf dem Küchenstuhl einschlief.

Ich wurde kurz wach, als Tom mir die neuen Stiefel auszog und mich ins Bett trug. Ich hatte keine Kraft zum Sprechen. »Du musst ... Wecker stellen ... Viertel nach sechs ... morgen arbeiten ...«

Und weg war ich. Ich schlief wie eine Tote und bekam nicht mit, dass Babette doch wieder nach Hause ging und Tom sein Lager auf dem Sofa bezog.

14

Als ich mich am nächsten Morgen im Spiegel sah, bekam ich Angst vor meiner eigenen Courage.

Die neue Frisur war natürlich immer noch klasse, sie stand mir auch ausgesprochen gut, aber sie war extrem auffällig. Was würden meine Kollegen dazu sagen? Und Rüschen-Resi! Ich freute mich diebisch auf ihr dummes Gesicht.

Den Tag begann ich, als hätte ich alles vergessen, was in den letzten Tagen geschehen war. Duschen, föhnen, Zähne putzen, anziehen. Ich entschied mich für Jeans, ein weißes Shirt und die tollen neuen Biker-Boots. Darüber zog ich die schwarze Strickjacke – und schon war es ein richtiger »Look«, wie ich ihn sonst nur in Modezeitschriften sah.

Ich grinste mich an. Kaum zu glauben, dass ich es war. Mir war klar, dass eine neue Frisur keinen neuen Menschen aus mir machte, aber sie ließ mich selber und die anderen zweimal hingucken, und das tat mir natürlich richtig gut.

Der Kaffee war fertig, als Tom um kurz vor acht Uhr in die Küche kam. Er hatte noch nasse Haare, trug Jeans und ein Shirt mit kurzen Ärmeln.

»Aha. Ist es jetzt offiziell, dein Bilderbuch auf dem

Arm?« Verdammt noch mal, ich konnte wohl gar nicht mehr anders als zickig reden.

Er strich mit der flachen Hand über den Arm. »Es ist erst der Anfang. Ich möchte noch viel mehr machen lassen.«

»Warum?«

Er grinste. »Vielleicht aus demselben Grund, aus dem du dir diese unfassbare Frisur zugelegt hast?«

Automatisch griff ich in meine Haare. »Das war eine spontane Aktion in einer Ausnahmesituation unter Alkohol. Wächst ja wieder raus.«

»Hoffentlich nicht, du siehst toll aus, lass das so!«

Wieso war mir sein Kompliment peinlich? Ich lenkte ab. »Warum ist Babette nicht hiergeblieben? Warum ist sie nach Hause gegangen? Und wann?«

Er überlegte. »Ich habe dich um kurz nach zehn ins Bett gebracht.« Mein unmutiges Brummen kommentierte er mit einem Grinsen und fuhr fort: »Sie daddelte die ganze Zeit auf Facebook. Dann ist sie plötzlich aufgesprungen und hat gesagt, sie wolle doch rübergehen. Das muss gegen halb elf gewesen sein.«

Den Koffer von Marion hatte sie stehen lassen, ihre Handtasche und die Plastiktüte vom Rewe aber mitgenommen. *Weiber,* dachte ich, *verstehe sie, wer will.* Ich sah zur Uhr. Höchste Zeit, ich musste los.

»Willst du eigentlich in dem Outfit zur Arbeit gehen?«, fragte ich Tom im Hinausgehen.

»Och Steffi, nun hör doch mal auf! Lass uns heute Abend über alles in Ruhe reden, okay?«

»Es ist Donnerstag. Besuchen wir nicht jeden Donnerstagabend unseren Sohn?«

Es war wie verhext, ich konnte einfach nicht normal auf ihn reagieren. Was war schon dabei, sich einfach zu unterhalten, zumal es ja auch von meiner Seite aus einiges gab, das ich gern geklärt hätte, bevor er …

Das Adrenalin schoss mir bis in die Haarspitzen. Ach ja. Da war ja noch ein Plan, der umgesetzt werden sollte. Aber jetzt musste ich erst mal zur Arbeit.

Draußen vor der Tür schaute ich hinüber zu Ralphs Haus. Ob Babette noch schlief? Sein Auto war schon weg, natürlich, er musste ja auch wieder zum Dienst. Ich würde Babette nachher anrufen und fragen, wie es ihr …

In diesem Augenblick wurde drüben die Haustür aufgerissen, und Babette rannte auf mich zu. Sie war im Pyjama, barfuß und schrie wie eine Irre. In der Hand hielt sie etwas langes Schwarzes, das wedelte.

Und dann sah ich, was das war. Es war ein Zopf. Ihr Zopf. »Er hat mir meine Haare abgeschnitten, als ich geschlafen habe«, kreischte sie. »Er hat mich skalpiert! Meine Haare, Steffi, meine Haare!« Ihre herrlichen Locken waren nur noch nackenlang und standen am Hinterkopf wüst ab.

Sie stürzte sich in meine Arme, schluchzte herzerweichend, jaulte zwischendurch auf und trampelte mit den nackten Füßen auf der Stelle. Die ganze Zeit hatte sie diesen Pferdeschwanz in der Hand, der direkt über dem Haargummi abgeschnitten worden war.

Inzwischen hatte Tom, angelockt von der Schreierei, die Haustür geöffnet und wurde Zeuge der Szene. Auch Frau Stockhausen von gegenüber kam neugierig an den Gartenzaun. Ich sah, dass sie mich zuerst nicht erkannte und sich dann vor Schreck mit der Hand den Mund zuhielt. Haha, die alte Trümmerlotte mit ihrer grauen Betondauerwelle, klar, dass ihr meine Frisur einen Schock versetzte!

Kurz entschlossen schob ich Babette in unser Haus, drückte sie in der Küche auf einen Stuhl und rief im Büro an. Es war noch niemand da, deswegen sprach ich auf den Anrufbeantworter. »Stefanie Herren, ich muss einen Tag Urlaub nehmen, hier hat es einen Unfall gegeben, es ist ein Notfall, ich muss mich um jemanden kümmern.«

Und so saßen wir innerhalb weniger Stunden schon wieder zu dritt in unserer Küche und tranken Tee. Der abgeschnittene Zopf lag wie ein wichtiges Beweisstück auf dem Tisch. Gott sei Dank hatte Ralph ihn gerade und quasi in einem Stück abgeschnitten, so war Babettes Frisur noch zu retten. Schlecht sah das Kurze nicht aus, im Gegenteil, wenn es vernünftig nachgeschnitten wurde, konnte es sogar ganz schick sein.

Es dauerte ewig, bis Babette sich so weit beruhigt hatte, dass ich sie fragen konnte: »Warum bist du nicht hiergeblieben?«

Sie sprach stockend, immer wieder von trockenem Schluchzen unterbrochen. »Wegen Roger. Er hat gesagt, ich sollte Ralph nicht provozieren und lieber rübergehen und mit ihm reden, er hätte ja schließlich versucht, sich zu entschuldigen.«

»Komischer Rat deines Lovers. Habt ihr telefoniert?«

»Nein, gechattet über Facebook, telefonieren ging nicht, er war ja zu Hause.«

»Bei seiner Frau …«, ergänzte ich.

»Ja. Nein. Egal. Ich treffe ihn heute Abend im Hyatt in Düsseldorf, wir bleiben bis Sonntag da.«

Ich fragte mich, wie dieser Roger seiner Gattin erklären würde, dass er immer wieder nächtelang nicht nach Hause kam.

Als hätte sie meine Gedanken gelesen, sagte Babette: »Er sagt seiner Frau, dass er von Düsseldorf aus nach Nizza fliegen muss, geschäftlich.«

Ich erinnerte mich an die Côte-Immobilien, die Roger vermittelte.

»Erzähl mal genau, wie das mit dem Zopf passiert ist«, bat ich.

Babette war also gestern Abend gegen halb elf hinübergegangen. Im Haus war alles dunkel gewesen, sie hatte vermutet, dass Ralph schlief, war in ihre Kellerwohnung geschlichen und hatte hinter sich abgeschlossen.

Jetzt schlug sie die Hände vors Gesicht, das ich übrigens zum ersten Mal in all den Jahren ungeschminkt sah. »Und ich war wieder so dumm, den Schlüssel nicht von innen stecken zu lassen«, flüsterte sie. »Ich habe ihn abgezogen und unter mein Kopfkissen gelegt.«

Ich konnte es kaum glauben. »Der Typ hat deine persönlichen Sachen kaltblütig vernichtet, und du gehst erstens wieder zu ihm ins Haus und vergisst zweitens, deine Tür zu sichern?« Sie schlug mit Hand auf den Tisch und schrie: »Mann, Steffi, wir hatten die ganze Zeit getrunken, du warst doch dabei! Es war ein grauenhafter Tag, ich wusste gar nicht mehr, wer ich bin und was überhaupt Sache ist!«

»Okay. Alles ist gut, bleib ruhig. Du hast also nicht gemerkt, dass er heute Nacht ins Zimmer gekommen ist und dir die Haare abgeschnitten hat.«

Sie nickte.

»Du hast durchgeschlafen, bist erst heute Morgen aufgewacht, und weiter?«

Sie begann wieder zu heulen. »Hab ich doch gesagt, als ich wach wurde, lag der Zopf auf meiner Bettdecke!«

»Du bist aus dem Bett – und weiter?«

Sie guckte irritiert. »Ich bin ins Badezimmer gerannt und habe mir das Desaster angeguckt!« Mit beiden Händen wuschelte sie durch die Haare und riss an ihnen, als wollte sie den Rest auch noch loswerden. »Du siehst doch, was er mir angetan hat, siehst du das denn nicht? Er hat mich skalpiert!«

Auf diese hysterische Übertreibung reagierte ich nicht.

»Und deine Wohnungstür, war die heute Morgen offen oder geschlossen?«, fragte Tom.

Ich schaute ihn erstaunt an. Er hatte also denselben Gedankengang wie ich.

Babettes Gesicht verzerrte sich zu einer Fratze. »Was meinst du?«

»Wenn du dich im Keller eingeschlossen und den Schlüssel abgezogen hast, und wenn Ralph heimlich mit seinem Zweitschlüssel in deine Wohnung eingedrungen ist, unbemerkt in dein Schlafzimmer geschlichen ist und dir im Dunkeln die Haare abgeschnitten hat, ohne dich zu verletzen oder aufzuwecken, ist er genauso leise wieder raus und hat hinter sich wieder abgeschlossen?«

Babette schniefte und schüttelte den Kopf. »Es war offen.«

»Und das hast du alles nicht gemerkt?«

»Scheiße, Tom, ich war be-trun-ken, hörst du mir nicht zu? Du hast mich doch gesehen, und Steffi weiß auch, wie viel wir gesoffen hatten!«

Tom antwortete erst nach einer Weile. »Und wie soll das jetzt mit euch weitergehen? Willst du Ralph verlassen?«

Ich hörte am Klang seiner Stimme, dass ihm dieses Theater überhaupt nicht gefiel. Was er von Ralphs und Babettes Arrangement hielt, war mir bekannt, und ich wusste auch, dass er Babette nicht besonders mochte. Auch seine Bezeichnung »Betten-Babettchen« hatte ich nicht vergessen. Aber ihr im Schlaf die Haare abzuschneiden, das ging natürlich zu weit.

»Du kannst ihn wegen Körperverletzung anzeigen«, meinte er.

Babette begann wieder zu schluchzen. »Ich muss erst mal zur Ruhe kommen.«

Sie ging schließlich wieder nach Hause, um zu duschen und sich fertigzumachen. Danach wollte sie zum Friseur radeln.

Nun saßen Tom und ich zu zweit in unserer Küche. Die Uhr tickte. Ansonsten war es ganz still. Wir hingen unseren Gedanken nach.

Irgendetwas störte mich an dieser Haarschneidegeschichte. »Hast du eigentlich mit Ralph darüber geredet, dass er gestern Babettes Sachen verbrannt hat?«

»Nein. Das wusste ich nur von dir. Wir sprachen lediglich darüber, dass die beiden sich gestritten hatten und er das mit ihr klären wollte.«

»Als ihr im Gasthaus am Fenster gestanden habt, worüber habt ihr da geredet?«

Er dachte einen Moment nach. »Über Walter, seinen Unfall und über Elfie und den kleinen Italiener. Ich hatte ihm erzählt, was Elfie uns beim Frühstück eröffnet hatte.«

»Und wie war er so? Benahm er sich tagsüber schon genauso ruhig wie gestern Abend, als er hier geklingelt hat?«

Tom überlegte. »Eigentlich schon.«

Ich sprach meinen nächsten Gedanken spontan aus. »Ob ich rübergehe und schaue, ob das überhaupt stimmt mit den verbrannten Papieren? Ich meine, vielleicht hat sie uns auch nur eine Geschichte erzählt?«

Tom machte ein ratloses Gesicht. »Warum sollte sie das tun?«

»Ach, war nur so ein Gedanke.«

Ich konnte ihm ja schlecht erzählen, dass wir beim Stammtisch darüber geredet hatten, wie unser Leben ohne unsere Männer sein könnte. Und welche Pläne daraus entstanden waren. Dass wir wussten, wie viele Morde gar nicht bemerkt wurden.

Vielleicht bereitete Babette etwas vor? Ich musste fast lachen. Ich hatte es nötig, über so was nachzudenken, ich war doch selbst nicht besser! Plötzlich schämte ich mich wieder.

Die arme Elfie hatte dreißig Jahre lang darunter gelitten, dass Walter sie stets mit meiner Schwester verglichen und sie sich als zweite Wahl gefühlt hatte. Sie war so unglücklich gewesen, dass sie sich fett gefressen hatte, deswegen immer verzweifelter geworden war und sich mit Alkohol abgelenkt hatte – was wiederum dazu geführt hatte, dass sie in Walters Augen immer unattraktiver geworden war. Subtiler Psychoterror, jahrzehntelange Demütigungen. Elfie hatte mehr als einen Grund gehabt, Walter umzubringen. Aber: Sie hatte es letztlich nicht getan. Glück gehabt.

Ich dachte an Babette und Ralph, an seine Respektlosigkeit und Verachtung, die ständigen Beleidigungen und an diese schreckliche Vereinbarung, durch die er sie wie eine kostenlose Putzfrau im Keller hielt. Auch Babette hatte genug Gründe, ihren Mann umzubringen. Aber warum hatte Ralph ihr die Haare abgeschnitten und ihre Sachen ins Feuer geworfen? Er war mit diesem Deal einverstanden, er war sogar seine Idee gewesen. Was hatte seinen Ausraster ausgelöst? Tom würde so was nie tun. Verstohlen sah ich ihn von der Seite an.

Und dann passierte es: Die Aufwallung einer diffusen Emotion, Angst oder Panik, es war wie dieses Gefühl, das man hat, wenn man nachts aus einem schrecklichen Albtraum aufwacht und minutenlang nicht realisiert, dass alles gut ist, es war dieses Messer im Bauch, das in deinen Eingeweiden wühlt, während du schwitzt und nach Luft schnappst, weil deine Kehle wie zugeschnürt ist, wenn Hände feucht werden und die Kopfhaut kribbelt.

Ich hatte zwei ernsthafte Versuche unternommen, meinen Mann zu töten, weil ich mich langweilte und das Haus erben wollte.

Die Gedanken, die sich jetzt hartnäckig in meinem Kopf ausbreiten wollten, durfte ich unter keinen Umständen zulassen. Das konnte doch alles nicht wahr sein, oder? Ich schüttelte mich, als könnte ich damit auch meine beklemmenden Gefühle abschütteln.

Ich wandte mich an Tom. »Musst du nicht langsam zur Arbeit?«, fragte ich heiser.

Er zögerte. »Ich habe diese Woche schon Urlaub.«

Wie bitte? Das konnte doch wohl nicht wahr sein. Und

ich hatte vor ein paar Sekunden noch ein schlechtes Gewissen gehabt und mich meiner bösen Gedanken geschämt.

Urlaub. Dass ich nicht lache, dachte ich. Montag und Dienstag war er nach der Abgasvergiftung krank gewesen, für die Beerdigung am Mittwoch hatte er sich freigenommen, aber heute war Donnerstag. Die ganze Woche Urlaub? Deswegen war die Tante im Personalbüro so komisch gewesen, als ich ihn krankgemeldet hatte, weil er sowieso Urlaub hatte?

»Und wann wolltest du mir sagen, dass du frei hast – so kurz, bevor wir verreisen?«

»Hab ich nicht dran gedacht«, sagte er, und ich wusste ganz genau, dass er in diesem Moment log.

Feindselig schaute ich ihn an.

Er holte tief Luft. »Steffi, wollen wir nachher mal über alles reden? Es ist höchste Zeit, finde ich.«

»Reden? Wir? Pah. Worüber denn? Du machst doch sowieso, was du willst.« Ich zeigte auf sein Tattoo. »Das ist ja nur ein Beispiel von vielen.« Das sagte ich mit der verächtlichsten Betonung, zu der ich fähig war, schüttelte meine schicke Schwarz-Weiß-Frisur, verließ das Haus und stiefelte hinüber zu Babette.

Sie öffnete mir im Bademantel. »Wenn ich dich sehe, muss ich immer zweimal hinschauen, deine Haare sind der Wahnsinn«, sagte sie. Sie zupfte an ihren kurzen Zotteln herum. »Was man von meinen nicht behaupten kann.« Sie wartete einen Moment, bat mich aber nicht herein.

»Ich habe mir deinetwegen heute im Büro freigenommen, kann ich noch was für dich tun?«, fragte ich.

Nein. Sie wollte zum Friseur, dank Zitas und Marions

spontaner Finanzspritze könne sie sich das leisten. Und um fünf fahre sie mit der Regionalbahn nach Düsseldorf. Roger würde sie dort abholen, und dann würden sie sehen, was zu tun sei.

»Willst du jetzt mit Ralph Schluss machen?«

Ihr Lachen klang höhnisch. »Keine Ahnung, Steffi. Es geht mir nicht so gut wie dir, weißt du. Ich habe keinen Job, kein Geld, kein eigenes Konto, kein Haus. Wenn ich gehen würde, hätte ich nichts. Nicht mal mehr Papiere.«

Rasch hakte ich ein. »Ist da wirklich nichts mehr zu retten gewesen? Hast du im Kamin nachgeschaut?«

Sie klang patzig. »Natürlich habe ich das. Ich mag zwar mittellos sein, aber ich kann Asche von Designerklamotten und Ausweispapieren durchaus unterscheiden.«

Ich gab es auf. »Ich wollte ja nur wissen, ob du mich brauchst.«

»Nein, danke, ich komme klar.«

Nachdenklich ging ich wieder nach Hause.

In der Diele stieß ich beinahe mit Tom zusammen, er wollte gerade gehen.

»Wo willst du schon wieder hin?«, fragte ich patzig.

Er sah mir in die Augen und sagte traurig: »Kannst du mir nicht einfach mal vertrauen? Du bist mir gegenüber in den letzten Wochen unerträglich misstrauisch, dabei hast du überhaupt keinen Grund!«

Ich japste nach Luft. »Keinen Grund? Ich habe keinen Grund, misstrauisch zu sein? Sag mal, spinnst du? Pennst auf dem Sofa, hast Geheimnisse vor mir, gibst Geld aus, von dem ich nichts weiß, nimmst Urlaub und sagst nichts …« Ich konnte nicht verhindern, dass ich anfing zu heulen. Er wollte mich in den Arm nehmen, aber ich schob ihn weg. »Hau ab, du wolltest doch gehen, oder nicht?«

Er sah auf die Uhr, sagte »Oh, Scheiße, ja!«, und verschwand in der Garage.

Als ich ihn vom Hof fahren hörte, setzte ich mich in die Küche und heulte weiter wie ein Schlosshund.

Ich blieb den ganzen Tag zu Hause, wusch Wäsche, putzte, weinte und bemitleidete mich, weil ich irgendwie selbst schuld daran war, dass mein geordnetes, übersichtliches Leben so schrecklich aus den Fugen geraten war.

Zwölf Tage waren vergangen, zwölf beschissene Tage, in denen ich zweimal versucht hatte, meinen eigenen Mann zu ermorden.

Ja, ermorden, so musste man das nennen, es gab keine andere Umschreibung dafür und ich konnte heilfroh sein, dass es nicht geklappt hatte. Was stimmte denn nicht mit mir? War das beginnender Wahnsinn? Oder eine Wechseljahrebedingte Hormonstörung? Wo kämen wir denn hin, wenn alle klimakterischen Weiber ihre Männer killen würden?!

Ich hatte Tom ermorden wollen, weil ich mich in meiner Komfortzone gelangweilt hatte. Bei diesem Gedanken heulte ich auf. Ich tat mir so leid wie schon lange nicht mehr. Natürlich war Tom auch selber schuld, warum machte er solchen Mist? Warum ließ er sich tätowieren, ohne mich zu fragen? Noch vor Kurzem war er völlig berechenbar gewesen, genauso ein Ritualjunkie wie ich, eingebunden in Regeln und Gewohnheiten. Das war unser Leben gewesen.

Und zufällig begann er genau in der Zeit, als ich etwas unternehmen wollte, um aus diesem Alltagsgrau zu fliehen, ein neues Leben, begann, sich zu verändern. Zugegeben, Bart, T-Shirts und ein Tattoo waren nicht dasselbe wie ein vergiftetes Müsli und eine Staubsaugerschlauchkonstruktion im Seitenfenster unseres Autos. Scheiße.

Zwölf Tage, in denen meine beste Freundin zur Witwe geworden war und sich in den Bestatter ihres Mannes verliebt hatte, und in denen meine andere Freundin fast skalpiert und durch die Vernichtung ihrer Papiere entrechtet worden war. Und ich besaß ein enges Lederkleid, *Fiorentini-&-Baker*-Boots und hatte schwarz-weiße Haare.

Das konnte doch alles nicht wahr sein.

15

In meinem ganzen Leben werde ich dieses blöde Gesicht nicht vergessen.

Ich war absichtlich früher ins Büro gegangen und saß schon an meinem Schreibtisch, als Rüschen-Resi ankam. Sie stelzte an meinem Zimmer vorbei, hinterließ im Foyer eine unverwechselbare Duftwolke aus Zigaretten und Haarspray, hatte ihre drei Kinne und ihren Atombusen vorgereckt und würdigte mich grußlos keines Blickes. Das war so weit normal.

Aber dann schmetterte ich ihr ein lautes »Guten Morgen!« hinterher.

Nun kam sie, langsam rückwärts schreitend, wieder zurück und blieb in meinem Türrahmen stehen. Sah mich an. Riss die Augen auf. »Wie sehen *Sie* denn aus?« Ihre Stimme überschlug sich.

Ich fuhr mir lässig mit der Hand durch die schwarze Seite meiner Frisur und sagte: »Tja. Ich war einfach mal mutig!«

»Sie haben sie doch nicht alle, Sie können doch hier nicht auflaufen wie eine Punkerin, wie stellen Sie sich das denn vor, wenn Kunden oder Bewerber im Büro sind? Das entspricht nicht unserem Firmenimage!«

Und schon verließ mich der Mut, und mir blieben die

passenden Antworten auf ihre Beleidigungen wieder im Halse stecken.

Arnold – er macht bei uns die Großkundenbetreuung und sitzt im Büro gegenüber – kam mir zu Hilfe. »Frau Herren sieht doch sehr apart aus, so eine Typveränderung ist mutig, aber bei ihr überaus gelungen ...«

Rüschen-Resi fiel ihm ins Wort: »Papperlapapp. Das kann nicht so bleiben! Ich hoffe, dass Sie nach Ihrem Urlaub wieder normal aussehen. Wenn Sie kein Geld für einen anständigen Friseur haben, gehen Sie ins Lohnbüro und lassen sich einen Vorschuss geben.« Sie stapfte in ihr Zimmer und knallte die Tür hinter sich zu, die allerdings nicht ins Schloss fiel, sondern wieder aufschwang.

Ich spürte, wie ich immer wütender wurde. Es war eine kalte, lange aufgestaute Wut, sie mischte sich mit meinem unterschwelligen Entsetzen darüber, dass ich meinen Mann hatte umbringen wollen, um diesen Job kündigen zu können und mich nie wieder über diese Arschgeige aufzuregen zu müssen.

Vernehmlich sagte ich in Richtung des Kollegen Arnold: »Wie gut, dass ich mich im Arbeitsrecht ein bisschen auskenne und weiß, dass man mich nicht wegen meiner Haarfarbe diskriminieren darf!«

»Das habe ich gehört!«, keifte Rüschen-Resi aus ihrem Zimmer herüber.

Ich ignorierte das, stand auf, schloss meine Bürotür, hüpfte anschließend mit einer doppelten Boris-Becker-Armbewegung hinter meinen Schreibtisch und machte meinen Job. Eins zu null für mich. Gott sei Dank war das mein letzter Arbeitstag vor dem Urlaub.

Als ich nach Hause kam, war Tom schon da. Er saß im Wohnzimmer auf dem Sofa und hatte seinen Laptop auf den Knien. Im Hintergrund lief das Radio.

Erst wollte ich ihn fragen, warum er so früh Feierabend hatte, aber mir fiel wieder ein, dass er sich ja freigenommen hatte.

»Na, alles erledigt, was du an deinen freien Tagen vor der Reise erledigen wolltest?«, fragte ich mit ironischer Betonung.

Er lächelte mich an. Dieser Bart veränderte ihn total, ließ ihn männlicher wirken. Statt einer Antwort fragte er: »Gibt's was Neues von Babette?«

Nein, sie hatte sich bei mir nicht gemeldet, aber das tat sie nie, wenn sie mit einem Lover unterwegs war.

»Ich vermute, sie vergnügt sich mit ihrem Roger in diesem Düsseldorfer Luxushotel und verdient sich neue Klamotten.« O Mann, das war böse, der letzte Teil des Satzes war mir so rausgerutscht.

Tom grinste. »Du kleine Hexe! Übrigens: Ich liebe deine Frisur.«

»Übertreib es nicht mit deiner Freundlichkeit«, konterte ich kühl.

Unterwegs hatte ich mir fest vorgenommen, heute auf sein Gesprächsangebot einzugehen, ich hatte mir sogar eine virtuelle Liste aller Fragen angelegt (Woher ist das Geld für die Shirts, warum ist der Werkzeugkeller leer, was ist das für eine Schnapsidee mit der Harley, warum hast du das Passwort für dein Handy geändert? Und, wenn es gut lief: Hast du eine andere? Wer ist es? Kenne ich sie?).

»Ralph scheint zu Hause zu sein, jedenfalls steht sein Auto in der Einfahrt«, sagte ich.

»Das stand da gestern Abend schon, ich glaube, er ist heute gar nicht weggefahren.«

Ich ging zum Fenster und sah hinaus. Wir schwiegen, nur das Radio lief. Die ersten Töne meines momentanen Lieblingsliedes »Jolene« von den »Bossi Hossis« erklangen, ich machte lauter und bekam sofort gute Laune.

Die Musik hörte plötzlich auf. »Wir unterbrechen unser Programm für eine wichtige Durchsage: Der Lebensmittelriese Rewe ruft seinen Fruchtquark Bio-Blaubeer light zurück. Der Quark kann beim Verzehr zu Gesundheitsschädigungen führen. Rewe bittet dringend darum, den Quark nicht zu verzehren und sofort zum Einzelhandel zurückzubringen.«

Die Musik setzte wieder ein. Ich weiß noch, dass ich überlegte, ob auch wir diesen Quark im Kühlschrank hatten.

Ich holte tief Luft und setzte an, um das unvermeidliche Gespräch mit Tom zu beginnen. Aber es klingelte an der Tür. Ich sah auf die Uhr. Kurz nach sechs. »Erwartest du Besuch?«, fragte ich.

Er schüttelte den Kopf.

Ich öffnete die Tür. »Bastian! Lena!«

Keine Ahnung, wie lange es her war, dass unser Sohn uns besucht hatte, nun stand er mit seiner Frau unangemeldet vor der Tür. Er wirkte allerdings, als sei er am Boden festgenagelt, und Lena guckte mich so entsetzt an, als hinge mir eine Brust aus der Bluse.

»Wie siehst du denn aus?« Bastian stammelte nahezu,

dann erst wurde mir klar, dass er meine Frisur noch nicht gesehen hatte.

Lächelnd strich ich mir mit der Hand übers Haar. »Gefällt es dir?«

Er schüttelte den Kopf. »Mama ... Bist du nicht zu alt für so was?«

Ich boxte ihn in die Seite und gab ihm einen Kuss auf die Wange.

Er marschierte ins Haus, zog Lena an der Hand hinter sich her. »Wir haben uns Sorgen gemacht, weil ihr gestern nicht gekommen seid, zwei Wochen nacheinander ohne euren Besuch kam uns komisch vor.«

Ach du liebe Güte. Ich hatte den Donnerstagstreff mit meinem eigenen Sohn vergessen, so intensiv hatten mich die Ereignisse der vergangenen Tage beschäftigt. Was war ich nur für eine Rabenmutter, auch wenn das Kind fast dreißig war. »Habt ihr schon gegessen? Wir haben nichts gekocht, aber wir könnten Pizza bestellen.« *Meine Güte, so ein Gluckensatz,* dachte ich und fügte hinzu: »Papa ist auch da!«

Bastian grinste. »Das haben wir gehofft.«

Nein, sie wollten keine Pizza, sie wollten mit uns reden, also gingen wir ins Wohnzimmer, wo Tom seinen Laptop zuklappte und freudestrahlend auf Bastian zuging. »Junior und die Prinzessin, was für eine tolle Überraschung.«

Bastian schaute nun seinen Vater dermaßen verdutzt an, dass ich laut lachen musste.

»Sag mal Papa, was geht bei euch denn ab? Du mit Bart und Tattoo ...«, er musterte Tom von Kopf bis Fuß, »... und deine Klamotten – bist du zu den Salafisten konvertiert oder bei den »Hells Angels« aufgenommen worden? Und Mama, mit dieser… dieser Frisur… ist bei euch der Jugendwahn ausgebrochen?«

»Alles okay, Junior, Popeline in Beige war heute aus«, sagte Tom, und ich musste erneut herzhaft lachen.

Kurz darauf hatte ich die Hiobsbotschaft zwar gehört, aber ich hatte sie nicht verstanden.

Lena war schwanger. Dreizehnte Woche.

Sie waren heute beim Frauenarzt gewesen, hatten sich für diesen Termin extra Urlaub genommen.

Bastian wurde Papa. Ich wurde Oma. Tom wurde Großvater. Nein, das fand ich nicht witzig.

Wir schauten uns ein Ultraschallbild an. Unser Enkelkind sah aus wie eine Bohne und war laut Lena zweiundzwanzig Millimeter groß. Mitte Januar sollte es so weit sein. Sie hielt sich mit beiden Händen den völlig flachen Bauch und lächelte mütterlich glückselig.

»Freust du dich denn gar nicht?«, fragte Bastian. Die Enttäuschung über meine verhaltene Reaktion war ihm deutlich anzumerken.

Ich räusperte mich. »Doch, nee, super, ganz toll, ist nur so überraschend, irgendwie, ich war darauf nicht vorbereitet, jedenfalls nicht jetzt… Tom, sag du doch auch mal was!«

Er grinste. Ja, er grinste tatsächlich von einem Ohr zum anderen. Ich war erschüttert: Unser Sohn verkündete, dass wir bald Oma und Opa sein würden, Großmutter, Großvater, Himmel noch mal, das war doch gleichbedeutend mit Ohrensessel, Greisentum, tatterigen Händen, Gicht in den Füßen, sabbernden Mündern und bevorstehendem Lebensende in Begleitung einer polnischen Pflegekraft – und mein Mann grinste.

Tom lief in die Küche und kam mit einer Flasche Sekt und vier Gläsern zurück.

Bastian hob abwehrend die Hände. »Für uns nicht!«

Für uns nicht, wiederholte ich in Gedanken. *Wir sind schwanger, haha*. Na, das konnte ja heiter werden.

Ich schaute meinen Sohn nachdenklich an. Komisch. Vorgestern war er eingeschult worden, gestern in die Lehre gekommen und heute saß er da und war schwanger.

Wir konnten sie zu einem winzigen Schluck überreden, wenigstens, um auf das Baby einmal anzustoßen. Natürlich stellte ich die blödeste Frage, die man in diesem Stadium überhaupt stellen kann: »Habt ihr denn schon einen Namen?«

Beide nickten eifrig, Lena sagte: »Wenn es ein Mädchen wird, heißt es Käthe, ein Junge wird Hugo heißen.«

Ich verschluckte mich am Sekt. »Aber Hugo ist ein Getränk, und Käthe klingt alt und dick!«

Sie schüttelten synchron und mit mildem Lächeln die Köpfe. »Heutzutage sind die alten Namen wieder modern.«

Sie brachen rasch wieder auf, sie wollten noch zu Lenas Eltern und auch dort ihre frohe Botschaft loswerden.

Als die beiden weg waren, stießen Tom und ich auf Käthe und Hugo an. Schweigend. Minutenlang. Das mussten wir erst mal verdauen.

Jetzt war wohl der Augenblick der Aussprache gekommen.

Das Telefon klingelte. Zuerst wollte ich es klingeln lassen und nicht rangehen, aber ich war doch zu neugierig.

Es war Elfie. Sie bedankte sich für unseren schicken Kranz und die schöne Schleife mit dem lieben letzten Gruß und dafür, dass wir ihr gestern so freundschaftlich zur Seite gestanden hatten und dass es doch eine schöne Feier gewesen sei, so würdevoll und angenehm, Walter hätte es gefallen. Sie redete wie ein Wasserfall. Ich ließ sie. Dafür sind Freunde da. Die arme Elfie hatte so viel mitgemacht, und es fiel mir im Traum nicht ein, sie zu unterbrechen und von unserer Neuigkeit, der Schwangerschaft, zu berichten. Sie war sowieso Pillepalle im Vergleich zu dem, was Elfie nun mit dramatischem Timbre in der Stimme verkündete: »Stell dir vor, wir waren jestern im Bett.«

Ich dachte sofort an kleine putzige Kaninchen mit langen Ohren und seidigem Fell, um mir nicht vorstellen zu müssen, wie die riesige Elfie und der kleine Italiener es tun mussten, damit es überhaupt technisch möglich war.

Mit einem glücklichen Glucksen in der Stimme fuhr sie fort: »Jildo. Ist. Impotent! Ist das nicht oberklasse? Hach, Steffi, der liebe Jott meint es im Moment sowatt von jut mit mir!«

Ich bekam einen Lachkrampf.

Wir verabredeten uns für Montag zum Stammtisch im Brauhaus. Elfie hatte noch viel zu erzählen, die Pläne für ihren Tierfriedhof nahmen Formen an, und sie hatte etliche innovative Ideen. Außerdem wurde es für uns alle Zeit, dass wir wieder eine Art Alltag leben konnten.

Als ich auflegte, war es genau 19:33 Uhr. Ich betrat das Wohnzimmer.

Tom saß auf dem Sofa und starrte versonnen in das Sektglas, das er am Stiel zwischen den Fingern drehte. Er schaute mich an. »Was war so lustig am Telefon?«

Zum dritten Mal an diesem Abend setzte ich an, um ihm etwas zu sagen, und zum dritten Mal wurden wir jäh unterbrochen. Und zwar von flackerndem Blaulicht, das grell an unserem Fenster vorbeihuschte – und stehen blieb.

Wir liefen zum Fenster. Mitten auf der Straße stand ein Rettungswagen, zwei Sanitäter stiegen aus und rannten zu Ralphs Haus.

Mein Herzschlag beschleunigte sich auf mindestens fünfhundert, als wir zum Gartentor liefen. Ein Notarztwagen bog mit gellendem Martinshorn in die Straße ein, ich hielt mir die Ohren zu, bis er neben dem Rettungswagen stoppte und das grauenvolle Geräusch verstummte. Und als jetzt auch noch zwei Polizeiautos angebraust kamen, griff ich nach Toms Hand, presste mich an ihn und versteckte mein Gesicht halb hinter seiner Schulter.

An Zäunen, Hecken und Straßenrändern standen nun Schaulustige, in ihren Gesichtern spiegelte sich wahrscheinlich dieselbe Mischung aus Entsetzen und Neugier wie in meinem.

Nach einer gefühlten Ewigkeit kamen die Sanitäter zurück. Sie hatten es jetzt nicht mehr eilig, verstauten ihre Notfallkoffer und Geräte wieder im Wagen und setzten sich ins Führerhaus. Dort blieben sie.

Die nachfolgenden Ereignisse fühlen sich in meiner Erinnerung so an, als hätten wir einen Krimi im Kino gesehen. Aber es war kein Film. Echte Polizisten sperrten drüben den Garten und einen Teil der Straße ab, echtes

Blaulicht tauchte die Szenerie in gruseliges Licht, und die Leute von der Spurensicherung, die mit Koffern und in weißen Overalls ins Nachbarhaus gingen, waren keine Statisten. Der Leichenwagen mit den verdunkelten Fensterscheiben, in den später ein schmaler grauer Metallsarg geschoben wurde, war ein echter Leichenwagen und kein Requisit. Ich erkannte das Logo auf der Heckscheibe:

Pietät & Takt
Gildo Konstantino
Bestattungen in dritter Generation

Meine Knie waren weich wie Pudding, die Augen tränten, und ich konnte kaum schlucken, so groß war der Kloß in meinem Hals. Ich wagte nicht, einen der Polizisten anzusprechen, um zu fragen, wer da drüben tot war und gerade vor unseren Augen abtransportiert wurde.

Auf die Idee, Babette auf dem Handy anzurufen, kam ich nicht.

Plötzlich erkannte ich hinter den Gardinen in den hell erleuchteten Fenstern einen älteren Mann. Es war Dietrich Schickentanz, Ralphs Vater.

Auf einmal begann ich so heftig zu frieren und zu schlottern, dass Tom mich ins Haus brachte. Ich ließ mich von ihm in einen Sessel drücken, verharrte darin reglos und starrte vor mich hin. Aber in meinem Kopf schwirrte alles wild durcheinander. Gildo hatte nebenan eine Leiche abgeholt. Wen? Ralph? Oder Babette? Gildo war mit Elfie im Bett gewesen. Impotent. Kaninchen, Kaninchen, Kaninchen. Elfies Hund war tot, Walter hatte ein Loch im

Herzen und verfaulte jetzt in seiner Kiste, Babette vergnügte sich mit ihrem verheirateten Lover im Hyatt in Düsseldorf und hatte kurze Haare, Ralphs Auto stand seit gestern vor der Tür, eigentlich müsste er bei dem Betrieb draußen längst zu sehen sein, Bastian und Lena bekamen ein Kind, und ich hätte fast meinen Mann umgebracht.

Ich wollte einatmen, aber es klang wie das Heulen eines Tieres.

Tom setzte sich auf die Sessellehne und hielt mich fest. Er roch vertraut, nach Heimat. Ich stieß einen gequälten Seufzer aus. Beinahe wäre dieses bizarre Schauspiel nicht drüben, sondern hier in unserem Haus aufgeführt worden. Man hätte mich in Handschellen abgeführt, zu einem der beiden Polizeiwagen geschoben, ein Polizist hätte die hintere Tür geöffnet und meinen Kopf mit der flachen Hand runtergedrückt. Das hatte ich doch oft genug im Fernsehen gesehen.

Aber Tom lebte. Ich wurde nicht verhaftet. Er war bei mir, jetzt.

Ich weinte nun so heftig wie noch nie zuvor in meinem Leben. Mein ganzer Körper bebte, Tränen und Rotz liefen mir übers Gesicht, jeder Atemzug klang wie ein unterdrückter Schrei. Tom hielt mich, streichelte mein Haar und sagte nichts. Meine Gedanken rasten im Achterbahntempo weiter.

Lieber Gott, wenn es dich gibt, verzeih mir, bitte, bitte verzeih mir. Oder besser, nein, dann danke ich dir. Denn wenn es dich gibt, hast du ja dafür gesorgt, dass mein irrer Plan nicht aufgegangen ist. Lena ist schwanger. Die nächste Generation wird geboren. Ich hätte einen werdenden Großvater getötet. Den Vater meines

Sohnes. Meinen eigenen Mann. Danke Gott-wenn-es-dich-gibt,
danke, ich schwöre dir hier und jetzt bei meinem ungeborenen
Enkelkind, da fällt mir ein, bitte mach, dass es nicht Käthe oder
Hugo heißt, jedenfalls schwöre ich dir, du Gott, dass ich das wie-
dergutmache. Ich werde… Ich weiß jetzt gar nicht, was ich dir
versprechen kann oder wie das bei dir heißt: schwören von mir
aus… aber ich werde es wiedergutmachen, dass du mich gerettet
hast. Wer ist nebenan tot? Und warum? Wo ist Babette? O mein
Gott, wenn sie zurückgekommen ist und wenn sie es ist, die jetzt
in Gildos Leichenwagen liegt… Wenn Ralph sie getötet hat!
Aber dann hätte man ihn verhaftet?! Unsinn. Wenn er nicht da
ist, kann er nicht verhaftet werden.

Erst in diesem Moment fiel mir ein, dass man, wenn es
Ralph war, wenn seinetwegen drüben die Action-Szenen
abliefen, wenn also er tot war, Babette gar nicht benach-
richtigt werden konnte, weil außer Tom und mir doch
überhaupt niemand wusste, dass sie seit gestern eine andere Handynummer hatte.

»Wir… müssen… Babette… an…rufen!« Jetzt hatte
ich vom Heulen einen Schluckauf und konnte nur ab-
gehackt sprechen. Tom holte mein Handy. Das war um
21:40 Uhr.

Ich zögerte, wartete, bis ich mich wieder einigermaßen
artikulieren konnte, und tippte auf die eingespeicherte
Nummer.

Das Freizeichen tutete nur einen halben Ton lang,
Babette war sofort dran. »Ja, Steffi?«

Ohne nachzudenken, schrie ich: »Geht es dir gut? Wo
bist du?«

»Noch in Düsseldorf, im Hyatt, warum?«

»Babette, du musst nach Hause kommen. Drüben ist was passiert ...«

»Brennt es?«

Ich war kurz irritiert. »Nein. Ach so, du meinst, weil er deine Sachen verbrannt hat ... Nein. Kein Feuer. Die Polizei ist da und dein Schwiegervater und ein Rettungswagen und Gildo auch.«

»Gildo?«

»Ja, der impot... der Bestatter von Elfie!«

»Himmel, Steffi, was ist mit Elfie?«

»Wieso Elfie?«

»Du sagtest, der Bestatter von Elfie ist da!«

»Nein, nein, ich weiß doch auch nicht, was drüben passiert ist! Du musst kommen, sofort! Kann Roger dich bringen?«

Sie lachte auf. »Nein, bestimmt nicht.«

»Sollen wir dich abholen?«

»Was ist denn um Himmels willen passiert, dass du so einen Wind machst?«

Ich holte tief Luft und berichtete vom Notarztwagen, von der Spurensicherung und dem Schwiegervater.

Als ich geendet hatte, sagte Babette: »Roger ist schon abgereist. Er hat mit mir Schluss gemacht. Das Zimmer ist bis morgen bezahlt, deswegen bin ich noch hier. Ich kann doch jetzt nicht mehr mit der Regionalbahn nach Köln fahren ...« Sie überlegte ein paar Sekunden. Dann sagte sie: »Ich nehme ein Taxi. In einer Stunde bin ich da! Wenn mein Geld nicht reicht ...«

»Mach dir keine Sorgen, das übernehmen wir für dich!«

Um 23:03 Uhr fuhr das Taxi vor. Ich sah es vom Fenster

aus. Zwei Polizisten nahmen Babette sofort in Empfang und redeten mit ihr. Sie standen aber so ungünstig, dass ich der Körpersprache nicht entnehmen konnte, worum es ging.

Um 23:10 Uhr stieg Babette in ein Polizeiauto, das sofort danach abfuhr.

In dieser Nacht lag Tom zum ersten Mal wieder neben mir. Wir redeten nicht darüber, es ergab sich von allein. Schweigend schmiegten wir uns in Löffelchenstellung aneinander und schliefen sofort ein. Mein letzter Gedanke war: *Wir sind vielleicht doch zu alt für solche Aufregungen …*

Gegen zwei Uhr wachte ich auf, weil ich zur Toilette musste. Danach ging ich ans Fenster und schaute hinüber. Es brannte noch immer Licht, ein Polizeiauto stand da, die rot-weißen Absperrbänder flatterten im Wind.

War Babette verhaftet worden? Und wenn, warum? Hatte sie Ralph umgebracht? Sie hatte weiß Gott genug Gründe gehabt. Aber wir wussten ja nicht mal genau, ob Ralph *tatsächlich* tot war. Na ja, aber wer hätte sonst in dem Sarg liegen sollen? Also *wenn* er tot war, und ich spielte das in Gedanken mal durch, konnte Babette es nicht gewesen sein. Sie war in einem Düsseldorfer Hotel gewesen, als er gestorben ist. Das würde ihr Lover bezeugen können. Oder müssen. Beziehungsweise war er jetzt ihr Ex-Lover, wenn ich sie vorhin richtig verstanden hatte.

Aber woran Ralph gestorben war, wenn er denn gestorben war, wussten wir doch gar nicht. Wieso dachte ich sofort an Mord? Vielleicht war er gestürzt und hatte sich den Hals gebrochen. Oder er hatte sich selber umgebracht, hatte sich erhängt oder Schlaftabletten genommen, sich erschossen und war von seinem Vater gefunden worden. Das würde den großen Polizeieinsatz erklären.

Aber warum hatten die Polizisten Babette mitgenommen? Sie musste verdächtig sein. Auf die Idee kam ich natürlich nur, weil ich selbst eine Beinahe-Mörderin war. Ich erschrak, als ich das Wort dachte. Konnte Babette …? War sie in der Lage, ihren Mann zu töten? Traute ich ihr das zu, weil ich es selbst fast getan hätte? Das hatte meine Mutter immer gesagt: »Man traut anderen immer nur das zu, was man selber tun würde.«

Ich schüttelte mich, als könnte ich dadurch wieder klarer denken. Ruhe bewahren. Ich überlegte, ob ich Babette eine SMS schicken und sie fragen sollte, was passiert war. Dann fand ich, dass der Zeitpunkt durchaus ungünstig sein könnte, wenn sie zum Beispiel gerade verhört würde.

Ich ging wieder ins Bett. Meine Gedanken kreisten ohne Unterlass. Wer hatte eigentlich zuerst daran gedacht, unsere Männer umzubringen? War ich das gewesen? Wer hatte es zuerst ausgesprochen? Auch ich? Ganz egal, wer diesen Wahnsinn zuerst angezettelt hatte – es waren doch nur abstruse Vorstellungen gewesen, vage Pläne, für mich eine Art Plan B für den Rest meines Lebens, der sich bei mir zu einer fixen Idee hochgeschaukelt hatte.

Die Konsequenzen mussten mir klar gewesen sein, irgendwo, in einem Winkel meines verwirrten Gehirns, und dennoch hatten sie mich nicht von einem Mordversuch abhalten können. War es Babette ähnlich ergangen? Hatte sie es getan? War ihr Plan gelungen?

Hatte sie Ralph umgebracht?

16

Das muss man sich mal vorstellen: Man ist über drei Jahrzehnte miteinander verheiratet. Das heißt, dass man 365 Mal im Jahr nebeneinander aufgewacht ist, in zehn Jahren also 3650 und in dreißig Jahren über'n Daumen 10 950 Mal.

Man müsste doch meinen, dass man sich nach so langer Zeit für immer und ewig aneinander gewöhnt hat. Aber als ich an diesem Samstag neben Tom wach wurde und ihm beim Schlafen zusah, hatte ich tatsächlich ein Kribbeln im Bauch.

Alles war neu und zugleich so vertraut. Die Fältchen in den Augenwinkeln, die großporige Haut an den Nasenflügeln, die langen Ohrläppchen mit dem samtigen Flaum, das Muttermal an der Augenbraue. Ich kannte jeden Millimeter seines Kopfes. Bis auf den Bart. Ich reckte mich ein bisschen und schaute in seine Ohren. Keine Haare. Auch in der Nase nicht. Das war auch neu. Seine Decke hatte er im Schlaf beiseitegeschoben, nun lag er da, die Beine angewinkelt, in Boxershorts und weißem Feinrippunterhemd, unter dem sich sein abgespecktes Bäuchlein abmalte.

Ich schaute mir das Tattoo genauer an. Es war wirklich toll gemacht, scharfe Linien, satte Farben und ein hervorragend gezeichnetes Muster. Inzwischen wusste ich, dass es ein Maori-Motiv war und zur Abschreckung der Feinde dienen sollte. Okay, bei Tom hatte es offenbar gewirkt, es hatte meinen Plan per Zauber vereitelt, sonst würde er nicht mehr leben.

Natürlich hatte ich trotz des Kribbelns nicht vergessen, dass diese Vertrautheit, die man natürlich leicht mit Gewohnheit verwechseln konnte, mein größtes Problem gewesen war, jedenfalls bis zum 19. Juni. Tja, das war Jammerei auf hohem Niveau gewesen, denn danach waren meine Probleme ja erst richtig losgegangen. Hauptsächlich wegen Toms Verhalten und seiner Veränderungen. Und natürlich schuldete er mir immer noch Erklärungen, nur mit einer kuscheligen Nacht und einem bisschen Fürsorge ließ ich mich nicht abspeisen.

Er schlug die Augen auf. Das Blau schimmerte weich, die feinen Fältchen bildeten einen Strahlenkranz. Sein Tag begann mit einem Blick in mein Gesicht und einem Lächeln. Wie oft hatten wir früher so gelegen, fast Nase an Nase, Knie an Knie, Händchen haltend, und einander angeschaut. Seit ich Zahnersatz hatte, wahrte ich Abstand, vor dem Zähneputzen ließ ich ihn niemals mehr so nah an mich ran. Auch jetzt atmete ich vorsichtshalber durch die Nase.

Ich las in seinem Augenblau. Es gab keinen Hinterhalt in seinem Blick, keine Unsicherheit.

Ich ertappte mich dabei, dass ich zu hoffen begann. Vielleicht fing für uns in diesen Minuten ein neues Kapitel unserer Ehe an, vielleicht wurde jetzt alles anders, alles wieder gut, irgendwie. Trotz allem, was ich hatte tun wollen.

Und schon musste ich wieder weinen. Meine Güte, was fügen Menschen einander zu, obwohl sie sich lieben? Muss man sich immer erst bis aufs Blut quälen, bevor man sich darüber klar wird, was man füreinander empfindet?

Tom legte seine Hand in meinen Nacken und zog mich sanft zu sich. Ich presste meine Stirn an seine Brust und weinte und weinte, und die ganze Zeit streichelte er mir über den Rücken. Mit den Tränen spülte ich alles aus mir heraus, mein rabenschwarzes Gewissen wegen der schrecklichen Mordversuche, die unfassbare Erleichterung darüber, dass ich sie versemmelt hatte, die bohrende Angst, dass er mich betrog, und schlimmer eigentlich noch, die Angst, dass er mich nicht mehr lieben könnte. Nein, er konnte mich doch nicht so ansehen und mich so halten, wenn er mich nicht lieben würde. *Nicht denken, Steffi, nicht analysieren, nicht jetzt.* Ich legte meinen Kopf auf seine Brust und lauschte seinem Herzschlag. Beinahe hätte ich dafür gesorgt, dass dieses Geräusch für immer verstummt wäre …

Wir schliefen noch mal ein.

Der schrille, immer wiederkehrende Ton passte nicht in meinen wirren Traum. Als ich realisierte, dass jemand Sturm klingelte, stolperte ich im Schlafanzug zur Haustür und öffnete mit halb geschlossenen Augen.

Draußen stand Fanny Ardant.

Nein, natürlich war sie es nicht, sondern es war Babette mit toller kurzer Lockenfrisur, aber sie sah der französischen Schauspielerin wirklich zum Verwechseln ähnlich. Ralph hatte ihr mit dem abgeschnittenen Zopf letztendlich einen Gefallen getan.

Erst auf den zweiten Blick bemerkte ich, wie erschöpft sie aussah. Ich winkte sie herein, drehte mich wortlos um, ging in die Küche, setzte Kaffeewasser auf und schaltete das Radio an. Es war Viertel vor neun. »Setz dich. Ich muss erst mal pieseln und Zähne putzen.«

Eine Stunde später saßen wir zu dritt am Tisch. Tom, Babette und ich. Das Radio dudelte leise, die Uhr tickte monoton ein *Ach-du-Schreck, Ach-du-Schreck.*

Die hat auch schon mal einen anderen Text getickt, dachte ich.

Babette hatte uns berichtet, was drüben geschehen war. Das mussten wir erst mal verdauen.

Ralph war tot.

Sein Vater hatte ihn gefunden. In der Küche.

Man hatte Babette gestern, nachdem sie mit dem Taxi vorgefahren war und gefragt hatte, was los sei, nach ihrem Ausweis gefragt. Ich konnte mir vorstellen, wie absurd es geklungen haben musste, als sie behauptet hatte, sie habe zurzeit keine Papiere, ihr Mann habe sie vorgestern nach einem Streit im Kamin verbrannt. Danach bekam sie erst mal keine Auskunft mehr und musste mit auf die Wache. Sie durfte nicht ins Haus. »Als sie zu mir sagten, das Haus sei ein Tatort, den ich nicht betreten dürfe, wusste ich, dass etwas Schreckliches passiert war.«

»Ich habe gesehen, wie du in das Polizeiauto gestiegen bist«, sagte ich.

Sie blickte mich müde an. »Wenn du rausgekommen wärst, hättest du meine Identität bestätigen können.«

Ich schlug mir mit der Hand an die Stirn. Daran hatte ich nicht gedacht.

Die Polizei hatte ihre Personalien festgestellt.

»Wie machen die das, wenn man keine Papiere hat?«, fragte ich.

»Sie haben die Daten beim Einwohnermeldeamt abgefragt. Dort ist auch das Foto vom Personalausweis hinterlegt.« Anschließend wurde Babette ausführlich befragt. »Die Bullen wollten wissen, wo ich zum Todeszeitpunkt gewesen bin, seit wann, wie lange, mit wem und warum.« Sie sagte die Wahrheit, gab Rogers Adresse und seine Personalien an und wies die Beamten darauf hin, dass er sich vielleicht zieren würde, ihre Angaben zu bestätigen.

»Warum?«, fragte ich etwas dümmlich.

»Du Blindfuchs! Weil er seiner Frau nicht erzählt hat, dass wir uns in Düsseldorf ein paar schöne Tage machen wollten. Haben wir doch drüber gesprochen.«

Mir fiel etwas ein: »Du hast gestern am Telefon gesagt, dass Roger schon früher abgereist ist und dass mit euch Schluss ist. Was ist denn da passiert? Wollte er nicht eigentlich seine Frau verlassen und nicht dich?«

Babette kämpfte jetzt mit den Tränen. »Das ist eine andere Geschichte. Lass uns jetzt nicht darüber reden, ich erkläre dir das später.«

Sie erzählte weiter von dem Abend auf dem Präsidium. Ralphs Vater war zufällig im Nebenraum vernommen worden, sie waren sich nachher im Foyer begegnet. »Haben sie dich auch verdächtigt?«, hatte Dietrich sie gefragt.

Tom horchte auf. »Wieso verdächtigt?«

Sie zog ihre Unterlippe zwischen die Zähne und biss darauf herum. Als sie antwortete, war die Lippe fast weiß. »Ralph ist an einer Vergiftung gestorben. Und es sieht nicht so aus, als habe er das Gift absichtlich zu sich genommen.«

Ich überlegte mir jedes Wort ganz genau, zu nah war das alles an meinen eigenen Plänen. Siedend heiß fielen mir die Rizinussamen ein, und in diesem Augenblick wusste ich nicht, ob Elfie Babette dieses Mittel empfohlen haben konnte, oder ob ich selbst es mal erwähnt hatte. Wenn irgendwie herauskam, dass wir das Zeug im Internet bestellt hatten, war ich mitschuldig, oder nicht?

»Du meinst, er *wurde* vergiftet? Und die denken, du oder dein Schwiegervater …?«

»Ja, mit einem Pflanzenschutzmittel.«

Uff. Pflanzenschutzmittel. Ich war aus dem Schneider. Keine Samenkapseln.

Blitzschnell kombinierte ich: »Aber wieso wurdest du verdächtigt, du warst doch überhaupt nicht zu Hause, ich kann bezeugen, dass du nachmittags nach Düsseldorf fahren wolltest.«

Vorsicht, dachte ich. Ich konnte nur aussagen, dass sie wegfahren *wollte*, aber ob sie tatsächlich im Hyatt gewesen war, wusste ich natürlich nicht.

In diesen Sekunden fragte ich mich wieder, ob Babette ihren Mann umgebracht hatte. Weil sie ein Motiv hatte. Wenn abgeschnittene Haare, verbrannte Papiere und Kleider und dieses fiese Verhältnis kein Mordmotiv waren, wusste ich es auch nicht.

Ich sog scharf die Luft ein und musterte sie verstohlen. Babette war diese mädchenhafte Art Vamp, sie gehörte zu den Frauen, die nie im Leben einen Reifen wechseln oder einen Weinkarton schleppen müssen, wenn ein Mann in der Nähe ist. Ein Bambi-Blick aus großen Augen, der Anflug eines unsicher wirkenden Lächelns, und sie weckte in jedem Typen den Kavalier. Nur bei Ralph hatte das nicht gewirkt. Und der war nun tot.

Saß eine Mörderin vor mir? Was war ihr Motiv? Rache? Ralphs Demütigungen und Schikanen hätte ich mir keinen Monat mit angesehen, ich hätte schon vor langer Zeit gehandelt.

Hätte ich? Und warum konnte ich mich noch nicht mal gegen Rüschen-Resi wehren?

Ich dachte wieder an Babette. Motiv Habgier?

Sie würde das Haus erben, das Auto, sie hatte ausgesorgt. Die Stimme in meinem Hinterkopf erinnerte mich wieder an mein eigenes, viel niedereres Motiv und wisperte hinterhältig: *Langeweile, Langeweile, Langeweile!*

Die Stimme verstummte, Gott sei Dank, als Babette sagte: »Sie haben mich gefragt, wo ich zum Zeitpunkt seines Todes gewesen bin, aber woher sollte ich denn überhaupt wissen, wann er genau gestorben ist!«

Okay, das sprach gegen meinen Verdacht.

Aber sie wirkte wirklich nicht wie eine trauernde Witwe. Natürlich nicht. Sie konnte froh sein, dass er weg war. War sie wahrscheinlich auch.

»Kannst du bitte alles noch mal in der richtigen Reihenfolge erzählen, ich steige da sonst nicht durch«, bat Tom.

Babette tat ihm den Gefallen.

Der alte Herr Schickentanz war am Donnerstagabend mit seinem Sohn auf ein Kölsch verabredet gewesen. Sie wollten sich im *Treppchen* unten am Rhein treffen. Er hatte über eine Stunde gewartet, aber Ralph war nicht aufgetaucht. Dietrich Schickentanz hatte drei Kölsch und zwei Korn getrunken, dann war er nach Hause gegangen. Bis zur Seniorenresidenz waren es nur etwa vierhundert Meter.

»Warum hat er Ralph nicht angerufen und gefragt, wo er bleibt?«, fragte Tom.

Babette schüttelte den Kopf. »Er ist zweiundachtzig und hat kein Handy.«

Am nächsten Tag hatte Dietrich Schickentanz eine Nachricht auf dem Anrufbeantworter seines Sohnes hinterlassen und um Rückruf gebeten. Ralph hatte sich nicht gemeldet. Darüber hatte sich der Alte aber auch nicht gewundert, denn Ralph arbeitete freitags mindestens bis Mittag. Um siebzehn Uhr hatte er aber seinen Vater in der Seniorenresidenz abholen und ihn zum Zahnarzt in die Severinstraße fahren wollen. Als er um neunzehn Uhr nicht aufgetaucht war und auch nicht zurückgerufen hatte, rief der Senior schließlich die Handynummer seines Sohnes an. Es ging niemand ran.

»Das kam ihm komisch vor«, sagte Babette. »Er fuhr mit dem Taxi zu uns nach Hause und fand Ralph tot in der Küche.«

»Hat er einen Schlüssel?«, fragte Tom.

»Nein, die Haustür war nicht abgeschlossen. Dann hat er zuerst den Notarzt und dann die Polizei gerufen.«

Ich nickte. Das passte alles zusammen, ich wusste genau, dass ich gestern um kurz nach halb acht den Telefonhörer aufgelegt hatte, danach waren die Blaulichter draußen angekommen.

»Wieso Notarzt und Polizei?«, fragte Tom.

»Weil Ralph auf dem Boden lag. Auf dem Tisch stand ein offener Becher Quark, und der war vergiftet …«

Ich schrie auf. »Blaubeere? War es Blaubeere?«

Babette starrte mich an. »Äh, ja, woher weißt du das?«

»Das haben sie im Radio gesagt!«

»Sie haben im Radio gesagt, dass Ralph vergiftet wurde?« Sie war jetzt grau im Gesicht. Ihr Blick schien zu flackern, sie schaute unruhig hin und her und kaute auf ihrer Zunge herum.

»Nein, aber sie haben gestern gemeldet, dass der Rewe-Konzern Blaubeerquark zurückruft, weil der Verzehr zu Gesundheitsschädigungen führen kann, man sollte das Zeug nicht essen und sofort zurückbringen!«

»Ach du Scheiße! Der Quark war in Wirklichkeit nicht nur gesundheitsschädlich, sondern vergiftet, und Ralph hat ihn gegessen und ist daran gestorben?«, rief Tom.

Wir schauten uns fassungslos an. Im Radio sang eine Frauenstimme von überflüssigen Klamotten und Reisen mit leichtem Gepäck. Die Uhr tickte. Diesmal ohne Text. Sonst waren nur unsere Atemzüge zu hören.

Babette sprach mit blecherner Stimme, als läse sie von einem Zettel ab: »Ja. So ist das. Ich hatte mir das schon zusammengereimt, weil ich gestern immer wieder nach dem Quark gefragt worden bin. Ich habe den Bullen gesagt, dass ich den selber gekauft habe, es war sein Lieblingsquark, und dass sie meine Fingerabdrücke auf dem Becher finden würden.« Sie schüttelte den Kopf, als könne sie die Geschichte selber nicht glauben. »Ralph hat's erwischt, weil ich den falschen Becher gekauft habe. Scheint ein Erpresser gewesen zu sein, was meint ihr? Warum sonst vergiftet man Lebensmittel? Ich bin gespannt, ob sie den kriegen.«

Ja, darauf war ich auch gespannt. Sehr sogar.

Babette war gestern spät zurückgekommen und hatte in ihrer Souterrainwohnung übernachten dürfen.

Ralphs Räume waren inzwischen wieder freigegeben, ich begleitete sie, als sie zum ersten Mal hineinging.

»Ich kann das nicht allein!«, hatte sie gesagt. Dafür hatte ich Verständnis.

Tom entschuldigte sich, er hatte wieder mal einen Termin, den er nicht verschieben konnte. Er gab mir einen Kuss auf die Wange. »Wir reden später, okay?«

Ich weiß nicht wieso, aber an diesem Tag hatte ich überhaupt keine Bauchschmerzen, mein Misstrauen war (fast) verschwunden, und ich war mir sicher, dass wir heute Abend endlich dazu kommen würden, alle Missverständnisse und Geheimnisse zwischen uns aufzuklären. Jedenfalls seine.

Meine Geheimnisse würden für immer und alle Zeit geheim bleiben müssen, die gingen ihn nichts an.

Die Spurensicherung hatte das Haus auf den Kopf gestellt, jedes Teil im Kühlschrank, jedes Lebensmittel im Vorratsschrank war untersucht worden. Auch von der Asche im Kamin hatten sie Proben genommen. Ich wunderte mich, dass die Beamten so wenig Chaos hinterlassen hatten, im Krimi sah das meistens anders aus.

Obwohl unsere Häuser fast baugleich waren, wirkte es hier anders als bei uns: weiße Bodenfliesen, schwarze Ledersofas, ein Couchtisch aus dunklem Holz, Metallregale mit Glasböden. Es war Ralphs Geschmack, nicht Babettes. Mit einem Blick erfasste ich, dass sie, wie meine Mutter gesagt hätte, »Grund drin hatte«: Alles war top aufgeräumt und pieksauber, sie hatte ihren »Job« gut gemacht.

Bei der Polizei hatte sie ohne Umschweife ausgesagt, was geschehen war. Sie hatte das merkwürdige Arrangement zwischen ihr und Ralph erklärt, von dem Streit vor dem Kamin erzählt und von dem abgeschnittenen Zopf. Natürlich war ihr klar gewesen, dass sie verdächtig war, aber ihr Alibi war wasserdicht. Etliche Zeugen hatten sie im Hyatt in Düsseldorf gesehen, und der Portier konnte bezeugen, dass sie die ganze Zeit im Hotel gewesen war. Der Taxifahrer bestätigte, dass er sie dort abgeholt hatte, und wenn die Verbindungsdaten des Handys ausgewertet sein würden, wäre das eine weitere Bestätigung.

»Und wenn die Bullen bei Roger auflaufen, um zu überprüfen, ob und wie lange wir uns getroffen haben, und wenn sie ermitteln, was er mit seiner Kreditkarte alles für mich bezahlt hat, dann hoffe ich, dass seine Frau endlich von uns erfährt – verdient hat er es, der elende Mistkerl. Auch wenn es vorbei ist, ich gönne es ihm.«

»Warum ist es eigentlich vorbei, es lief doch ganz gut?«, fragte ich.

Sie zuckte mit den Achseln. »Er meinte, das würde ihm jetzt alles zu irre, wer weiß, wozu Ralph noch fähig sei. Die verbrannten Klamotten und meine abgeschnittenen Haare waren eine Nummer zu hart für ihn.«

»Bist du traurig?«

Ich konnte den Blick, mit dem sie mich ansah, nicht deuten. Sie wies mit einer Handbewegung durch den

Raum. »Darüber denke ich nach, wenn hier alles überstanden ist. Ich muss mich jetzt um die Kinder kümmern. Daniel und Damaris kommen morgen aus Berlin. Immerhin ist ihr Vater tot.«

O Gott, an die beiden hatte ich gar nicht gedacht. Die Ärmsten.

»Was passiert mit dem Haus?«, fragte ich.

»Keine Ahnung. Wahrscheinlich gehört eine Hälfte mir und die andere den Kindern. Ich kann mir aber nicht vorstellen, dass einer von ihnen von Berlin ins spießige Rodenkirchen ziehen will, es wird also verkauft, denke ich.«

Wir gingen hinunter in Babettes Wohnung. Im Gegensatz zu den Räumen oben wirkte hier alles hell und luftig, obwohl wir im Souterrain waren. Sie hatte sich überwiegend mit weißen Ikea-Möbeln eingerichtet und alles mit Pastellfarben dekoriert. Einige Regale und Schränke waren vom Flohmarkt und Sperrmüll, Babette hatte sie eigenhändig abgeschliffen und weiß, pastellgrün oder altrosa lackiert. Ich mochte diese andere Seite an ihr – wenn sie ausging, wirkte sie immer elegant und ladylike, zu Hause war sie eine exzellente Hausfrau und handwerklich ausgesprochen begabt.

Sie öffnete das Küchenfenster und schob die Trittleiter heran. »Bitte, bleibst du noch? Setz dich auf die Terrasse, ich mach uns 'nen Espresso. Alleinsein wäre jetzt schrecklich.«

Ich kletterte aus dem Fenster, setzte mich draußen in einen Korbsessel und schaute mich um. Es sollte heute noch Regen geben. Das hohe Schilfgras am Rande des

Teiches bog sich im aufkommenden Wind, eine Bö wirbelte trockene Blütenblätter über die Steine.

Babette klapperte drinnen mit Geschirr, die Espressomaschine brummte, ein paar Schwalben sausten krakeelend über das Dach. Ich legte den Kopf in den Nacken und sah ihnen nach. Was war das? Da hinten hing die Regenrinne senkrecht herab, sie schien etwa zwei Meter lang aus der Verankerung gerissen worden zu sein. Im Gras lag eine Leiter.

Babette kletterte aus der Küche, balancierte geschickt zwei dampfende Espressotassen und stellte sie auf dem Tischchen ab.

Sie folgte meinem Blick. »Die Dachrinne ... ja. Die Polizei hat mich auch danach gefragt. Ralph ist neulich gestürzt, als er das Ding sauber gemacht hat. Die Leiter stand wohl nicht richtig und ist umgefallen, er konnte sich im letzten Moment festhalten und dabei ist sie abgerissen.«

Ich schaute sie an. »Da hat er aber Glück gehabt.«

Sie lächelte. »Es gibt doch so ein Sprichwort: Bis deine Stunde kommt, kann dir nichts schaden, wenn deine Stunde kommt, kann dich nichts retten. Am Mittwoch war seine Stunde wohl noch nicht gekommen.«

Ich dachte, dass Ralph sich am Mittwoch vielleicht fast das Genick gebrochen hatte. Und am Donnerstagmorgen hatte er Babettes Klamotten verfeuert. So ganz aus heiterem Himmel war diese Aktion vielleicht doch nicht entstanden.

Auf meinem Handy gab es drei Anrufe in Abwesenheit, ich hatte es zu Hause liegen lassen, als ich bei Babette gewesen war. Um Zita und Bastian würde ich mich später kümmern, zuerst rief ich Elfie zurück.

Sie schnatterte sofort los. »Liebelein, das ist jetzt leider unjünstig, wir sind im Auto, Jildo und ich, wejen dem Jrundstück für den Friedhof, stell dir vor, da jibbet sojar ein Jebäude, da können wir das Büro und 'ne kleine Trauerhalle einrichten, und damit das alles in die Jänge kommt, müssen wir da jetzt hin. Übrijens, *Zum Friedlichen Höfchen* soll das Projekt heißen, abjewandelt von Friedhöfchen … «

Ich unterbrach sie. »Elfie, Ralph ist tot!«

Stille.

»Elfie? Bist du noch dran?«

»Ja. Mein Jott. Was ist passiert?«

»Es gibt in Köln einen Lebensmittelerpresser, das kam gestern im Radio. Der hat Quark vergiftet. Und Ralph hat einen gegessen.«

»Ausjerechnet!«, keuchte sie. »Das ist ja fast so schrecklich wie der Unfall von meinem Walter-Jott-hab-ihn-selig!«

»Du bist mit Gildo im Auto?«

»Ja?«

»Ein Leichenwagen seiner Firma hat Ralph gestern abgeholt, hat Gildo nix erzählt?«

»Nä. Das ist Betriebsjeheimnis.«

Sie schwieg ein paar Sekunden, dann schien sie einen Entschluss gefasst zu haben. »Wenn wir mit dem Termin fertig sind, rufe ich Babette an. Sie darf jetzt nicht allein sein. Ich weiß, wovon ich rede.«

»Sie ist nicht allein, Daniel und Damaris kommen morgen.«

»Steffi, ich melde mich, wir sind jetzt am Jelände.«

Drei Stunden später kam eine WhatsApp-Nachricht an unsere Stammtischgruppe: *Treffen um acht in Babettes Wohnung. Parole Witwenkeller. Echte Fründe ston zesamme, Bussi an alle, dat Elfie.*

Natürlich war dieses Treffen wichtig. Und natürlich verschoben Tom und ich unsere Aussprache ein weiteres Mal. Pünktlich um acht stand ich vor dem Nachbarhaus, mit drei Flaschen Aperol unterm Arm.

Das Geräusch von Zitas Maserati hörte ich schon, bevor sie in die Straße einbog. Bei so einem Auto ist der coole Auftritt wahrscheinlich im Preis inbegriffen, jedenfalls schwang sie sich so lässig vom Sitz und aus der Tür, wie ich es in den hohen Absätzen niemals schaffen würde. Sie trug eine knallrote Handtasche zum schwarz-weißen Kleid, schob ihre Ray-Ban-Sonnenbrille in die kurzen, honigfarbenen Haare und stöckelte graziös auf mich zu. »Ich habe schon von deinen verrückten Haaren gehört«, rief sie, »mein Gott, Steffi! Super siehst du aus! Wenn ich nicht wüsste, dass du es bist, würde ich dich nicht erkennen.«

Während wir uns umarmten und auf die Wangen küssten und über die Formulierung »Parole Witwenkeller« lachten, kam Marion in ihrem Golf um die Ecke. Sie stieg aus, holte eine Kiste Prosecco aus dem Kofferraum und sagte: »Ich habe Bioorangen und Eiswürfel mitgebracht, kann mal eine mit anpacken?« Zita lief hin, griff sich die Plastikbeutel mit dem Eis und das Netz mit den Apfelsinen.

Drüben bei Stockhausens bewegte sich die Gardine am Küchenfenster. Ich konnte mir das Gesicht dahinter lebhaft vorstellen, und den missbilligenden Zug um den verkniffenen Mund auch. Natürlich verstand ich unsere neugierige Nachbarin: Immerhin war hier gestern so eine Art Mord geschehen, und nun standen hier drei Weiber mit Flaschen unterm Arm und wollten offensichtlich eine Party feiern.

Jetzt kam auch noch Elfie an, sie parkte bei uns in der Einfahrt, weil am Straßenrand nichts mehr frei war. In jeder Hand trug sie einen Korb mit Tupperschüsseln. »Hallo Mädels, ich hab Nervennahrung dabei, Salätchen, Frikadellchen, Chips und Schokolädchen.«

Sie und Marion hatten meine Haare schon auf dem WhatsApp-Foto gesehen, das ich in unserer Freundinnen-Gruppe gepostet hatte, aber sie waren von meinem realen Aussehen total geflasht.

In dem Moment spürte ich, wie gut mir das tat.

Wir saßen in Unterwäsche im Garten, mitten auf dem Rasen, und hielten unsere nackten Füße ins Wasser. Babette hatte ein qietschbuntes altes Kinderplanschbecken aus dem Keller geholt und wir hatten es reihum mit dem Mund aufgeblasen. Na ja, Elfie hatte sich gedrückt, sie war zu kurzatmig für solche »Fisimatenten«.

Als Babette den Gartenschlauch angeschlossen hatte, um den Minipool mit eiskaltem Wasser zu füllen, hatte Zita sofort ihr Kleid ausgezogen und sich unter den eiskalten Strahl gestellt. Elfie, Marion und ich zögerten nur einen winzigen Moment und taten dasselbe. Die anschließende Wasserschlacht katapultierte uns gefühlsmäßig zurück in unsere Kindheit, aber ich glaube, wir waren noch viel ausgelassener als Kinder.

Mit ruinierten Frisuren, zerlaufener Wimperntusche und Panda-Augen saßen wir nun im Kreis auf den Stühlen von Babettes Terrasse und aus ihrer Küche und planschten mit den Füßen im mittlerweile pipiwarmen Wasser.

Zita räkelte sich in weißen Spitzendessous, Marion saß da im nudefarbenen Seidenbody, Babette trug angemessenes Witwenschwarz. Ich sah in meiner hellblauen Esprit-Unterwäsche wieder reichlich bieder aus, aber meine Haare rissen alles raus. Sie waren auch in nassem Zustand toll.

Elfie hatte ihr T-Shirt anbehalten, sie trug keinen Büstenhalter und wollte uns mit ihren »Megamöpsen« nicht in Depressionen stürzen.

Geschirr, Besteck und Getränke waren in Reichweite auf einem Klapptisch platziert, Aperol und Prosecco lagen in einer silbernen Schüssel mit Eiswasser. Elfie hatte die Orangen in dünne Scheiben geschnitten und in den bauchigen Burgundergläsern verteilt, aus denen wir den Aperol gemischt mit Prosecco, Mineralwasser und Eiswürfeln tranken. Unsere Schuhe standen in Reih und Glied an der Hauswand, die Klamotten lagen in akkuraten kleinen Häufchen davor. Wir erhoben die Gläser.

Schöne Mädchen haben dicke Namen, heißen Rosa, Tosca oder: Elfie!

Ob Hans, ob Heinz, ob Dieter – alle lieben Zita!

Nette Facette, brünette Babette: Prost!

Lobet die Herren.

Schon bevor es dunkel wurde, waren wir ziemlich besoffen. Der angekündigte Regen hatte sich verzogen, es war ein wunderbar warmer Juliabend geworden. Kaum zu glauben, dass hier gestern um diese Zeit eine vergiftete

Leiche im Blechsarg aus der Küche geholt worden war und Männer in weißen Overalls die Spuren an einem Tatort gesichert hatten.

Unsere Poolparty war natürlich kein unbeschwertes Besäufnis, nein, wir kompensierten die gravierenden Ereignisse der vergangenen Wochen im freundschaftlichen Kollektiv. Wohlsein.

Irgendwann zog Zita an ihrem Zigarillo, blies den Rauch langsam aus und fragte: »Elfie, Babette, seid ihr jetzt eigentlich in Trauer?«

Marion und ich hatten uns gerade über unsere schlaffer werdenden Hälse unterhalten und verstummten.

Elfie antwortete zuerst. Sie sprach langsam und bedächtig, offenbar hatte sie Schwierigkeiten, sich korrekt zu artikulieren. Ihr Kölsch war so breit wie noch nie. »Wennischet janz ährlisch sajen soll, dann: näh. Sischer isset traurisch, dattes den Walter so schäbbisch erwischt hat, aber für misch isset allet schön jeworden.« Sie lächelte versonnen, dabei bildeten sich zauberhafte Grübchen in ihren rosigen Wangen. »Isch hab den Jildo jetroffen, un nisch nur, datt der sexuell jesehen flejeleischt is, der is jenau wattisch mir jewünscht hatte. Und nu die Erfüllung vonem Traum mitte friedlischen Höfschen ...« Sie nahm einen Schluck Aperol Spritz, schüttelte den Kopf und fügte hinzu: »Näh. Trauer issdat nisch, dat wäre jelojen.«

Zita nickte verständnisvoll und wandte sich an Babette. »Und du? Trauerst du?«

Babette senkte den Kopf. »Nein.«

»Und wie kommst du damit klar, dass hier ein Giftmord in völliger Abwesenheit eines Täters passiert ist?«

Oha, hörte ich da einen misstrauischen Unterton? Mord in Abwesenheit eines Täters. Da hatte Zita recht.

Babette brauste auf: »Würdest du Ralph dasselbe fragen, wenn ich den Quark gegessen hätte und tot wäre und er hier säße?«

Zita pustete einen Kringel in die Luft und schaute ihm hinterher. Sie lachte. »Nee. Der säße hier doch nicht im Schlüpfer mit uns im Planschbecken und würde sich besaufen.«

Wir erhoben unsere Gläser und tranken auf die beiden Witwen. Plötzlich fühlte ich mich wieder ein bisschen wacher. Komisch, dass Babette so nachweislich abwesend gewesen war, als Ralph das Zeitliche gesegnet hatte. Ich schaute hinüber zu der kaputten Regenrinne. Und auch komisch, dass er am Mittwoch so unglücklich von der Leiter gefallen sein sollte, dass er sich an der Rinne hatte festhalten müssen. Ich versuchte, mir den Ablauf eines solchen Sturzes vorzustellen. Es gelang mir nicht. Vielleicht, weil ich schon zu betrunken war. Vielleicht aber auch, weil mir erneut der Spruch meiner Mutter einfiel: *Man traut anderen immer nur das zu, was man selber tun würde.*

Ich hätte Tom um ein Haar um die Ecke gebracht. Und ich traute Babette dasselbe zu.

17

Es roch nach frischem Kaffee. Tom war schon auf, ich hörte ihn in der Küche hantieren.

Derart verkatert war ich seit einer Ewigkeit nicht gewesen, und als mir an diesem Sonntagmorgen nach und nach die Details der vergangenen Nacht wieder einfielen, stöhnte ich errötend in mein Kissen.

Nicht nur, dass ich nach der Party in Unterwäsche über die Straße nach Hause geschwankt war, die Schuhe in der einen, die Klamotten in der anderen Hand, nein, ich hatte auch noch »Viiiva Coloooniaaaa« gegrölt und mich köstlich darüber amüsiert, dass bei den Nachbarn nach und nach die Lichter wieder angegangen waren. Keine Ahnung, ob sie mich nur gehört oder auch gesehen hatten. Vor unserer Haustür hatte ich mich jedenfalls schiefgelacht, weil ich den blöden Schlüssel einfach nicht ins Schloss bekam und mir dauernd meine Schuhe runterfielen. Und als Tom mir ziemlich verschlafen geöffnet hatte ...

Bei dem Gedanken daran versteckte ich meinen Kopf unter der Decke. Als ich dieses scharfe, vertraute, lange vermisste Kribbeln in der Magengegend spürte, sog ich zischend die Luft durch die Zähne. Auweia, Kater im Kopf und Schmetterlinge im Bauch waren eine komische

Mischung. Zum Glück fuhren wir schon ganz bald in den Urlaub.

Urlaub! Ich musste mich langsam mal um die Wäsche kümmern. Gott im Himmel, das war mir noch nie passiert, dass ich kurz vor einer Reise noch keine mindestens zehnseitige Liste aller Dinge gemacht hatte, die mitgenommen werden mussten.

Ich dachte wieder an die vergangene Nacht. Man konnte nicht gerade behaupten, dass ich Tom verführt hatte, nein, ich war regelrecht über ihn hergefallen. Keine Ahnung, welcher Teufel mich da geritten hatte, also, damit meine ich jetzt nicht Tom, obwohl … jedenfalls: So schnell, wie ich mir Büstenhalter und Schlüpfer abgestreift hatte, hatte er mich kaum in die Diele ziehen und die Haustür schließen können.

Ich kicherte unter meiner Bettdecke, kuschelte mich noch einmal ein und ließ die Nacht Revue passieren. Was war nur in mich gefahren? Oder besser: Wer? Ich gackerte schon wieder.

Das musste ich Tom lassen, er hatte nicht lange gefackelt, sondern er war noch im Flur sofort startklar gewesen. Logisch, dass er sich diese Gelegenheit nicht hatte entgehen lassen, das war was anderes gewesen als unsere traditionelle Löffelchennummer am Sonntagnachmittag.

Ich war ein bisschen ratlos: Wie sollte ich damit jetzt umgehen? Immerhin waren wir mitten in einer bitterernsten Krise und hatten etliche Probleme zu besprechen. Na ja, manchmal war es ganz gut, wenn man nachher sagen konnte, man wüsste überhaupt nicht, wie das hatte passieren können, weil man total blau gewesen war.

Es war schon nach elf Uhr, als ich es wagte, meinen Körper langsam in die Senkrechte zu bringen. Nach einer kalten Dusche ging es mir wesentlich besser, beim Blick in den Spiegel bemerkte ich, dass meine Mundwinkel, die zuweilen eine Tendenz nach unten hatten, ziemlich entspannt wirkten, was mir insgesamt ein unbeschwertes Aussehen verlieh. Ich kämmte mich, bekam aber den Scheitel nicht exakt hin und hatte nun weiße Haare auf der schwarzen Seite und schwarze auf der weißen, aber es war mir wurscht. Ich kniff in meine Wangen, damit sie ein bisschen rosiger wirkten, zog meinen Bademantel an und ging in die Küche.

Er las Zeitung. Sein Lächeln gefiel mir, reflexartig lächelte ich zurück, um dann aber sofort wieder mein Alltagsgesicht zu ziehen. Es gelang mir nicht.

»Wann war ich denn gestern zu Hause?«, fragte ich arglos.

Er grinste. »Kurz nach eins, geschlafen haben wir aber erst gegen vier.«

Nach dem ersten starken Kaffee, zwei Aspirin, die ich mit einem grünen Smoothie herunterspülte, und einer Portion gebratenem Bacon mit Rührei war ich wieder klar. Geredet hatten wir während des Frühstücks nicht viel, aber wir lächelten uns immer wieder an. Ich kannte Tom gut genug, um zu wissen, dass er mir erst mal Zeit geben wollte, um meinen Kater auszukurieren. Das Radio lief, er las den Wirtschaftsteil des Sonntagsblattes, ich studierte Todes- und Geburtsanzeigen.

Plötzlich sah ich das Foto von unserem Nachbarhaus. Und darunter schrie mich die fette Headline an:

50-jähriger Kölner stirbt an Gift

»O mein Gott, Tom, hör zu, Ralph steht in der Zeitung.«
Er ließ sofort das Blatt sinken.
Ich las laut vor:

Im jüngsten Erpressungsfall gegen Lebensmittelkonzerne wird nun die Kölner Lebensmittelkette Rewe bedroht. Wie die Polizei mitteilte, starb der Handelsvertreter Ralph S. am Donnerstagabend an den Folgen einer Vergiftung durch ein Insektizid. Sein Vater fand den 50-Jährigen in dessen Haus in Rodenkirchen, es kam jede Hilfe zu spät. Das Gift wurde in einem Quark mit dem Markennamen »Fruchtquark Bio-Blaubeer light« nachgewiesen, den das Opfer verspeist hatte. Die Ermittler haben bislang jedoch keine weiteren vergifteten Produkte gefunden. Polizeisprecher Günter Markmann betonte aber: »Wir nehmen die Drohung sehr ernst und ermitteln auf Hochtouren.« Die Polizei war bereits an die Öffentlichkeit gegangen, weil sie verdächtige Quarkbecher in drei Filialen an den Kölner Ringen entdeckt hatte. Ein Unbekannter hatte den Konzern am Mittwoch telefonisch auf die vergifteten Produkte hingewiesen, das Gespräch wurde in der Pförtnerloge angenommen und konnte nicht aufgezeichnet werden. Der oder die Unbekannte forderte kein Lösegeld, sondern nannte nur das Produkt, das vergiftet sein sollte. Die sichergestellten Quarkbecher wiesen aber lediglich Einstichlöcher auf. Verbraucher werden dringend gebeten, Milcherzeugnisse, die in den Kölner Filialen gekauft wurden, auf Beschädigungen zu überprüfen. Verdächtige Verpackungen sollten bei der Polizei abgegeben werden. Die Milchprodukte in den Rewe-Filialen wurden inzwischen ausgetauscht.«

Ich faltete die Zeitung zusammen und legte sie auf den Tisch. Plötzlich fiel mir das Atmen schwer, wurde zu einem Keuchen, mein Brustkorb hob und senkte sich, und ich presste meine Hand aufs Dekolleté, als könne ich mich damit wieder beruhigen.

Tom sah mich besorgt an. »Hey, was ist los? Hast du gestern durcheinander getrunken, ist dir davon so schlecht? Soll ich dir noch ein Aspirin holen?«

Ich schüttelte den Kopf. Dann vergrub ich mein Gesicht in meinen Händen und stöhnte vor Verzweiflung. Ich hatte blitzschnell kombiniert und konnte eine schreckliche Ahnung nicht verdrängen. Was sollte ich jetzt nur tun?

Tom hatte seinen Stuhl herangezogen und sich dicht neben mich gesetzt. »Das ist der Schock, Steffi. Zwei unserer engsten Freunde sind innerhalb weniger Tage gestorben, das geht nicht in einen hohlen Baum, das muss man erst mal verdauen. Auch wenn ihr gestern bei Babette ordentlich Dampf abgelassen habt, man realisiert doch noch gar nicht, was da passiert ist.«

»Ich schon«, rutschte es mir heraus, und ich hätte mir sofort danach die Zunge abbeißen können.

»Wie meinst du das?«

Ich schluchzte und schniefte, stand auf, holte mir eine Rolle Zewa-Tücher und putzte mir die Nase, setzte mich, knetete das Papiertuch zu einer Kugel, stand erneut auf, warf es in den Mülleimer, setzte mich wieder.

Tom legte seine Hand auf meinen Arm. Verzweifelt starrte ich auf seine Finger. Dann holte ich tief Luft. »Ich weiß überhaupt nicht mehr, was ich denken soll, nichts ist mehr so, wie es war. Ich weiß nicht, was mit Elfie los ist,

Walter ist auf einmal tot, sie hat plötzlich einen Italiener, den sie sich unter die Achsel klemmen kann, und sie will von jetzt auf gleich nicht mehr auswandern, sondern einen Tierfriedhof eröffnen. Du hättest gestern Abend hören sollen, was sie alles plant... Schäferhunde als Marmorstatuen neben dem Friedhofseingang, ein himmelblaues Schild mit gemalten Hunde- und Katzenengeln, und überhaupt, dieser Name: *Die friedlichen Höfchen*. Sie plant eine Ausstellungshalle mit Särgen und Urnen in Ball- und Knochenformen, will einen Steinmetz finden, der die Grabsteine der Viecher mit Knochen und Spielzeug aus Marmor verziert, und einen Bildhauer, der anhand der toten Tiere Statuen entwirft, die auf den Gräbern stehen sollen, sie hat sogar eine Kapelle an der Hand, die bei den Prozessionen aufspielen wird. Und sie sucht jemanden, der Tiere ausstopfen kann.«

Tom zupfte an den Härchen auf meinem Unterarm. »So schlecht ist das doch nicht. Sie kann sich endlich verwirklichen.« Wieso war er so verständnisvoll? Ich hatte nie das Gefühl gehabt, dass er sich für das Seelenleben meiner Freundinnen interessierte, und nun wagte er sogar eine Analyse?

Ich trommelte mit den Fingern auf die Tischplatte. »Und was ist mit Babette?«

»Was meinst du?«

»Denkst du, sie kann sich jetzt verwirklichen?« Ich wunderte mich, dass mein furchtbarer Verdacht den Ton meiner Stimme gar nicht veränderte – sie klang ganz normal.

Tom machte eine abwinkende Handbewegung. »Das hat sie immer schon getan, sich verwirklicht. Du weißt, was ich von ihr halte. Ich habe versucht, tolerant zu sein und das Agreement der beiden zu verstehen, aber, sorry, das konnte ich nie.«

»Ja, aber diese Vereinbarung war doch gar nicht ihre Idee gewesen, sondern seine! Ralph hat sie dazu gezwungen, weil sie kein eigenes Geld hatte und nie eine Ausbildung machen und für sich selber sorgen konnte. Er hat ihr vorgehalten, dass sie ihm die Kinder angedreht hätte, um nicht arbeiten gehen zu müssen, und er hat gedroht, nicht mehr zu arbeiten, wenn sie geht, und dann hätten die Kinder nicht zu Ende studieren können!«

»Na ja«, wandte Tom ein, »es gehören immer zwei zu so einem Deal, einer der sich scheiße benimmt, und einer, der sich das gefallen lässt.«

Ich nickte. »Das sagt Zita auch immer. Aber Ralph hat Babette gequält, du weißt doch, was für ein fieser Typ er war.«

Tom stimmte mir zu. »Was in den letzten Tagen drüben passiert ist, die Sache mit den verfeuerten Klamotten und Ausweisen und dem Handy im Kamin, und dass er ihr nachts die Haare abgeschnitten hat, war eine furchtbare Eskalation, die abzusehen war.«

»Meinst du, man hätte das irgendwie ahnen können?«

Er zuckte mit den Achseln. »Solche Vereinbarungen gehen nie gut, Steffi, nicht auf Dauer. Man kann nicht, wenn man sich mal geliebt hat, unter einem Dach zusammenleben und mit anderen ins Bett gehen.«

Ein warmes Gefühl breitete sich in mir aus. Konnte ein Mann, der solche Worte im Brustton der Überzeugung hervorbrachte, fremdgehen? Mich betrügen?

Gerade drängten sich mir wieder die Gedanken an unsere eigenen Schwierigkeiten auf, die wir dringend, sehr dringend, lösen mussten, als Tom sagte: »Wenn ich mir vorstelle, welche Angst sie gehabt haben muss, nachdem er nachts heimlich in ihr Schlafzimmer gegangen ist und ihr die Haare abgeschnitten hat … Ich an ihrer Stelle hätte ihn wahrscheinlich umgebracht.«

Ohne nachzudenken, platzte ich heraus: »Das hat sie wahrscheinlich auch!«, und hielt mir sofort danach mit beiden Händen den Mund zu.

Es blieb eine gefühlte Ewigkeit still.

»Schau mich an!«, sagte Tom schließlich. Ich sah ihm in die Augen und hielt seinem forschenden Blick tapfer stand. Die Falte über seiner Nasenwurzel vertiefte sich bedrohlich. »Du weißt doch etwas, das spüre ich. Möchtest du mir was sagen?«

Innerhalb von Sekunden jagte eine Million Gedanken durch mein Gehirn: Bruchstücke von Ereignissen, blitzartig aufpoppende Szenen, Gesprächsfetzen, Worte, Indizien. Der Professor im Fernsehen, der von Lichtern auf den Gräbern der Opfer unentdeckter Morde sprach, zermahlene Samenkapseln im Müsli in einer blauen Schale, Babette, die mit leeren Händen aus dem Rewe-Markt kam, eine Staubsaugerschlauchkonstruktion in unserer Garage, eine Pfanne mit Chili con Carne, Elfies toter Hund, Tom, kotzend in unserem Ford, die Tüte, die Babette aus dem Markt am Barbarossaplatz trug, ihr Entschluss, doch nicht bei uns zu übernachten, sondern zurück in ihr Haus zu gehen.

Unvermittelt fiel mir etwas ein. »Heute ist Sonntag,

Ralph ist seit Donnerstag tot. Meinst du, er wird noch vor unserem Urlaub beerdigt?«

Tom kraulte sich nachdenklich den Bart. »Keine Ahnung. Wenn nicht, können wir deswegen doch nicht die teure Reise verschieben … Aber lenk nicht ab, Steffi. Was hast du eben damit gemeint, dass sie ihn wahrscheinlich umgebracht hat?«

Es hatte keinen Sinn. Ich musste reden. Aber ich musste vorsichtig sein, damit ich mich nicht verriet. Ich war doch keinen Deut besser als Babette. Das durfte Tom nie, niemals erfahren.

Um Zeit zu gewinnen, stand ich auf, füllte Wasser in den Tank der Kaffeemaschine, steckte den Papierfilter sorgfältig in den Behälter, zählte sechs gehäufte Löffel Kaffeepulver ab und drückte auf den roten Knopf. Langsam holte ich saubere Tassen aus dem Schrank, stellte die beiden benutzten in die Spülmaschine, wusch mir die Hände, trocknete sie umständlich ab, füllte Kekse auf einen Teller und platzierte sie auf dem Tisch.

Tom hielt mein Handgelenk fest. »Steffi!«

Ich setzte mich. »Es ist ja nur so ein Gedanke … vielleicht ein Verdacht … nichts, was ich beweisen könnte … Du hast vorhin selbst gesagt, dass sie schlimme Angst gehabt haben muss, nachdem er nachts mit der Schere an ihrem Bett gestanden hat.« Ich setzte mich gerade hin, holte tief Luft und hörte auf herumzudrucksen. »Als wir nach Walters Beerdigung in der Stadt shoppen waren, musste ich aufs Klo. Ich bin am Ring in eine Kaffeebar gegangen, und Babette hat draußen gewartet. Da hing so ein Spritzenautomat, weißt du?«

Ich sah ihm an, dass er sich konzentrierte, aber nicht verstand, was ich sagen wollte.

»Den ganzen Tag über war sie irgendwie unnatürlich ruhig geblieben, obwohl doch morgens diese schreckliche Aktion mit dem Kamin gelaufen war, das muss man sich mal vorstellen, wie fertig mit den Nerven sie gewesen sein muss, das war mit Sicherheit ein schrecklicher Streit gewesen. Und danach musste sie mit dem Fahrrad zum Friedhof fahren. Wahrscheinlich hat er sie unterwegs mit dem Auto überholt und womöglich noch gehupt. Ich dachte den ganzen Tag, dass sie doch irgendwann mal zusammenbrechen muss, ich meine, es ist ja keine Kleinigkeit, wenn du plötzlich ohne Papiere und Handy dastehst und dann zur Beerdigung des Mannes deiner Freundin musst, deinen eigenen Mann da triffst, und der beachtet dich nicht und tut so, als würde er dich nicht kennen, obwohl alle deine Freunde da sind …«

Er unterbrach mich. »Steffi! Versuchst du bitte mal auf den Punkt zu kommen?«

»Ja. Okay. Jedenfalls hatte sie nach der Beerdigung zu viel getrunken, genau wie ich, und später waren wir ja bei Marion in der Boutique und haben da noch mal Sekt getrunken und beim Friseur auch. Und deswegen musste ich aufs Klo und bin in diesen Laden, und sie hat draußen mit dem Koffer gewartet, in dem die Sachen waren, die Marion ihr mit ins Geschäft gebracht hatte, weil ihre ja verbrannt worden waren …«

Tom griff wieder nach meiner Hand.

»Und da war der Spritzenautomat«, wiederholte ich und schaute ihn abwartend an. Er konnte mir nicht folgen. Ich zog meine Hand weg und schlug auf die Zeitung. »Und in der Zeitung steht, dass die Polizei überhaupt keine vergifteten Quarkbecher gefunden hat, sondern nur welche, in denen Löcher waren.«

»Ja. Und?«

»Tom, versteh doch! Die Becher mit den Löchern waren in den Filialen am Ring, und zwar genau in den drei Filialen, in denen Babette gewesen ist! Zweimal hat sie nichts gekauft, aber beim dritten Mal hatte sie eine Tüte mit Zeug dabei, erinnerst du dich?«

Er nickte.

»Und wenn sie die Löcher reingestochen hat?«

»Babette? Womit?«

»Na mit der Spritze, die sie aus dem Automaten gezogen hat!«

Jetzt dämmerte ihm, worauf ich hinauswollte. Er stand auf. Ging ans Fenster, schaute hinaus, drehte sich um und verschränkte die Arme. »Okay.« Er nickte und wiederholte: »Okay. Du findest es verdächtig, dass ausgerechnet in dem Quark, den Ralph gegessen hat, dieses Gift war und sonst nirgends welches gefunden wurde. Du denkst, dass das kein Zufall war?«

»Genau. Vielleicht ist ihr die Idee in dem Moment gekommen, als sie an dem Automaten stand.«

Mir fiel etwas ein, hektisch blätterte ich die Zeitung wieder auf und fuhr mit dem Finger unter den Zeilen des Artikels entlang, bis ich das gesuchte Wort gefunden hatte.

»Da! Vergiftung durch ein Insektizid.«

»Du glaubst also, dass Babette ein Insektengift mit einer

Spritze in den Quark gespritzt hat? Woher sollte sie das Zeug denn gehabt haben?«

Ich dachte nicht lange nach. »Wir haben auch Schnecken-korn und dieses Gift gegen Dickmaulrüssler im Schuppen. Und das Zeug, mit dem du die Steine in der Einfahrt vom Unkraut befreist, das du dir aus Österreich schicken lässt, weil es in Deutschland verboten ist.«

Erst als ich diese ganzen Vermutungen aussprach, wurde mir klar, wie logisch sie klangen.

Tom hatte aber weiterhin Bedenken: »Wenn Babette für die Polizei verdächtig ist, und das ist sie trotz des Alibis, denn sie hätte den Quark ganz einfach vor ihrer Abreise vergiften können, werden die Bullen das ganze Grund-stück nach dem Gift abgesucht haben.«

»Haben sie auch, das hat Babette gestern Abend erzählt, sie waren im Keller, im Schuppen, überall, aber sie haben nichts gefunden.«

Natürlich nicht. Als ich Tom die K.-o.-Tropfen ins Kölsch geträufelt hatte, habe ich das Fläschchen danach auch restlos verschwinden lassen. Ich dachte an das Nudel-holz und die Zeitung, in der ich die staubfeinen Scherben verbrannt und anschließend in den Ausguss gespült hatte, und an das Domestos, mit dem ich danach alles geputzt hatte. Sogar den Schraubverschluss hatte ich im Backofen vernichtet. Ich traute Babette durchaus zu, dass sie ihre Spuren ebenso gründlich beseitigt hatte. »Sie hätte das restliche Gift im Koffer mit nach Düsseldorf nehmen und dort irgendwo entsorgen können.«

Tom nickte. »Ja, das stimmt. Vielleicht ist sie sogar unterwegs an irgendeinem Bahnhof ausgestiegen, hat es weggeworfen und ist mit dem nächsten Zug weitergefahren.« Er überlegte. »Aber an der Spritze muss DNA von ihr gewesen sein, und wenn die in den Quark gelangt ist, kann man sie finden! Die Bullen haben doch jetzt mit Sicherheit DNA von ihr gespeichert, wenn sie drüben alles durchsucht haben.«

Ich schüttelte den Kopf. »Nee. Diese Junkiespritzen sind steril verpackt, außerdem: Haben die nicht so eine Abdeckung über der Nadel? Erinnerst du dich an Tante Margret, die Insulin spritzen musste und das nicht mit einem Pen tat, sondern mit Einwegspritzen, die sie in der Handtasche hatte? Da war vorn so ein Hütchen auf der Nadel. Wenn Babette die Nadel nicht angefasst hat, finden sie nix. Und die Spritze konnte sie leicht verschwinden lassen.«

Wir überlegten hin und her und kamen zu dem Schluss, dass es so abgelaufen sein konnte: Als Babette am Spritzenautomaten gewartet und diesem Typen, an den ich mich wieder ganz deutlich erinnerte, beim Laubfegen zugeschaut hatte, musste sie diesen Geistesblitz gehabt haben. Sie hatte eine Spritze gezogen, war in den nächsten Rewe-Markt marschiert und hatte die Deckel der Blaubeerquark-Becher durchstochen. Wahrscheinlich hatte sie nur diese eine Sorte genommen, weil sie wusste, dass Tom genau diese essen würde. Vielleicht war es sein Lieblingsquark. Dasselbe hatte sie im zweiten Markt getan und im dritten auch, dort hatte sie dann einen oder mehrere Becher gekauft. Dass sie an diesem Abend zuerst bei uns in der Küche gesessen und sich spontan entschieden hatte, doch in ihrer Wohnung zu schlafen, konnte Teil ihres Plans gewesen sein. Vielleicht hatte sie den Quark erst am nächsten Morgen vergiftet, nachdem die Tragödie mit ihren Haaren passiert war. Ihr Auftritt auf der Straße und das Geschrei, dass er sie skalpiert hatte, bestärkte ihr Alibi, außerdem hatte sie laut ihren Plan verkündet, nach Düsseldorf zu fahren.

Ja, so konnte es gewesen sein. Und vielleicht war Ralph sogar schon tot gewesen, als ich Donnerstag noch mal bei Babette geklingelt und sie mich nicht hereingebeten hatte. Mir fiel ein, dass Gildo ihn abgeholt hatte. Wenn er sich nach Abschluss der Ermittlungen um die Leiche und die Bestattung kümmern würde, konnte ich vielleicht über Elfie herauskriegen, wann der Todeszeitpunkt gewesen war.

»Aber wenn unsere Theorie stimmt, wann hat Babette denn bei Rewe angerufen und den Erpresseranruf fingiert? Und von wo aus?«, fragte Tom.

»Keine Ahnung, vielleicht aus einer Telefonzelle. Vom Handy oder Festnetz aus bestimmt nicht, das könnte man nachverfolgen, und das weiß sie.«

Je länger wir diskutierten, vermuteten und konstruierten, desto sicherer wurden wir, dass Babette Ralph umgebracht hatte. Blieb aber die Frage, was wir mit diesem Wissen anfangen sollten.

Keine Ahnung, wie spät es war, als Tom wie von einer Tarantel gestochen aufsprang und rief: »Scheiße, ich muss weg!« Er beugte sich zu mir herunter, zögerte einen Moment, mir einen Kuss zu geben, tat es aber, als ich weder abweisend guckte noch den Kopf wegzog. Die erotische Nacht saß mir noch in den Knochen und machte mich zahm. Meine Güte, wir hatten uns wie die Vierzigjährigen benommen.

»Wohin gehst du?«

Er war schon in der Tür, warf mir eine Kusshand zu und sagte: »Keine Sorge, warte nur noch bis Mittwoch, dann erfährst du alles, versprochen!«

Staunend horchte ich in mich hinein und stellte fest: Es hatte sich etwas verändert zwischen uns.

Ich hatte keine Angst mehr, dass er mich betrog.

War ich tatsächlich so einfach gestrickt? Vielleicht war ich total blöd, vielleicht unfassbar leichtgläubig, vielleicht schnell hinters Licht zu führen. Was würde ich tun, wenn sich doch noch herausstellte, dass er eine andere hatte? Mich verlassen wollte? Mich nur in Sicherheit wiegen wollte, um seine Flucht vorzubereiten? Mich mit meinem schrecklichen Job, meinem mittelmäßigen Gehalt und albernen Unterhaltszahlungen zurücklassen würde?

Ich straffte die Schultern und stand auf. Abwarten. Wenn ich mich so täuschen sollte, konnte ich mir immer noch was überlegen.

Die nächsten Stunden verbrachte ich damit, die Liste fürs Kofferpacken zu schreiben. Ohne sie konnte ich nicht verreisen. Ich war froh, dass ich mich damit ablenken konnte.

Am Mittwoch um zwanzig nach zehn ging unser Flug von Köln nach Nizza, um zehn nach zwölf würden wir landen, und um drei Uhr nachmittags konnten wir auf dem Schiff einchecken, das um acht Uhr abends auslaufen sollte.

Ich begann, eine Tabelle für die Kleidung zu den verschiedenen Anlässen, Tageszeiten und Wetterbedingungen zu entwerfen, beginnend mit Tag eins, endend mit Tag fünf, an dem wir von der Kreuzfahrt zurück sein und wieder in Nizza anlegen würden. Danach wollten wir noch zwei Tage an der Côte d'Azur bleiben. Wir brauchten also Klamotten fürs Schiff, für die Landausflüge, für die Abendessen an Bord, bei denen um elegante Kleidung gebeten wurde, und für die Ausflüge in Nizza. Und kein Koffer durfte mehr als zwanzig Kilo wiegen, das ging nur mit perfekter Planung.

Die Liste war fertig, die Waschmaschine lief, und alles, was ich nach und nach in die Koffer packen wollte, stapelte ich, nach Themen sortiert, in der Waschküche auf dem Tisch.

Danach aß ich ein Butterbrot und Mozzarella mit grünem Pesto aus dem Glas und sah dabei fern.

Gegen sechs rief ich Bastian an und ließ mir erzählen, dass er und Lena gern vor der Geburt des Babys umziehen wollten, dass sie aber die unverschämten Kölner Mieten nicht aufbringen konnten. Zurzeit wohnten sie in einer Zweizimmerwohnung in der Nähe des Neumarktes, einer Gegend, die wegen der vielen Junkies weiß Gott nicht für kleine Kinder geeignet war.

Ich überlegte, ob wir unseren Keller ausbauen und dort eine Einliegerwohnung einrichten konnten, aber, ehrlich gesagt, hatte ich überhaupt keine Lust, mit Sohn, Schwiegertochter und einem brüllenden Baby unter einem Dach zu wohnen. Wie sollte ich das denn überhaupt machen, Großmutter sein? Ich dachte an meine eigene Oma, die ich nur in Gummistrümpfen und Kittelschürze kannte. In der einen Kitteltasche steckten klebrige Campino-Bonbons, in der anderen ein geblümtes Stofftaschentuch mit gehäkelter Spitze, das nach »Uralt Lavendel« roch. Sie hatte eine Dauerwelle mit Pudellocken und trug ein Haarnetz, liebte ihr »Buntfernsehen« und ihren Apothekenkalender mit Spitzweg-Motiven und schlauen Sprüchen für jede Woche, kannte die Biografien sämtlicher Fernsehansagerinnen von Mady Rahl bis Viktoria Voncampe, las die »Heim und Welt« und den »Klingel-Katalog« und schwärmte für den verunglückten Rennfahrer Wolfgang Graf Berghe von Trips. Meine Oma konnte die besten Eintöpfe der Welt kochen und erzählte, wenn sie drei oder vier Schlehenfeuer-Liköre intus hatte, vom Krieg und der Zeit danach. Sie war immer alt gewesen und hatte auch immer so ausgesehen.

Und jetzt machte Bastian mich zur Oma.

Na großartig. Sollte ich stricken lernen und Suppen kochen und Käthe oder Hugo in ein paar Jahren aus dem »Struwwelpeter« vorlesen? Nix da. Außerdem hatten Großeltern niemals und unter keinen Umständen solchen Sex wie Tom und ich heute Nacht. Mir war völlig klar, dass wir zu einer Generation gehörten, der niemand zeigte, wie modernes Altwerden funktionierte. Ich konnte mich ja nicht an Tina Turner orientieren, die mit siebzig noch im Ledermini auf der Bühne rumgetobt hatte, oder an Iris Berben, die mit Mitte sechzig noch immer aussah wie vor dreißig Jahren. Und das auch nur, weil sie so gute Gene hatte und viel Wasser trank. Ha ha ha. In meiner Jugend sahen Omas aus wie Inge Meysel und nicht wie

Cher. Und sie hatten keine schwarz-weißen Haare und Fiorentini-Boots.

Ich tippte an meine Stirn. Was waren das für rebellische Gedanken? Mein Sohn wurde Vater, und ich hatte mich darüber zu freuen. War ich eine Rabenmutter? Unsinn, der Junge war fast dreißig, er musste sehen, wie er klarkam. Aber das Problem mit der Wohnung konnte ich verstehen. Fünfzehn bis achtzehn Euro Kaltmiete pro Quadratmeter waren für ein junges Ehepaar nicht zu schaffen, wenn wegen eines Babys auch noch ein Verdiener ausfiel. Wenn ich nicht bei Rüschen-Resi schuften müsste und zu Hause bleiben könnte, wäre es vielleicht möglich, so ein altes, traditionelles Modell zu leben. Lena und Bastian könnten arbeiten gehen, und die Oma, also ich, könnte das Kind hüten. Ich kannte eine russische Familie aus Wesseling, da lief das so: Die Jungen verdienten das Geld, und die Alten kümmerten sich um die Brut. Jeder hatte etwas zu tun, alle wurden gebraucht.

Nein.

Nein, nein, nein.

Damit wollte ich die nächsten Jahre meines Lebens nicht verbringen. Wer wusste schon, wie lange ich gesund und rüstig bleiben würde und noch alles tun konnte, was ich wollte. Nein, die letzten mobilen Jahre gehörten mir. Aber wie konnte man den Kindern wegen der Wohnung helfen?

Zugegeben, für Tom und mich war das Haus inzwischen viel zu groß, wir waren doch sowieso den ganzen Tag nicht da. Vielleicht sollten wir Bastian und Lena das Haus überlassen, gegen eine faire Miete, und wir könnten in eine Wohnung am Rhein ziehen? Oder in die Südstadt? Wohnen wie Zita, Neubau mit Dachterrasse und Blick über den Römerpark, das wäre doch auch schick? Dieses quirlige Viertel mit seinen vielen Kneipen, Restaurants und Läden, den schönen Parks und dem modernen Rheinauhafen mochte ich von allen Kölner Veedeln am liebsten. Es war großstädtisch und modern. Dort zu wohnen, würde alles verändern.

Die Idee gefiel mir.

Ich musste schmunzeln. Jetzt, wo ich Oma wurde, dachte ich daran, aus Rodenkirchen wegzuziehen? Unfassbare sechs Kilometer entfernt von allem, was ich kannte, in einen anderen Stadtteil? Oder lag es gar nicht an dem Baby? Vor wenigen Tagen hatte ich endlich beginnen wollen, mein Leben zu verändern, und hatte keine andere Idee gehabt, als Tom in die ewigen Jagdgründe zu schicken. Und jetzt hatte ich den einfachsten Gedanken der Welt, nämlich die Location zu wechseln, und zwar mit ihm. Jedenfalls vorerst.

Mal sehen, wie er sich entwickelte. Die letzte Nacht war jedenfalls ein guter Anfang gewesen, und, das war nicht unwichtig, der Anfang war von mir ausgegangen. Im Moment hatte ich alles andere als Langeweile, ganz im Gegenteil. Es passierte mehr, als ich verarbeiten konnte. Zwei tote Männer innerhalb so kurzer Zeit. Elfie hatte schon den nächsten am Start, und Babette ... über sie wollte ich aber jetzt nicht nachdenken, ich brauchte Abstand, musste eine Entscheidung treffen, aber nicht jetzt, nicht ad hoc, darüber musste ich eine Nacht schlafen.

Mein Leben musste ich jedenfalls nicht mehr ändern,

mein Leben veränderte mich. Und nicht nur bezüglich Frisur und Outfit.

Jetzt mal im Ernst, vielleicht war Toms Vorschlag, das Auto zu verkaufen, gar nicht so abwegig. Wenn wir in die Südstadt ziehen könnten … da gab es sowieso keine Parkplätze, und alles, was man für den täglichen Bedarf für zwei Personen brauchte, konnte man in wenigen Minuten zu Fuß erreichen. Und wenn er wirklich irgendwann einen Motorradführerschein machen und sich eine Harley kaufen wollte, warum eigentlich nicht?

Ich dachte wieder an Zitas Wohnung, zu der sogar eine Tiefgarage für den Maserati gehörte. So was Nobles müsste es ja gar nicht sein. Drei Zimmer, ein großer Balkon, ein schickes Bad mit Fenster, das wäre auf alle Fälle viel weniger Putzerei und keine Gartenarbeit mehr. Wann hatten wir denn wirklich mal Zeit, um unseren Garten zu genießen? Ein paar Kübelpflanzen täten es auch. Darüber wollte ich im Urlaub mit Tom reden.

Ich legte mich aufs Sofa.

Es kam eine Handy-Nachricht unserer Stammtisch-Gruppe, Marion schrieb: *Montag Stammi im Brauhaus? Lasst uns die Feste feiern, wie sie fallen!*

Ich schrieb: *O mein Gott, hab immer noch dicken Kopf von gestern, kann morgen nicht schon wieder trinken!*

Zita antwortete: *So einen Kater haben wir schon tausendmal überlebt, den überleben wir auch noch hundertmal.*

Und Elfie schrieb: *Liebelein, hättest du heute keinen Kater, hättest du gestern keinen schönen Rausch gehabt.*

Wenige Sekunden nach meiner Antwort *Ok, ok, ich komme!* war ich eingeschlafen.

Ich träumte von Babette, die mit einer riesigen Spritze in der Hand durch einen Supermarkt lief, von Polizisten, die mich in Handschellen abführten, weil ich Babette kannte und weil ich selber Mordgedanken gehabt hatte, die man irgendwie aufgezeichnet hatte und mir vorspielen wollte, von Ralph, der tot in unserer Badewanne lag und aus dessen Mund ein schwarzer Zopf hing und von einem vollgekotzten Fischteich in unserem Garten.

18

Am nächsten Morgen tat mir jeder Knochen weh, ich hatte die ganze Nacht auf dem Sofa verbracht. Tom hatte mich nur zugedeckt, aber nicht geweckt. Davon hatte ich nichts bemerkt, so tief hatte ich geschlafen. Kein Wunder, mir fehlte ja auch fast eine Nacht, so was konnte ich nicht mehr so gut wegstecken wie früher.

Wir hatten zwar jetzt beide Urlaub, kamen aber heute wieder nicht dazu, über uns zu reden.

Unser Thema war Babette, wir mussten uns darüber einigen, wie wir mit unseren Schlussfolgerungen umgehen wollten. Allerdings erst am Nachmittag, vormittags hatte ich noch einen Zahnarzttermin. Seit ich in Spanien mal eine Backenzahnkrone verloren und mich mit schrecklichen Schmerzen rumgequält hatte, weil ich im Ausland nicht zum Zahnarzt gehen wollte, stand vor jeder Reise eine Routinekontrolle auf dem Programm.

Als ich zurückkam, war Tom weg, keine Ahnung, wohin, er hatte aber den Rasen gemäht und den Müll rausgebracht, außerdem war die Spülmaschine ausgeräumt. In der Küche hingen alle Geräte, die wir mitnehmen wollten, zum Aufladen an den Steckdosen: Kopfhörer, Kamera, unser Balkonradio, das wir im Urlaub immer dabeihatten, die elektrischen Reisezahnbürsten.

Ich putzte alle Schuhe und verstaute sie in Schuhbeuteln, nachdem ich sie mit Socken und Unterwäsche ausgestopft hatte, um im Koffer jeden Zentimeter Platz zu nutzen.

Als Tom nach Hause kam, lief gerade frischer Kaffee durch den Filter.

Ich hörte, wie er seinen Schlüssel auf die Kommode in der Diele warf, dann stand er breitbeinig in der Tür und zog sich wortlos das T-Shirt aus.

»Heilige Scheiße!« rief ich.

Auf seinem Unterarm prangte ein prächtiger Fisch mit bunten Schuppen, die Schwanzflosse bedeckte die ganze Schulter, das geöffnete Maul befand sich auf seiner Hand, genau zwischen Daumen und Zeigefinger.

Tom setzte sich an den Küchentisch und stützte den Arm ab. »Gefällt er dir? Das ist ein Koi-Karpfen.«

Ich strich sanft mit dem Finger über die bunten Schuppen. »Sieht toll aus, aber warum denn so ein Riesenfisch?«

Er schmunzelte. »Er steht für Mut, Durchsetzungsvermögen und Stärke. Wenn ein Koi in Freiheit lebt, kämpft er sich flussaufwärts durch alle gefährlichen Stromschnellen.«

Aha, ich verstand. Tom wollte mit den Tattoos genau solche Signale senden wie ich mit meinen schwarz-weißen Haaren. Er war nur schon ein bisschen weiter. Gegen den Strom schwimmen, wilder Karpfen, alles klar.

Jetzt grinste er frech. »Also, der Koi ist auch ein Phallussymbol und steht für Potenz und Manneskraft.«

»Tom, jetzt werd mal nicht übermütig, nur weil wir gestern so wild gef…« Ich verstummte. Fast hätte ich ein

Wort gesagt, eins von denen, die ich eigentlich nicht mal dachte. Jedenfalls nicht oft.

Er knuffte mich in den Oberschenkel. »Red ruhig weiter!«

Ich wechselte sofort das Thema. »Sag mal, so was kann man aber doch nicht an einem Vormittag stechen lassen?«

»Nein, das hätte ich vor dem Urlaub nicht gemacht, du weißt ja nicht, ob es sich nicht entzündet. Es ist nicht tätowiert, sondern eine Zeichnung, aber genau so soll es später aussehen. Ich wollt's dir diesmal vorher zeigen.«

Ja, wenn man genau hinsah, erkannte man, dass es nur gemalt war. Tom machte mit Daumen und Zeigefinger, also mit dem Fischmaul, eine schnappende Handbewegung und sang, ziemlich schräg: »Ein Fisch wird kohommen, und der bringt dir den eiheinen …«

Ich musste so lachen, dass ich minutenlang nicht reden konnte.

Wir setzten uns mit dem Kaffee auf die Terrasse.

Tom schnitt das unangenehme Thema an, über das ich den halben Tag immer wieder nachgedacht hatte. »Was machen wir mit Babette?«

»Nichts.«

»Nichts?«

»Nein. Ich werde sie nicht bei der Polizei anschwärzen.«

»Auch nicht, wenn sie Ralph getötet hat?«

»Wenn sie das wirklich getan hat, wird die Polizei das herausfinden. Ich kann doch nicht meine Freundin ans Messer liefern! Nach allem, was er ihr angetan hat.«

Das war natürlich nur die halbe Wahrheit. Die ganze Wahrheit war, dass ich Babette (wenn, falls, wäre) voll und ganz verstehen konnte. Aber die Gründe für mein Verständnis konnte und wollte ich Tom unter keinen Umständen erklären. Eigentlich war ich ja keinen Deut besser als sie – nur, dass ihr Mord geklappt hatte und meiner, Gott sei Dank, nicht.

Tom war aber noch nicht davon überzeugt, das Richtige zu tun; ich sah ihm seine Zweifel an und versuchte, ihn zu beruhigen. »Wir haben uns das alles zusammengereimt, weil wir so ein schreckliches Ereignis verstehen wollen, wir haben aber nur Indizien und Vermutungen. Sollte es stichhaltige Beweise geben, kriegt die Kripo das raus. Es ist nicht unsere Aufgabe, Babette zu überführen.«

Ganz wohl war mir nicht bei diesen Worten, es lag gewiss an der Erziehung und den Werten, die man sein Leben lang automatisch befolgt hatte: Man darf nicht morden, und man darf selbstverständlich keinen Mörder decken. Das hatte ich während meines Hormonkollers vergessen. (Meine Mörderinnenphase als Hormonstörung zu sehen, machte es für mich leichter, sie zu ertragen.) Natürlich glaubte ich nicht an Gott, aber mein Schwur, den ich neulich bei meinem ungeborenen Enkelkind geleistet hatte, war nicht vergessen. Meine eigenen Worte klangen mir im Ohr. *Ich schwöre dir, du Gott, dass ich das wiedergutmache.* Dachte ich vielleicht unterbewusst darüber nach, Babette ans Messer liefern, weil ich selber noch einmal davongekommen war?

Ich schüttelte mich, als könnte ich diesen Gedanken dadurch loswerden. Ich war doch gar keine Mörderin geworden, ich hatte die Kurve gekriegt, den Absprung geschafft, mich wieder in den Griff bekommen. Tom saß quietschlebendig vor mir und strich mit den Fingerspitzen über sein armlanges Phallussymbol. Meine innere Stimme warnte mich: *Schon der Versuch, ihn zu töten, war strafbar.* Ich verteidigte mich vor mir selbst: Es waren ja gescheiterte Versuche!

Schluss damit, ich musste aufhören, mich selber zu zerfleischen.

Sollte die Polizei doch ihre Arbeit tun. Ich wollte keine Denunziantin sein.

»Wir unternehmen nichts, okay?«, sagte ich.

Tom zupfte nachdenklich an seinem Bart, der übrigens frisch gestutzt aussah.

Ich nahm diesen Gedanken zum Anlass, das Thema zu wechseln: »Warst du beim Friseur?«

Er lächelte. Nein, mein Mann ging nicht mehr zum normalen Friseur, sondern er ging jetzt zu Erkan, dem türkischen »Bartmann«. Und er ließ sich auch nicht mehr wie ein normaler Typ die Haare »im Ganzen kürzer« schneiden. Nein, Tom ließ sich seinen Bart waschen, stutzen und bürsten, die Augenbrauen wurden mit einer Fadentechnik in Form gezupft, er ließ sich die Haare in den Ohren abfackeln und die Nasenhaare entfernen. Danach gönnte er sich eine Kopfmassage, währenddessen ein Handpeeling und anschließend eine Maniküre. »Und danach war ich bei einer Podologin zur medizinischen Fußpflege, schon zum dritten Mal.« Er streifte die Socken ab und zeigte mir seine Füße. Keine Hornhaut an den Hacken, keine Druckstellen, sauber geschnittene Zehennägel. Ich sah ihn misstrauisch an. »Gepflegte Männer sind toll. Kannst du mir erklären, warum du plötzlich solchen Aufwand betreibst?«

Er kniff liebevoll in meine Wange. »Weil ich eine unersättliche Frau habe, die nachts über mich herfällt und …«

Ich schlug ihm auf die Finger. »Die Frage war ernst gemeint! Warum plötzlich dieser besondere Aufwand? Hast du was gutzumachen?«

»Das nicht. Aber ich habe etwas zu verbergen, das du bald erfahren wirst!«

»Du musst gar nicht so grinsen. Wann beantwortest du meine Fragen, Tom? Andauernd verschwindest du, kommst Stunden später wieder, keine Ahnung, wo du dich rumtreibst. Was soll ich denn davon halten?«

Er lachte. »Stell dir einfach vor, ich würde für die Kreuzworträtsel-Weltmeisterschaft trainieren und überrasche dich mit einer Goldmedaille!«

Ich riss die Augen auf. Seine Rätselei war für mich ein Schlüsselmoment gewesen, der Auslöser, der Tropfen im vollen Fass, der Augenöffner dafür, wie öde alles war. Wieso sprach er ihn an? »Wie kommst du bitte ausgerechnet auf Kreuzworträtsel?«

Bevor er antworten konnte, hörten wir plötzlich ein Auto vorfahren, fast zeitgleich klappten Autotüren, dreimal, zack, zack, zack.

Wir schauten uns an. »Das klingt aber hektisch!«, sagte ich. Wir lauschten einen Moment, aber es war wieder alles ruhig.

Tom stand auf und ging in die Küche, um aus dem Fenster zu sehen, was da los war. »Steffi, komm her, schnell!«

Draußen sah ich Babette in einen dunklen BMW einsteigen. Sie tat das nicht ganz freiwillig, denn die drei

Männer, die sie dazu nötigten, waren eindeutig Polizisten.

Das Auto fuhr langsam los, ich sah Babette im Fond sitzen, sie hielt die Hände vor ihr Gesicht.

Tom und ich sahen uns an. Die Frage, ob wir etwas unternehmen mussten, schien sich erledigt zu haben.

Rasch ging ich zur Haustür und lief zum Straßenrand. Der BMW war gerade um die Ecke gebogen. Drüben stand eine junge Frau auf den Stufen; auch sie hatte dem Wagen hinterhergeschaut. Ich erkannte Damaris, Babettes Tochter. Richtig, sie und ihr Bruder waren ja aus Berlin angereist.

Damaris sah mich und grüßte mit einem Kopfnicken. Als ich hinging, schlug mein Herz bis zum Hals. Was sagt man denn zu einer jungen Frau, deren Mutter soeben vor den Augen der Nachbarn verhaftet wurde, weil sie vielleicht den Vater ermordet hat?

Damaris war dünn, blass und hatte das Gesicht ihres Vaters. Man sah ihr an, dass sie viel geweint hatte.

Ich hielt ihr die Hand hin. »Ich weiß nicht, was ich sagen soll, es tut mir so leid ...«, stammelte ich.

Sie nickte stumm, ihre Hand fühlte sich kühl und schlaff an.

»Was passiert mit eurer Mutter?«

Sie zuckte mit den mageren Schultern. »U-Haft, keine Ahnung.«

»Wird sie verdächtigt, deinen Vater ...?«

Sie antwortete nicht.

»Ist Daniel auch da?«

»Ja.«

»Wenn wir etwas für dich und deinen Bruder tun können, bitte zögert nicht, uns Bescheid zu sagen, dann kommt ihr sofort rüber, ja?«

»Danke.« Sie drehte sich um und ging ins Haus.

Tom brachte mich abends zum Brauhaus und setzte mich vor der Tür ab, meine übliche Fahrgemeinschaft mit Babette war ja nun nicht möglich. Während der Fahrt sprachen wir nicht viel, es war extremer Verkehr, der mich, obwohl ich nicht selbst am Steuer saß, sondern Beifahrerin war, total schaffte. Deswegen redete ich nicht mit Tom, ich wollte ihn nicht ablenken, er sollte sich auf das Auto und die Straße konzentrieren.

Die anderen waren schon da.

»Wo ist Babette, seid ihr nicht gemeinsam gefahren?«, fragte Zita, während wir uns mit einer Umarmung und Luftküsschen begrüßten.

Ich machte ein wichtiges Gesicht und wartete mit der Verkündung der Neuigkeit, bis der Köbes die erste Rutsche Kölsch serviert und seine Striche auf Zitas Deckel geschrieben hatte. Wir hoben die Gläser. »Ob Hans, ob Heinz, ob Dieter – alle lieben Zita!« Nach dem Trinkspruch hielt ich es nicht mehr aus: »Babette wurde heute vor unseren Augen verhaftet!«

Zita hielt mitten in der Bewegung inne. Elfie klappte der Unterkiefer herunter, Marion hielt sich vor Schreck die Hand vor den Mund. Eine Szene wie ein Flashmob. Ich genoss die ungeteilte Aufmerksamkeit.

Elfie fand zuerst ihre Fassung wieder. »Sag bloß, sie hat Ralph …«

Ich fiel ihr ins Wort. »Niemand weiß, was sie getan hat. Sie wurde jedenfalls von der Polizei abgeholt, in einem BMW, drei Mann haben sie abgeführt, wir haben es zufällig gesehen. Damaris und ihr Bruder sind da, ich habe mit Damaris gesprochen, sie meinte, ihre Mutter sei in Untersuchungshaft.«

»Hat Babette einen Anwalt?«, fragte Zita.

»Keine Ahnung, wie kann man das erfahren?«, antwortete ich. Zita stand auf. »Ich rufe ihre Kinder an. Die Arme. Ich bin sicher, dass sie keinen Anwalt hat. Woher denn auch? Ziemlich unwahrscheinlich, dass ihr Lover ihr einen besorgt hat, eigenes Geld hat sie auch nicht.«

»Nee, mit diesem Roger ist Schluss«, warf ich ein.

Zita nahm ihr Smartphone und stand auf. »Ich muss mal telefonieren. Wann wurde sie verhaftet?«

»Heute Nachmittag.«

»Okay, sie wird in die JVA nach Ossendorf gebracht worden sein, ich besorge ihr einen Anwalt. Vielleicht haben ihre Kinder das Aktenzeichen, dann kann der Anwalt sofort loslegen.«

Typisch Zita, sie fackelte nicht lange, sie handelte einfach.

Zehn Minuten später kam sie wieder herein. »So, mein alter Freund Hans Schneider ist Strafverteidiger, ein gewiefter alter Fuchs, und er ist so gut wie auf dem Weg zur JVA. Damaris und Daniel dürfen Babette besuchen. Mehr können wir im Moment nicht für sie tun.«

Wenn man eine Freundin wie Zita hatte, konnte einem fast nichts passieren, dachte ich.

Natürlich überschattete Babettes Verhaftung die Stimmung am Tisch, wir waren nachdenklich und längst nicht so fröhlich wie sonst. Vor meinem inneren Auge stand in fetten Lettern: *HAT SIE ODER HAT SIE NICHT?*

Irgendwann erzählte Elfie von ihren neuen Plänen. Zita und Marion fanden die Idee der *Friedlichen Höfchen* toll.

»Dass du an alles gedacht hast, vom Design der Särge über die Grabsteine bis hin zu einem Tierpräparator, das ist hochprofessionell!«, lobte Zita.

Marion stimmte ihr zu. »Da siehst du mal, welche Talente in dir verkümmerten, seit dein Dessousgeschäft geschlossen ist und du nicht mehr gearbeitet hast!«

»Na ja,« wehrte Elfie sich, »die Talente sind nicht verkümmert, sie lajen bloß brach, aber durch Jildo bin wieder auf'm Posten und allet wird jut! Jedenfalls habe ich seit langer Zeit mal wieder so richtisch Lust am Leben. Mir jeht et prima, die arme Babette hat's da leider nicht so jut erwischt.«

Ich trat Elfie unter dem Tisch gegen das Schienbein, damit sie bloß nicht zu viel plapperte und womöglich in ihrem Überschwang ausplauderte, dass zuerst ihr Hund versehentlich anstelle ihres Mannes gestorben war.

»Du hast am Telefon gesagt, dein Gildo wäre sexuell gesehen pflegeleicht«, sagte ich, um abzulenken.

Sie grinste. Täuschte ich mich, oder wurde sie sogar ein bisschen rot?

Zita war jedenfalls sofort ganz Ohr und blickte sie aufmunternd an. »Erzähl! Lass alles raus, wir hören zu.«

»Details jibbet nicht, das wäre sozusagen Verrat am Mann. Nur so viel: Jildo hatte letztes Jahr 'nen Herzinfarkt und muss Medikamente nehmen, und deswejen kann er im Moment nicht so jut ...« Noch während ich mich fragte, ob die Bestattungsbranche ein stressiges Geschäft sei und er dadurch den Infarkt bekommen haben könnte, senkte Elfie die Stimme. »Aber der ist so was von fingerfertig, der kann ...«

Dem Himmel sei Dank kam der Köbes mit der nächsten Runde, bevor sie noch mehr Details ausplaudern konnte.

»Auf meinen Deckel«, sagte ich und hob das Glas.

»Lobet die Herren!«

Als wir tranken, war es sekundenlang still, sodass wir hörten, wie ein Typ am Nebentisch seinen Kumpel fragte, wo Frauen die krausesten Haare hätten.

»Hähä, untenrum ...«, sagte der Kumpel.

»Nä, in Afrika!« rief der Witzerzähler und krümmte sich vor Lachen.

Wir lachten auch, aber nicht, weil der Witz lustig, sondern weil er so dämlich und uralt war.

Danach hatte Elfie vergessen, was sie uns erzählen wollte, und die Gespräche plätscherten so dahin, bis Marion mich fragte, wie es eigentlich ihrem Schwager Tom ginge.

Ich wurde sofort misstrauisch. »Wieso willst du das wissen?«

»Na, ich habe Tom auf Walters Beerdigung nach etlichen Wochen wiedergesehen und ihn fast nicht erkannt. Total cool sieht der aus mit seinem Hipster-Bart und den neuen Klamotten. Wie hast du das geschafft, ihn so auf Vordermann zu bringen? Wollte er mit dir mithalten wegen deiner Frisur und dem neuen Outfit?«

»Hipster? Bastian und ich dachten zuerst, es wäre ein Salafisten-Bart!«, rief ich.

»Wenn du das wirklich denken würdest«, warf Zita ein, »wäre jeder Scherz darüber fehl am Platze.«

Marion konnte kaum glauben, dass ich zu Toms Veränderung nicht das Geringste beigetragen hatte. Ich erklärte: »Er hat eine Zeit lang vor mir begonnen, was zu unternehmen, vielleicht war ihm auch langweilig …«

»Wenn ihr beide auf diesem spießigen Kreuzfahrtschiff ankommt, werdet ihr, so wie ihr jetzt ausseht, unter den ganzen Rentnern die Exoten sein!«

Der Gedanke gefiel mir. Ich überlegte, ob ich in der Runde schon erzählen sollte, dass ich demnächst Oma werden würde, hatte aber dann doch keine Lust dazu.

Es kam keine richtige Stimmung auf, sodass wir schon gegen zehn aufbrachen. Zita hatte nur drei Kölsch getrunken, weil sie mit dem Auto da war, sie brachte mich nach Hause.

Wir hielten vor jeder Ampel. Rote Welle. Plötzlich fiel mir etwas ein. »Kennst du dich mit Immobilienpreisen aus?«

»Geht so, warum?«

»Wie viel, glaubst du, wäre unser Haus wert?«

Sie machte eine abwägende Kopfbewegung. »Wie alt, wie groß? Ich brauch ein paar Details.«

»Baujahr 1964, massiv gebaut, voll unterkellert, komplette Einbauküche, allein die hat schon über dreißigtausend gekostet und ist wie neu, unsere große Terrasse mit der funkgesteuerten Markise, Treppe in den Garten kennst du ja, wir haben überall funkgesteuerte Rollläden, unten ist ein schönes Bad mit Fenster, Wanne und Dusche, Gästeklo ist extra, Bodenfliesen im Erdgeschoss, oben haben wir

Laminat, dann die große Garage und achthundert Quadratmeter top gepflegter Garten. 2008 haben wir das Dach saniert und das Dachgeschoss erneuert, über 70 Quadratmeter, man müsste nur eine Tür einbauen und eine Wand ziehen, dann ist es eine abgeschlossene Wohnung. Wir hatten ja damals gehofft, dass Bastian oben einzieht, aber er wollte weg. Im Keller ist auch noch ein Duschbad, das haben wir aber nie benutzt, nur, um die Gummistiefel abzuwaschen.«

Zita überlegte laut. »Renovierungsstau habt ihr nicht, ihr habt ja immer was an der Hütte gemacht. Die Siedlung ist nicht weit vom Rhein, teure Wohnlage – also achthunderttausend bekommt ihr mindestens!«

Ich schluckte. Das war aber viel Geld.

Die Ampel sprang auf Grün, und der Maserati rauschte an den anderen Autos vorbei. »Wollt ihr verkaufen?«, fragte Zita.

Ich wehrte ab. »Nee, das nicht, ich wollte nur mal so wissen, wie viel es wert ist.«

Sie sah mich skeptisch von der Seite an.

»Okay«, räumte ich ein, »ich hab mal dran gedacht, vielleicht in die Südstadt zu ziehen. Vielleicht könnten Bastian und Lena im Haus wohnen … falls mal Nachwuchs kommt.«

Zita schnappte nach Luft. »In diese Seniorensiedlung? Tu den jungen Leuten das nicht an!« Schon wieder Rot. Sie hielt vor der nächsten Ampel. »Wenn du dich endlich mal entschließen könntest und einen Tapetenwechsel wagen würdest … Mensch, verkauft die Hütte und gönnt euch von dem Geld eine schöne Eigentumswohnung. Für sechshunderttausend kriegt ihr was richtig Schickes in einem guten Viertel. Und den Rest könnt ihr immer noch eurem Sohn geben, dann hat er Eigenkapital und kann sich eine Immobilie nach seinem eigenen Geschmack finanzieren.«

Daran hatte ich noch nicht gedacht. Noch ein Thema, über das ich mit Tom im Urlaub sprechen musste.

»Tom kam neulich mit der Idee rüber, den Ford zu verkaufen und 'ne Harley anzuschaffen, was sagst du dazu?«

»'ne Harley? Wie geil ist das denn! Passt zu seinem neuen Look. Ich hätte nie im Leben gedacht, dass in deinem Mann ein verkappter Rocker schlummert.«

»Ich auch nicht«, sagte ich, »ich auch nicht.«

»Du hast es gut, Steffi. Wenn du dich beschwerst, jammerst du auf hohem Niveau. Einen Mann, der dich nach dreißig Jahren noch überraschen kann, musst du erst mal finden.«

Ja, auch damit hatte sie recht.

Als ich die Haustür aufschloss, war alles dunkel. Tom lag in unserem Ehebett und schlief tief und fest. Ganz kurz kam mir der Gedanke, ihn zu verführen, aber ich verwarf ihn wieder. Man musste ja nicht gleich übertreiben.

19

Am Dienstag schlief ich fast bis acht Uhr. Als ich die Augen aufschlug, war das Bett neben mir leer.

In der Küche stand frischer Kaffee in der silbernen Thermoskanne, daneben lag ein Zettel. *Es naht das Ende der großen Geheimnisse, bin aber erst abends zurück. Kuss.*

Unwillkürlich lächelte ich schon vor dem ersten Kaffee. Ich schüttelte den Kopf. Kuss. Wohin sollte das führen? Okay. Vorletzter Tag der Geheimnisse. Morgen Abend würden wir auf dem Schiff sein. Wo zum Teufel war er? Was tat er? Ich war gespannt wie ein Flitzebogen, was er mir im Urlaub über seine Machenschaften zu sagen hatte. Und auch ich wollte einiges mit ihm besprechen. Ob ich eine Liste anlegen sollte, um nichts zu vergessen?

Es würde eine wichtige Reise werden.

Wie wichtig sie tatsächlich sein und wie sehr sie unser Leben für immer verändern würde, das ahnte ich an diesem Tag noch nicht.

Gut gelaunt kontrollierte ich den Inhalt der halb fertig gepackten Koffer, legte die frisch gewaschenen Shirts hinein, verstaute Schwimmbrillen, Flip-Flops, Badeklamotten und Sonnencremes, am Abend kamen die Sachen hinein, die knitterten und möglichst bald wieder ausgepackt und aufgehängt werden sollten. Natürlich nahm ich die neuen

Klamotten mit, Bikerboots, Jeans und Lederjacke wollte ich während des Fluges tragen. Man zieht ja immer die schweren Sachen an, damit man im Koffer mehr Platz hat.

Ich schaute in den Kühlschrank und überlegte, was ich aus den vorhandenen Resten kochen konnte. Ich hatte Zutaten für einen Salat aus Wassermelone, Schinken, Schafskäse und schwarzen Oliven, dazu sollte es Toast geben.

Gegen elf hatte ich im Haushalt alles fertig. Ab und zu war ich zum Gartentor gegangen und hatte hinüber zu Babette gespäht, aber drüben im Haus regte sich nichts.

Ich schickte eine SMS an Zita. *Gibt es was Neues von Babette oder dem Anwalt?*

Nix, melde mich, bin im Call.

SMS an Elfie: *Alles gut bei dir?*

Antwort: *Sind mit dem Architekten auf dem Gelände der friedlichen Höfchen, das wird todschick!*

Na denn. Ein todschicker Tierfriedhof war doch das Höchste der Gefühle.

Unschlüssig stand ich in der Küche und schaute mich um. Was sollte ich mit diesem freien Tag anfangen? Niemand hatte Zeit für mich: Babette saß im Kittchen, Zita war im »Call«, Marion im Geschäft, Elfie auf dem Friedhof und Tom op Jöck. Kurz entschlossen steckte ich Portemonnaie, Handy, Taschentücher und Sonnenbrille ein und holte mein Fahrrad aus der Garage.

Drüben bei Babette war noch immer alles still. Ich wusste nicht, ob Damaris und Daniel hier oder wieder in Berlin waren. Nein, sie mussten noch in Köln sein, wegen der Beerdigung. Wann wurde denn so eine ermordete Leiche freigegeben? Genau genommen war die Formulierung falsch. Eine ermordete Leiche gibt es nicht. Aber egal. Wann konnte Ralph beerdigt werden? Konnte Babette sich überhaupt vom Knast aus um die Formalitäten kümmern? Vielleicht würde sie nicht mal bei der Beerdigung ihres eigenen Mannes dabei sein können. Okay, wenn sie ihn wirklich ermordet hatte, und wegen des Verdachtes saß sie immerhin in Untersuchungshaft, wäre ihr der Gang zum Grab herzlich egal.

Gildo Konstantino fiel mir ein; der Tote war in einem seiner Leichenwagen abtransportiert worden, er würde wissen, wo Ralph jetzt war und wann und wo er bestattet wurde. Ob ihre Kinder so lange Urlaub hatten, bis er unter der Erde war?

Ich verdrängte alle Was-wäre-wenn-Gedanken bezüglich Ralphs Tod, jetzt hatte ich Urlaub, und eigentlich ging es mir gut. Ich freute mich auf die Reise und würde mir heute einen schönen Tag gönnen.

Frau Stockhausen von gegenüber fegte mit hingebungsvollem Gesicht die Blätter ihrer Buchsbaumhecke sauber. Sie benutzte dafür einen bunten Handfeger, trug pastellfarben geblümte Gummihandschuhe, die zum rosa Lippenstift, zum weinroten Brillengestell und zur Betonfrisur passten. Als sie mich aufs Fahrrad steigen sah, hielt sie inne und machte einen langen Hals.

»Hallöchen!«, rief ich katzenfreundlich und lächelte sie breit an.

Verwirrt fuhr sie mit ihrer Fegerei fort.

Im Haus daneben wurden die Fenster geputzt. Der Bulli einer Putzfirma stand in der Einfahrt. Ich schnaubte verächtlich. Dilettanten. Das konnte nix werden, bei denen schien jetzt die Sonne in die Scheiben, die würden nachher schlimmer aussehen als vorher. Man putzt doch keine Fenster, wenn die Sonne reinscheint.

Ich fuhr langsam durch die Siedlung. Wo früher das Ehepaar Hansen gewohnt hatte, lebte jetzt eine Familie namens Pfefferkorn-Riechmann, deren Kinder Minna-Ilse, Karl-August und Trudi-Meta hießen. Karl-August-Pfefferkorn-Riechmann. Unfassbar, was Eltern ihren Kindern zumuteten. Neulich hatte ich von einem Mädchen gelesen, das Wikipedia heißen sollte. Da wäre ich mit Käthe oder Hugo als Enkelkind doch noch richtig gut dran. Hilfe, mit dieser Großmutter-Geschichte musste ich mich auch noch auseinandersetzen. Oma Steffi. Puh.

Ich bog auf die Weißer Straße ein und radelte Richtung Rodenkirchen. Geranien vor den Fenstern der älteren Häuser, Steingärten und Skulpturen vor den Neubauten. Taxistand, Fußpflege, Weinhandlung, alles da. Das Zentrum von Rodenkirchen war eine architektonische Reminiszenz an die Bausünden der Sechziger- bis Neunzigerjahre, aber nicht ohne morbiden Charme. Teure Boutiquen mit kompetent beratenden Inhaberinnen, die als Angestellte schon längst im Ruhestand wären, Fachgeschäfte für Teetassen, Bilderrahmen, ökologisch einwandfreies Holzspielzeug, Schreibwaren, argentinisches Fleisch, Gesundheitsschuhe und Schokolade. Jede Menge Apotheken und Hörgeräte-Akustiker. Steakhaus, Pizzeria, Türke, Grieche, Chinese, Mexikaner und Brauhäuser – das nannte man wohl kulinarische Vielfalt. Bei dem Gedanken daran, dass wir vielleicht mal woanders wohnen würden, bekam ich feuchte Hände und Bauchkribbeln. Ich radelte unter der mächtigen Autobahnbrücke hindurch, die in der Nähe der alten Kirche über den Rhein führt, und genoss das Panorama. Den Verkehrslärm der Rheinuferstraße blendete ich aus. Beim Blick auf die vor Anker liegenden Fluss-Kreuzfahrtschiffe dachte ich wieder an unsere bevorstehende Reise und begann, vor Vorfreude zu summen. Ich schob bis zur Bastei, dort stieg ich wieder auf und radelte bis zur Zoobrücke.

Und da wollte ich hin, in den Zoo. Zu den Elefanten. Ich zahlte achtzehn Euro Eintritt, ging an dem neuen Bauernhof, dem Hippodrom und den Giraffen vorbei und steuerte die Bank an, von der aus ich das Elefantengehege am besten im Blick hatte.

Drei Stunden lang blieb ich sitzen. Nur einmal stand ich auf, um mir am Büdchen neben dem Spielplatz einen Kaffee zu holen. Die übrige Zeit saß ich da und schaute den Elefanten zu, die seit jeher eine äußerst beruhigende Wirkung auf mich hatten, weil sie sich, selbst wenn sie rannten, in Zeitlupe bewegten. Jedenfalls empfand ich es so. Ich wusste, dass sie mit einer Geschwindigkeit von fünf Stundenkilometern trotteten, aber durchaus auch mit vierzig Sachen durch die Natur rennen konnten.

Nichts beruhigte mich mehr als das Familienleben der Kölner Elefanten. Ich hatte mal gelesen, dass sie über Entfernungen von zweieinhalb Kilometern auf Frequenzen kommunizieren, die für Menschen unhörbar sind, und dass ein Elefant bis zu hundert seiner Artgenossen an ihrer Stimme erkennen kann. Wenn das keine intelligenten Wesen sind, weiß ich es auch nicht. Mit dem niedlichen Elefantenbaby, das erst im März geboren worden war und die Besucher zu entzückten Ausrufen hinriss, waren es dreizehn Tiere, und ich versuchte, sie anhand der besonderen Merkmale, die man auf den Schautafeln lesen kann, auseinanderzuhalten. Der Kleine hieß La Min Kyaw. Die ganze Zeit blieb er im Schatten seiner mächtigen Mama, kopierte, so schien es, jede ihrer Bewegungen. Die Elefanten wussten genau, wohin sie gehörten. Die alten, die heißblütigen, die jugendlichen und die kleinen, jeder hatte seinen Platz in der Herde. Auch der Koloss Bindu, der mit über drei Metern Schulterhöhe als größter Elefantenbulle Europas galt und sich in der Herde immer etwas abseits aufhielt.

Und ich? Wohin gehörte ich? Vor drei Wochen hätte ich ohne zu zögern gesagt: zu meinem Mann, meinem Sohn und meinen Freundinnen nach Rodenkirchen. Aber: Stimmte das noch? Tom war überhaupt nicht mehr derselbe. Bart. Tattoos. Harley fahren. Wie war er nur darauf gekommen? Irgendetwas war in seinem Leben geschehen, das ihn zu neuen Entscheidungen getrieben hatte. Und ich hatte es nicht gemerkt.

Natürlich war mir klar, dass Veränderungen sich selten von jetzt auf gleich vollziehen, sondern eher Stadien eines Prozesses sind. Dennoch hätte mir etwas auffallen müssen. So, wie Tom sich jetzt gab, locker und cool, war er Jahre vorher nicht gewesen. Ich erinnerte mich an viele Situationen, in denen ich ihn hätte umbringen können – nein, nicht nur an die Situationen vor ein paar Tagen.

Früher wollte ich ihn immer erwürgen, wenn er mich vor anderen verbesserte. Ich war zum Beispiel sparsam, aber Tom sagte immer, ich sei geizig. Das war nicht wahr.

Ich hatte aber nichts zu verschenken. Wir wären gewiss nicht so gut situiert gewesen, wenn ich nicht immer darauf geachtet hätte, die Kohle zusammenzuhalten. Sah man schon daran, dass Tom sich ungefragt für sechshundert Euro T-Shirts kaufte. Auf die Idee wäre ich nie gekommen. Bis vor wenigen Tagen.

Ich schloss die Augen und hielt mein Gesicht in die Sonne.

Letzten Sommer waren wir mit Elfie und Walter in einem Café nahe der Bottmühle zum Frühstücken.

Walter sagte zur Bedienung: »Zahlen bitte, und ich brauche einen Bewirtungsbeleg!« Er konnte aus irgendeinem Grund auch als Rentner noch einiges von der Steuer absetzen.

»Alles zusammen und durch zwei«, ergänzte Tom.

»Das macht fünfundvierzigsiebzig«, sagte der Kellner, »Beleg kommt«, und trottete zur Kasse, um den Beleg zu drucken.

Derweil kramten Walter und ich unsere Portemonnaies heraus. Das waren also für jeden 22,85 Euro. Ich hatte nur einen Fünfziger und einen Zehner und ein paar Cent Kleingeld. Walter schob fünfundzwanzig Euro über den Tisch und sagte: »Gib ihm deinen Fuffi und gut ist es.«

Blitzschnell rechnete ich nach und rief: »Ich gebe dem doch nicht über vier Euro Trinkgeld!«

Es war mir unangenehm, wie die anderen mich anschauten. »Steffi, das macht uns aber nicht ärmer!«, sagte Tom.

Ich funkelte ihn böse an. »Meine Mutter sagte immer: Ich hab's nicht vom Ausgeben! Sie hatte recht.«

Der Kellner kam und legte den Beleg auf den Tisch.

Ich reichte ihm den Fuffi und sagte: »Zwei Euro zurück, bitte.«

Walter verzog den Mund, Tom schüttelte den Kopf.

Ich wusste nicht, ob ich mich über den kleinen Reibach freuen sollte, den ich gemacht hatte, weil Walter fünfundzwanzig Euro bezahlt hatte und ich nur dreiundzwanzig.

Ich stand auf, die anderen taten es mir nach, und wir verließen das Lokal.

Als Tom draußen sagte: »Meine Güte, hoffentlich erstickst du nicht eines Tages an deinem Geiz!«, ballte ich meine Fäuste so fest, dass es wehtat.

Man vergisst nicht, wenn man so gedemütigt wird, in solchen Sachen habe ich ein Gedächtnis wie ein Elefant.

Ich öffnete die Augen wieder.

Schmunzelnd beobachtete ich, wie der kleine Elefant es seiner Mutter gleichtun wollte: Sie griff mit dem Rüssel einen trockenen Ast, er schien sie aus dem Augenwinkel dabei zu beobachten, schnappte sich einen Zweig, trat ebenso geschickt wie die Mama mit einem Fuß darauf und brach ihn in der Mitte durch, um eine Hälfte anschließend zu verspeisen. Die Tiere hatten keine Sorgen. Sie mussten fressen, trinken, verdauen, schlafen und Kinder zeugen.

Apropos zeugen: Tom hatte Geheimnisse vor mir, die ich für eine Affäre gehalten hatte – und seit der sensationellen Nummer, die wir vor ein paar Tagen geschoben hatten, aus einem erstaunlich entspannten Blickwinkel sehen konnte. Ich vertraute ihm wieder, weiß der Geier, warum.

Was passierte mit uns? Eine gewöhnliche Midlife-Crisis?

War es wirklich so einfach? Ich schüttelte heftig den Kopf, die beiden grauhaarigen Damen, die vorbeigingen, sahen mich erstaunt an. Unsinn, die Mitte unseres Lebens hatten wir längst hinter uns, wenn wir Glück hatten und fünfundsiebzig werden würden, befanden wir uns bereits im letzten Drittel.

Die Elefantenkuh dort drüben musste Kreeblamduan sein, die Leitkuh. Keine Ahnung, wie man diesen Namen aussprach. Sie stieß einen Laut aus, und sofort reagierten die Jungtiere und versammelten sich um sie. Ich wusste, dass Kreeblamduan über dreißig Jahre alt war und gut und gerne sechzig werden konnte. In einem Zoo in Tai Peh soll ein Elefant sogar über achtzig geworden sein.

Der Gedanke daran, dass Tom und mir wahrscheinlich weniger Jahre in der Zukunft blieben, als wir in der Vergangenheit schon gemeinsam erlebt hatten, trieb mir unvermittelt Tränen in die Augen.

Ich war unglücklich gewesen, unzufrieden, gelangweilt. Und Tom? Wie demütigend musste es für ihn gewesen sein, sich sonntags zu mir ins Bett zu legen und den Beischlaf zu erledigen, während ich derweil auf dem E-Reader Krimis las. Hatte ich überhaupt noch auf ihn geachtet? Oder hatte ich mich im Alltag nur noch um mich selbst gedreht?

Aber auch ich war nicht mehr die beigefarbene Steffi mit der leberwurstfarbenen Garderobe; die Blicke einiger Zoobesucher erinnerten mich daran, dass ich ziemlich exotisch aussah. Auch in meinem Leben war etwas geschehen, sogar etwas, das mich beinahe zu einer Mörderin gemacht hatte.

Bei dem Gedanken daran, dass es hätte klappen können, stöhnte ich laut auf. Der Professor. Eine Talkshow hatte meinen Mann fast das Leben gekostet und meins zerstört.

Ich zuckte zusammen, als plötzlich im hinteren Teil des Geheges ein riesiger Elefantenbulle ohrenbetäubend trompetete und sich dabei gegen das geschlossene Schiebetor warf, das ihn von der Herde isolierte. Warum eigentlich? War er krank? Aggressiv? Oder liebestoll? Seine Verwandten kümmerten sich nicht um sein Gebrüll, fraßen weiter, man hörte das Knacken der Äste und Zweige bis hierher, sie warfen sich mit dem Rüssel Staub auf den Rücken, wechselten ab und zu die Position und taten ansonsten … nichts.

In einer Herde ist es lebenswichtig, sich unterzuordnen und anzupassen. Man muss schließlich die Jungen großziehen, sich um die Alten kümmern, überleben. Das hatten wir auch getan. Unseren Sohn großgezogen, als Familie funktioniert, er hatte nun einen Teil der nächsten Generation produziert. Bastian und seine Frau mussten bald für Käthe oder Hugo sorgen, Tom und ich waren aus dem Schneider. Wie heißt das Sprichwort: Man soll ein Haus bauen, einen Baum pflanzen und einen Sohn zeugen? Ich lachte auf. Es war alles erledigt. Aber was kam nun?

Zwei kleinere Elefanten sonderten sich ab und trabten auf den Wassergraben zu. Fast gleichzeitig tauchten sie darin unter, dann kam der eine hoch und von dem anderen war nur noch der Rüssel zu sehen.

»Annika, Arthur, Friedrich, Kevin, kommt alle schnell her, die kleinen Elefanten spielen im Wasser!«, rief eine

Frau mit hoher Stimme. Sie schob eine Sportkarre mit einem schlafenden Kleinkind vor sich her und trug ein Baby in einem Tuch vor dem Bauch.

Eine Horde Kinder kam kreischend vom Spielplatz herbeigerannt, sie zogen sich am Geländer hoch, um besser sehen zu können. Ein Junge trug eine Pappkrone, auf der »Happy Birthday!« geschrieben stand. Im Handumdrehen kam eine weitere lärmende Gruppe hinzu, mit meiner meditativen Ruhe war es nun vorbei. Ich stand auf, warf meinen leeren Kaffeebecher in einen Mülleimer und schlenderte weiter zu den Zebras.

Vor langer Zeit hatte ich einen Psychotest in einer Frauenzeitschrift ausgefüllt: *Welches Tier sind Sie?*

Ich war das Zebra. Damals fand ich das Ergebnis doof, weil ein Zebra für mich nicht Fisch und nicht Fleisch, also weder Esel noch Pferd und weder schwarz noch weiß war. Ein Fluchttier zudem, das hatte mir nicht gefallen.

Heute hatte ich schwarz-weiße Haare und mich den Tieren zumindest optisch angenähert. Und der Vergleich mit dem Fluchttier war gar nicht so verkehrt. Was waren meine gescheiterten Mordversuche denn gewesen, wenn nicht eine extreme Art der Flucht?

Gegenüber dem Pinguinbecken blieb ich am Papageienkäfig stehen. Am liebsten hätte ich mit einer Zange ein Loch in die Maschen der Voliere geschnitten, um die Tiere herauszulassen; Vögel in Käfigen sind schlimm, ich ertrage den Anblick kaum. Aber wahrscheinlich waren die meisten in Gefangenschaft geboren und würden sich in der Freiheit gar nicht zurechtfinden. Wie ich, dachte ich, würde ich mich in der Freiheit zurechtfinden? *Definiere*

Freiheit, sagte ich zu mir selbst. *Jederzeit tun und lassen können, was man will, ist das Freiheit? Aber: Was will man tun? Und was lassen? Vielleicht ist Freiheit schon, wenn man überhaupt eine Wahl hat.*

Ich trat einen Schritt näher an den Käfig heran, um die Infotafel zu studieren. Zwei graue Vögel starrten mich mit gelben Augen gelangweilt an.

»Buh!«, rief ich.

Sie reagierten gelassen. Der eine legte den Kopf schief und brabbelte etwas. Graupapageien. Sie seien sprachbegabt und intelligent und beliebte Haustiere, las ich. Sie sollten nicht einzeln gehalten werden. *Graupapageien gehen eine lebenslange Paarbindung ein.* Wie Tom und ich, dachte ich. Aber wer wusste, wie sich alles in den nächsten Tagen entwickeln würde.

Dort saß ein Wellensittich. Dass er ein kleiner Papagei ist, war mir nie klar gewesen. Meine Oma hatte Wellensittiche, blaue oder grüne, sie hießen alle Peter und hielten nie lange. Vielleicht, weil sie im Käfig auf dem Schrank im überheizten Wohnzimmer hockten und die Oma wie ein Schlot rauchte? *Wellensittiche sind Nomaden*, stand da. Ich sah das hübsche, zierliche Tier an. *Wie Zita*, dachte ich. *Die ist auch hübsch und zierlich, und sie ist auch eine Nomadin. Sie genießt ihre Unabhängigkeit und gibt nicht nur vor, damit glücklich zu sein.*

Der flauschige Vogel mit dem rosaroten Gefieder war ein Rosakakadu und erinnerte mich an Elfie, er trug sozusagen ihre Farben, war aber nicht so übergewichtig. Elfie, Gildo und der Hundefriedhof. Wie konnte man nur so verrückt sein. Sich so schnell auf etwas Neues einzulassen und alle alten Pläne umzuwerfen, dabei war ihr Mann noch nicht mal richtig kalt. Ob sie sich auch so viele Gedanken über ihren Beinahe-Gatten-Mord machte wie ich?

Meine Schwester Marion glich diesem roten Ara mit den bunten Schwanzfedern, den Malerfirmen gern auf ihren Lieferwagen abbilden, ziemlich groß, ziemlich grell, in meinen Augen auch ein bisschen aufdringlich. Marion kam nie zur Ruhe, war immer auf dem Sprung, immer auf der Suche nach irgendetwas Neuem. Neuer Mann, neue Ehe, neue Wohnung, neuer Job. War es nicht eigentlich ein Wunder, dass ihre Töchter trotzdem so gut geraten waren? Wieso trotzdem? Vielleicht waren Charlie und George erfolgreich, *weil* sie eine flexible, taffe Mutter hatten?

Ich dachte an Bastian. Er hatte in dem Supermarkt, in dem er immer noch arbeitete, seine Ausbildung gemacht. Lena war seine erste Freundin. Er war mit ihr zusammengezogen, und seitdem lebten sie in dieser Wohnung. Wie wir. Keine Veränderung, kein Risiko, keine Wagnisse. Ich fand meinen eigenen Sohn langweilig – und schämte mich dafür. Wir hatten es ihm doch nicht anders gezeigt. Und jetzt fand er mich lächerlich, weil ich mir die Haare gefärbt hatte, und er witzelte über Toms Bart und seine Tattoos. Was würde Bastian sagen, wenn wir das Haus verkaufen und umziehen würden? Wenn wir keinen Spießer-Ford mehr hätten, sondern eine Harley?

War es nicht eigentlich scheißegal, was andere dachten? Müsste ich nicht endlich lernen, meine eigenen Entscheidungen zu treffen und die Konsequenzen auszuhalten? Oder zu genießen? Konsequenzen mussten ja nicht zwangsläufig schlecht sein, im Gegenteil. Ich stellte mir vor, ich würde etwas wagen, und alles würde besser sein als vorher. Tja, wenn das so wäre, dann bräuchte ich keine Angst vor Veränderungen zu haben.

Wenn, dann. Da war es wieder, mein Mantra.

Ich beobachtete den schwarzen Kakadu mit den glänzenden Federn und dem roten Gesicht. Wenn wir Vögel wären, Babette wäre dieser Palmkakadu. Ich las: *ausgeprägtes Imponiergehabe, das aus zweisilbigen Lauten besteht. Bei der ersten Silbe richtet er sich auf und bei der zweiten, langen Silbe verneigt er sich ruckartig, spreizt die Flügel und stellt die Haube auf.*

Ich ging weiter, warf einen Blick auf die Pinguine, die wie Statuen in der prallen Sonne standen, und fragte mich, was Babette jetzt tat. Wurde sie in einem Kabuff verhört und dabei unbemerkt durch einen Spezialspiegel von Kommissaren beobachtet? Saß sie in einer düsteren Gefängniszelle und heulte, oder war sie geschminkt und geföhnt und bezirzte ihren Anwalt?

In diesem Moment klingelte mein Handy, Zita rief an.

»Babette muss von der JVA in Ossendorf abgeholt werden, kannst du das machen?«

»Sie wird entlassen? War sie es doch nicht? O mein Gott. Ich bin mit dem Fahrrad im Zoo und kann sie nicht holen.«

»Ja. Nein. Weiß ich nicht«, sagte Zita.

»Wie bitte?«

Sie lachte. »Ja, sie wird entlassen. Nein, ich weiß nicht, ob sie die Rewe-Erpresserin ist, und ich weiß auch nicht, ob sie Ralph umgebracht hat. Jedenfalls kommt sie raus. Was machst du überhaupt im Zoo? Und wieso mit dem Rad? Das ist ja nicht gerade bei euch um die Ecke.«

»Ich habe meditiert. Tom hat das Auto und ist unterwegs.«

»Wo ist er?«

»Keine Ahnung. Er bereitet eine Überraschung vor.«

»Oho, schönen Urlaub, pass auf, dass du nicht schwanger wirst!«

»In meinem Alter?«, rief ich empört.

»Man hat schon Pferde kotzen sehen ...« Wir kicherten.

»Ich rufe Babettes Kinder an, ob die sie holen können«, sagte Zita. »Ich muss wieder schuften, bis bald.« Aufgelegt.

Babette hatte Ralph also nicht vergiftet. Und die Supermärkte nicht erpresst. Oder hatten sie ihr nur nichts nachweisen können? Wenn ich aussagen würde, dass sie neulich in diesen Filialen gewesen war ...

Die Untersuchungshaft war beendet. So schnell? Vielleicht war es eine Falle der Polizei, sie freizulassen, um ihr irgendwie auf die Schliche zu kommen?

Als ich diesen Satz zu Ende gedacht hatte, war mir klar, dass ich nicht an ihre Unschuld glaubte und Babette definitiv für die Mörderin ihres Mannes hielt.

Tom kam gegen neun. »Bin wieder da!«, rief er, warf den Schlüssel auf die Kommode und steuerte direkt ins Bad, um sich die Hände zu waschen.

Ich ging hinüber, stand im Türrahmen und sah ihm sekundenlang dabei zu.

Er schaute mich im Spiegel an und lächelte. »Morgen fahren wir! Freust du dich?«

»Babette ist entlassen worden!«, platzte ich heraus.

Er trocknete sich die Hände ab. »Im Ernst? War sie es nicht, oder konnten sie ihr nichts nachweisen?«

»Wenn ich das wüsste.«

»Ist sie zu Hause?«

Ich nickte.

»Warst du bei ihr? Hast du sie gesehen?«

»Nein.«

Wir gingen in die Küche und setzten uns an den Tisch. Schweigend aßen wir den Salat.

Schließlich sagte Tom: »Das ist 'ne total bescheuerte Situation. Ich möchte nicht rübergehen und mit ihr reden. *Wenn* sie es war, will ich nicht mit reingezogen werden, und wir beide waren uns einig, dass wir sie nicht anschwärzen und unsere Vermutungen für uns behalten …«

Ich fiel ihm ins Wort: »Und wenn sie es nicht war, tun wir ihr bitter unrecht und schämen uns dafür. Sind wir feige, Tom?«

»Nein. Ich würde sagen, wir sind in einer Situation, mit der wir nicht umgehen können.«

Ohne es auszusprechen, wussten wir, dass wir dasselbe dachten: Morgen fuhren wir weg und konnten vor dieser entsetzlichen Situation fliehen.

Ich räumte den Tisch ab und stellte den Geschirrspüler an.

Wir verstauten die letzten Teile in den Koffern und stellten sie in die Diele, packten die Flugtickets in meine Handtasche und gingen früh schlafen. Der Wecker würde um fünf klingeln, um sieben das Taxi zum Flughafen kommen, um zehn der Flug gehen.

Der letzte Tag unseres alten Lebens war beendet.

20

Der Flug von Köln nach Nizza verlief ruhig, wir starteten in Köln bei Nieselregen und landeten bei herrlichem Wetter. Mit einem Taxi fuhren wir zum Hafen. Die Strecke entlang der geschwungenen Bucht war wie eine Filmkulisse: Palmen, Grandhotels, ein azurblaues Meer und eine belebte Promenade.

Das Schiff lag schon vor Anker. Wir durften zwar erst um fünfzehn Uhr an Bord gehen, konnten aber unser Gepäck schon aufgeben. In der Nähe der Anlegestelle fanden wir zwei Plätze in einem Straßencafé und setzten uns in die Sonne. Ich war stolz, dass mein Schulfranzösisch noch immer ausreichte, um den Kellner freundlich zu begrüßen und zwei Café au Lait zu bestellen.

Von hier aus hatten wir einen herrlichen Blick auf das schneeweiße Schiff, dessen fünf Masten mit gehissten Segeln beeindruckend aussehen mussten. Im Prospekt des Veranstalters hatte ich gelesen, dass die Segel eine Gesamtfläche von zweitausendfünfhundert Quadratmetern hatten und per Computer gesteuert wurden. Es war unsere erste Kreuzfahrt, und wir hatten uns bewusst gegen diese riesigen Kolosse mit sechzehn Decks, dreißig Restaurants und bis zu sechstausend Passagieren entschieden. Ich hatte im Fernsehen Reportagen über Kreuzfahrtschiffe gesehen, auf denen man in Hunderter-Gruppen zu bestimmten Zeiten essen musste, in innenliegenden Restaurants ohne Fenster, so eine gigantische Massenabfertigung wollte ich nicht. Da drüben lag die *Club Med 2*, einer der größten Motorsegler der Welt. Acht Decks, sechs davon für Passagiere zugänglich. In den 184 Außenkabinen gab es Platz für knapp vierhundert Passagiere, die Besatzung umfasste zweihundert Personen. Dieses Verhältnis gefiel mir. Und Tom hatte mir erklärt, dass das Schiff mit Stabilisatoren ausgerüstet war, die so gesteuert wurden, dass die Neigung auch bei hohem Wellengang nie mehr als drei Grad betrug. Ich hatte doch keine Ahnung, ob ich seekrank werden würde.

Unsere Kabine war geräumig und tipptopp. Viel Holz, viel Blau, ein bisschen Messing. Ein Schwan, aus blauen und weißen Handtüchern kunstfertig gebastelt, thronte auf dem Doppelbett. Durch die beiden Bullaugen konnten wir die Kaimauer sehen, das Bad war sauber und mit Bademänteln, Hausschuhen und Föhn ausgestattet.

Tom grinste, als ich Seife und Duschgel einkassierte und im Koffer verstaute. »Hamsterst du wieder für schlechte Zeiten?«, fragte er.

Seit Jahren sammelte ich diese Hotelgrößen und deponierte sie im Bad in einem ausrangierten Aquarium. Einen Moment überlegte ich, wann wir je schlechte Zeiten gehabt hatten, in denen wir uns mit gemopsten Hotelseifen waschen mussten. Ich erinnerte mich nicht. Aber man konnte ja nie wissen. Früher hatte ich auch überall Zuckertütchen und verpackte Kekse mitgenommen, aber da wir unseren Kaffee nie mit Zucker tranken und ich unseren Gästen auch keine vergilbten Tütchen mit Werbeaufdruck kredenzen wollte, hatte ich sie irgendwann mal als Füllmaterial in einem Geschenkkarton benutzt.

Ich freute mich über den Stauraum, den es in jedem Winkel unserer Kabine gab, jeder Zentimeter war genutzt worden, und ich konnte alle Klamotten bequem unterbringen.

Gegen siebzehn Uhr hatten wir alles ausgepackt, waren geduscht und umgezogen und nahmen das Schiff in Augenschein. Die anschließende Sicherheitsübung, zu der sich alle Passagiere in unbequemen Schwimmwesten an bestimmten Treffpunkten versammeln mussten, nervte mich, dazu hatte ich keine Lust. Dennoch versuchte ich, keine schlechte Laune zu bekommen. Tom und ich posierten in neonorangefarbenem Outfit für ein Selfie, und ich schickte es an meine Freundinnen. Solange wir noch im Hafen von Nizza lagen, war mein Handy an, danach würde ich es abschalten.

Elfie schickte sofort ein Selfie zurück. Als ich sah, wo es aufgenommen worden war, fiel mir die Kinnlade herunter. Sie stand tatsächlich im Ausstellungsraum von Gildos Bestattungsunternehmen, ich sah im Hintergrund die Auswahl der Särge. *Machtet jut, aber nicht zu oft!*, schrieb sie.

Zita antwortete mit dem Satz: *Rock the Boat, Baby!* und einem Link zu dem gleichnamigen Lied von der Hues Corporation aus den Siebzigerjahren.

Marion wünschte uns tolle Tage.

Babette antwortete nicht. Sollte mich das wundern? Wie würde ich reagieren, wenn ich unschuldig unter Mordverdacht verhaftet worden wäre und meine Freundin mir anstatt Trost und Verständnis ein albernes Foto schickte? Und wie würde ich reagieren, wenn ich schuldig wäre und meine Freundin mir eine SMS schickte, als ob nichts gewesen wäre? Genau, ich würde auch so tun, als sei nichts gewesen.

In dem Moment piepte mein Handy. *Schade, dass wir uns nicht mehr gesehen haben, wurde entlassen, bin zu Hause, bereite Beerdigung vor. Verstehe, dass ihr nicht dabei sein könnt. Amüsiert euch gut, liebe Grüße, Babette.*

Das saß. Ich fühlte mich schrecklich. Was war ich für eine schlechte Freundin. Oder nicht? Ist es Freundschaft, eine Mörderin zu decken?

Zum Glück konnte ich mich rasch wieder ablenken, die Rettungsübung war endlich zu Ende, wir suchten die Kabine auf und machten uns schick. Tom trug ein weißes Shirt zu Jeans und Lederjacke, die Tattoozeichnung war nach dem Duschen zwar verblasst, aber noch immer gut zu sehen. Er schob die Ärmel der Jacke ein bisschen hoch, damit der Karpfenkopf wirken konnte. An der bildfreien Hand trug er seine Ringe und die Armbänder.

Ich stellte mich neben ihn, und wir betrachteten uns im Spiegel. Meine schwarz-weißen Haare lagen perfekt, das schwarze Kleid saß gut, und dazu trug ich rote Pumps, die ich mir im Internet bestellt hatte und die gestern noch angekommen waren.

»Wir sind ein schräges Paar«, sagte ich.

Tom lachte leise auf. »Äußerlich schon. Aber wie sieht's mit dem Innenleben aus?«

Ich nickte. »Eine Schwalbe macht noch keinen Sommer, sagte meine Oma immer.«

Er sah mich merkwürdig an. »Ich glaube …« Er machte eine Pause und wiederholte: »ich glaube, wir verstehen uns.«

»Was meinst du damit?«

Statt einer Antwort schob er mich aus der Tür und zog sie hinter sich zu.

Man sollte es nicht für möglich halten, aber ich war nervös. Mein eigener Mann, den ich seit über dreißig Jahren kannte, verursachte mir Herzklopfen. Hätte ich gewusst, was er mir bald beichten würde, hätte ich wahrscheinlich nicht nur Herzklopfen, sondern gleich einen Herzschlag bekommen.

Pünktlich um acht Uhr abends verließ das Schiff den Hafen von Nizza. Tom und ich standen mit etlichen anderen Passagieren am Heck, hielten uns an den Händen und sahen die Silhouette des Schlossberges und des Hafenviertels immer kleiner werden. Ich atmete den auffrischenden Wind ein, als die pathetische Melodie von »Conquest of Paradise« aus den Lautsprechern dröhnte, während wir aufs Meer hinausglitten. Die Eroberung des Paradieses, das waren genau die richtigen Töne, die mir von Kopf bis Fuß Gänsehaut verursachten und von denen ich mir wünschte, sie wären ein Hinweis auf die Zukunft.

Es dauerte nicht lange, bis wir auf hoher See waren und Richtung Korsika segelten. Nach dem Ablegen war es rasch dunkel geworden, und das Personal bat die Passagiere zum Essen. Wir saßen an einem Tisch mit drei weiteren Paaren, eins kam aus Lüttich, eins aus Bordeaux, eins aus Birmingham. Vier Nationalitäten, die miteinander Englisch redeten und auf einem Schiff fuhren, das unter französischer Flagge segelte – das gefiel mir. Tom und ich kamen nicht dazu, uns miteinander zu unterhalten, so angeregt verlief das Multikulti-Tischgespräch. Nach dem Vier-Gänge-Menü hatten wir zwei Flaschen Wein intus und waren so blau und so müde, dass wir es gerade noch schafften, uns von den anderen Gästen angemessen zu verabschieden, unsere Kabine unfallfrei zu erreichen und uns auszuziehen. Ich schminkte mich nicht ab und putzte mir nicht mal die Zähne. Ich lag – und schlief.

21

Wir erreichten Korsika zum Frühstück. Tom und ich saßen auf dem Sonnendeck, tranken heißen Kaffee und frisch gepressten Orangensaft und hatten uns am Büfett mit Rührei, Bacon, Brot und Räucherlachs eingedeckt, als die *Club Med* vor Calvi die Anker warf.

Die Silhouetten der Felsen lagen in leichtem Dunst, das Meer glitzerte königsblau in der Sonne. Das Schiff konnte wegen seiner Größe nicht in den Hafen fahren, aber es gab zwei Shuttleboote, die den ganzen Tag ununterbrochen zwischen Segelschiff und Anlegestelle pendelten und bis zu fünfzig Leute mitnehmen konnten.

Ich war froh, nach dem übermäßigen Weingenuss vom Vorabend nicht verkatert zu sein, aber das bin ich im Urlaub komischerweise selten, egal, wie spät es wird.

Dennoch waren wir beide an diesem Tag recht wortkarg, vielleicht, weil wir erst in den Urlaubsmodus umschalten mussten. Einträchtig wanderten wir über die Insel, besichtigten eine Festung, schlenderten entspannt durch den Ort Calvi und fuhren zum Mittagessen wieder aufs Schiff. Wir hatten all inclusive gebucht, und das Essen war vorzüglich, natürlich würden wir nicht in irgendwelchen Touristenlokalen Geld ausgeben, wenn wir auf dem Schiff alles vom Feinsten und umsonst bekamen.

Am Nachmittag setzten wir noch einmal mit dem Shuttleboot über, suchten uns im Hafen eine Bank und beobachteten das Treiben. Schicke Jachten lagen hier dicht an dicht, eine exklusiver als die andere. Direkt vor uns ankerte die *Bella Donna*, ein Traum aus grauem Hochglanz und spiegelblankem Chrom. Sie lag mit dem Heck zu uns, und wir beobachteten die Crew. Vier Männer und zwei Frauen in grauen Polohemden und schneeweißen Hosen machten sich an allen möglichen Stellen zu schaffen: rückten elegante Korbmöbel auf dem Deck zurecht, schüttelten Kissen auf, brachten Getränke hinauf und verstauten sie in einem eingebauten Kühlschrank, platzierten Kissen, ließen eine gestreifte Markise herunter.

Unmittelbar vor dem Steg, der auf die Jacht führte, hielt ein Auto mit schwarz getönten Scheiben, und eine ganze Familie stieg aus. Vater, Mutter, zwei Kinder und ein großer blonder Hund. Sie liefen lärmend und lachend an Bord und wurden von der Crew beflissen begrüßt, während der Chauffeur das Gepäck auslud.

»Hättest du Lust, so ein Schiff zu haben und um die Welt zu fahren?«, fragte Tom.

Ich dachte nach. »Nein. So viel Luxus finde ich anstrengend. Außerdem wäre es mir unangenehm, Personal zu haben und mit Fremden auf so einem Kahn zu leben.«

Tom knuffte mich in die Seite. »Kahn! Das ist eine Sunseeker-Jacht, ich schätze, die hat mindestens zwei Millionen gekostet!«

»Womit sich die Frage, ob ich so was haben möchte, sowieso erledigt hat, weil mir schon die erste Million fehlt.«

Der Wind frischte plötzlich auf, die Takelagen der Boote und Jachten klapperten hektisch, heftige Böen wirbelten Blätter und Papier über die Straße, draußen auf dem Meer schäumten die Wellenkämme. Irgendwer hatte mir mal erzählt, dass Schaumkronen sich erst ab Windstärke sechs bilden. Die Speisekarten des Restaurants hinter uns flogen durch die Luft, und mit lautem Krachen ging ein Sonnenschirm zu Boden. Gott sei Dank hatte niemand darunter gesessen. Tom und ich sahen uns an und nickten: Wir brachen auf.

Die Rückfahrt zum Segelschiff war eine heftig schaukelnde Angelegenheit. Bei strahlendem Sonnenschein tuckerte das Motorboot über das unruhige Wasser. Immer wieder klatschten Wellen über die Reling, in einer entfernten Bucht sah ich meterhohe Gischt aufspritzen, wenn die Brecher an die Felsen krachten, aber vor uns lag die *Club Med* ruhig und majestätisch auf dem Wasser. Noch.

Gegen acht Uhr sollten wir auslaufen und über Nacht nach Bonifacio segeln. Wie am Abend zuvor in Nizza versammelten sich die Passagiere an den Bars der hinteren Decks und sicherten sich die Plätze mit der besten Aussicht auf den Hafen. Jede Abreise wurde also zu einem Spektakel inszeniert. Inzwischen wurde es immer windiger, das Schiff schwankte so heftig, dass der Pool in der Mitte des Decks rechts und links überschwappte. Von wegen drei Grad Neigung!

Tom war blass, sank in einen Liegestuhl und klammerte sich an den Lehnen fest. Ich hatte mein Smartphone in der Hand und filmte den überschwappenden Pool, die Wellen, die sich donnernd an den Seitenwänden des Schiffes brachen, und die Flagge, die an der hinteren Reling jetzt waagerecht flatterte. Jemand von der Besatzung rannte plötzlich zum Fahnenmast und holte sie unter großen Schwierigkeiten ein. Wahrscheinlich wäre sie bei einer der nächsten Böen zerrissen. Der Wind war nun so stark, dass die *Club Med* merklich schaukelte, ich dachte an die Stabilisatoren, mit denen sie ausgestattet war und die eine nennenswerte Neigung angeblich verhindern sollten. Wenn ein Brecher von der Seite kam, schien sich das Schiff zu heben, als wolle es darauf tanzen. Zusehends leerte sich das Deck, breitbeinig staksend und mit verängstigten Gesichtern verließen die Leute diesen Schauplatz, der mir aber komischerweise überhaupt keine Angst machte. Tom kauerte immer noch im Liegestuhl und hielt sich die Augen zu.

Die Vangelis-Musik setzte ein, zuerst dezent, dann rasch lauter werdend. Und je lauter »Conquest of Paradise« aus den Lautsprechern schallte, desto stärker schien der Sturm zu werden.

Ich blickte zu Tom. Er war jetzt grün im Gesicht. Mit zitternden Knien stand er auf, schaute mich verzweifelt an, bewegte den Mund, sagte etwas, aber das Gebrüll des Windes und die Musik übertönten ihn.

Dann begriff ich: Er wollte in die Kabine gehen und sich hinlegen. »Okay, aber ich bleibe noch!«, schrie ich.

Er verließ das Deck o-beinig und mit hochgezogenen Schultern.

Außer mir war nur noch eine Handvoll Menschen draußen. Zwei Frauen hatten sich auf den Fußboden an der Treppe gesetzt und klammerten sich an den unteren

Streben des Geländers fest, zwei Männer standen neben der Bar und starrten auf das brodelnde Meer. Auf den Tischen glitten Gläser und Tassen herunter und zersplitterten auf dem Boden, die Scherben rutschten auf den nassen Planken bis an den Rand des Decks. Der Barkeeper, ein junger Bursche höchstens Mitte zwanzig, hatte ungefähr dieselbe Gesichtsfarbe wie Tom zuvor und blickte mich mit aufgerissenen Augen an. Ich begriff, dass ihm nicht nur übel war. Er hatte Angst.

Ich nicht.

Unbegreiflich.

Minuten später tobte der Sturm so heftig, dass ich die Musik nicht mehr hören konnte, die Wogen kamen von links, von Westen, ich konnte sie kaum heranrollen sehen, weil die gleißende Abendsonne mich blendete. Wahnsinn. So einen Sturm hatte ich mir immer mit schwarzem Firmament, fliegenden Wolken und Platzregen vorgestellt, aber nicht unter blauem Himmel.

Ich stand an einer schmalen, runden Säule, hielt mich mit einer Hand fest und filmte mit der anderen. Jedes Mal, wenn das Schiff sich hob, stieß ich einen Jubelschrei aus und bewegte mich mit den Wogen, hielt mein Gesicht in die Gischt, die sich wie Messerspitzen auf der Haut anfühlte. Nein, nein, nein, ich hatte keine Angst. Im Gegenteil, Adrenalin kribbelte in jedem Winkel meines Körpers und machte mich euphorisch und glücklich. Ich, Steffi Herren, die sich vor jeder Veränderung fürchtete, die sich nichts traute und selten etwas wagte, ich stand jauchzend in einem tosenden Sturm auf dem Mittelmeer und war glücklich.

Ich ließ die Säule los, steckte das Handy in die Hosentasche und breitete die Arme aus. Der Wind peitschte mir gegen die Wangen, meine Haare standen senkrecht in die Höhe, ich hatte Mühe, das Gleichgewicht zu halten. Und ich dachte: *Drauf geschissen, auf die Angst! Wenn ich hier und heute sterbe, ist das ein toller Abgang mit Riesengetöse und geiler Musik!*

Kurz darauf kam jemand vom Personal. Wir mussten hineingehen, an Deck war es jetzt viel zu gefährlich.

Tom lag wimmernd in der Koje, er war seekrank, und zwar richtig. Eigentlich hatte ich befürchtet, dass ich so einen Seegang nicht aushalten würde, aber mir ging es prächtig.

An der Rezeption bekam ich ein Mittel namens »mer calm«, Pillen für die Nacht und für den Tag. Vor und hinter mir warteten lange Schlangen grüngesichtiger Leute auf die kleine Rettung vorm großen Elend.

Tom blieb liegen, er war wirklich krank und schlief nach der ersten Pille bald ein. Ich verbrachte den Abend mit unseren Tischnachbarn von gestern, allerdings waren auch sie nicht vollzählig erschienen. Vom Kellner erfuhren wir, dass neben etlichen Passagieren auch ein großer Teil der Besatzung unpässlich war, was nichts anderes hieß, als dass die meisten kotzend über einer Kloschüssel hingen.

Gegen zweiundzwanzig Uhr gab es eine Lautsprecherdurchsage des Kapitäns: Wegen des Windes mussten wir die Route ändern und konnten nicht nach Bonifacio fahren. Wir würden dem Wind und der unruhigen See ausweichen und morgen früh in Porto Vecchio einlaufen.

Es machte unter den Gästen schnell die Runde, dass der »Wind« eine Stärke von acht bis neun hatte und die Wellen fast zehn Meter hoch waren.

So verging der zweite Abend unserer Reise, an dem ich immer noch völlig ahnungslos war. Aber ich hatte die Angst vor der Angst besiegt und fühlte mich frei. Einfach frei.

22

Porto Vecchio ist ein unspektakulärer Ort, der mir nicht besonders gefiel. Ich hatte mich unseren belgischen Tischnachbarn angeschlossen und mit ihnen ordnungsgemäß Hafen, Kirche, Rathaus, Ruinen und Einkaufsstraße besichtigt, kehrte aber schnell mit dem Shuttleboat zurück aufs Schiff. Tom war aufgestanden, die Tabletten gegen seine Seekrankheit wirkten, und es ging ihm besser.

Wir aßen zu Mittag, er wagte sich erst mal nur an eine Gemüsesuppe, um den Magen nicht sofort zu überfordern, später spazierten wir über die Innen- und Außendecks und schauten aufs Meer. Der Himmel war blau, das Wasser spiegelglatt, als hätte es nie einen Sturm gegeben.

Nachmittags ging Tom schwimmen, ich nutzte die Zeit für einen Besuch im Kosmetiksalon des Schiffes. Das Dinner stand heute unter dem Motto »elegant«, und zur Feier des Tages ließ ich mir die Augen dramatisch schminken, mit Kajal, falschen Wimpern und rauchgrauem Lidschatten.

Als ich mich im Spiegel sah, konnte ich es kaum glauben. Smokey Eyes wie ein Filmstar, total verrucht, diese gekonnt platzierten Schatten lenkten total von Falten und Krähenfüßen ab, dazu meine verrückten Haare – ich sah klasse aus. Kurz entschlossen ging ich nebenan in die

Schiffsboutique und erstand ein enges graues Stretchkleid mit langen Ärmeln, über und über mit silbernen Pailletten bestickt.

Die Verkäuferin, eine Französin, die Claudette hieß und, wie man ihrem Namensschild entnehmen konnte, auch Englisch und Chinesisch sprach, überschlug sich fast vor Begeisterung, als ich auf Zehenspitzen und mit Bauch rein, Brust raus vor dem Spiegel herumtänzelte. »So spacy! Awesome! So WOW!«, rief Claudette und klatschte in die Hände.

Ich war ein bisschen realistischer: Zu meinen zweifarbigen Haaren sah das Ganze eher wie ein Science-Fiction-Kostüm aus.

Die Boutique war zum Gang hin verglast, ein paar Leute wurden durch das Geschrei der Verkäuferin angelockt und äußerten sich ebenfalls zu meinem Outfit. Verrückt. Nice. Extravagant. Comme au cinéma. Très chic. Außerdem war es reduziert, um fünfzig Prozent. Ein Superschnäppchen.

Ich kaufte das Kleid und ließ, ohne mit den falschen Wimpern zu zucken, vierhundert Euro von unserer Kreditkarte abbuchen. Von wegen, ich und geizig. Sparsam, das ja. Ich hatte schließlich soeben vierhundert Euro gespart. Geizkragen können keinen Luxus genießen, und dieses Kleid war purer Luxus. Ich würde es heute Abend zu den roten Pumps tragen. Und dann wahrscheinlich nie wieder. Zur Weihnachtsfeier im Rodenkirchener Turnverein war es jedenfalls zu auffällig, und das war im letzten Jahr unser feierlichster Abend gewesen. Vielleicht war ich in einer Art Kaufrausch, denn um allem die Krone aufzusetzen, marschierte ich auch noch in den »salon de manicure« und ließ mir zum ersten Mal in meinem Leben lange Fingernägel machen und »total spacy« silbern lackieren.

Die Frau, die wenig später die Tür zur Kabine Nummer 311 öffnete, Toms fassungsloses Gesicht samt heruntergeklappter Kinnlade genoss, heiser »hallo Mister« raunte und dazu einen schmachtenden Augenaufschlag wie Zarah Leander hinlegte, konnte sich im Spiegel hinter dem Bett sehen.

Es war doch unglaublich, dass ich das war, oder?

Dass die sexy Optik durchaus keine Täuschung war, bekam Tom unmittelbar zu spüren. Es ging ihm schon wieder so gut, dass er mir unmissverständliche Avancen machte, und zwar fast schneller, als ich die Kabinentür hinter mir schließen konnte.

Und so hatten wir an einem helllichten Freitag Sex, keine Löffelchengeschichte, nein, sondern stellungsmäßig face to face und somit durchaus unanständig. Jedenfalls im Ansatz. Im Detail musste ich natürlich die ganze Zeit aufpassen, dass ich die Wimpern nicht verlor, dass der Lidschatten nicht verschmierte, die Fingernägel nicht abbrachen und die Frisur nicht ramponiert wurde.

Später, beim Dinner vor dem Galasaal, konnte man unser Eintreffen durchaus als großen Auftritt bezeichnen. Tom trug ein weißes Hemd, darüber eine schwarze Smokingweste und Jeans. Der inzwischen auffallende Bart und der derbe Silberschmuck waren dazu eine, sagen wir mal, gewagte Kombination. Ich hatte mich bei ihm eingehakt, weil ich in Pumps und Paillettenkleid nur Minischritte machen konnte und Angst hatte zu stolpern. In der Tür zum Saal blieben wir stehen und posierten für den Fotografen, dessen Bilder man am Ende der Reise für viel Geld kaufen konnte.

»So toll hast du noch nie ausgesehen, daran müssen wir unbedingt eine Erinnerung haben.«

Ich lachte. »Du hast Angst, dass ich wieder die beigefarbene Steffi mit leberwurstfarbenen Klamotten werde?«

Tom zuckte mit den Schultern. »Wer weiß.«

Der Fotograf bat immer wieder um neue Posen, die wir bereitwillig lieferten. Ich sah schließlich aus wie ein Popstar und fühlte mich auch so, das Blitzlicht und die damit verbundene Aufmerksamkeit waren mir höchst willkommen. Noch nie hatte ich solche lasziven Blicke verteilt, nie so lässig mit angewinkeltem Knie, erhobenem Kinn und Hand in der Taille posiert und noch nie so charmant gelächelt. Ich hatte keinerlei Hemmungen, mich aller Welt zu präsentieren, hier kannte mich ja niemand, die alte Steffi war in Köln Rodenkirchen geblieben. Besser gesagt: ein Teil von ihr.

Das Menü an Bord war wieder erstklassig, unsere heutigen französischen Tischnachbarn kamen aus Montpellier und sprachen genauso gut oder schlecht Englisch wie wir, ein lustiger und genussvoller Abend zog sich fast bis Mitternacht hin. Tom und ich tanzten sogar, und es war mir piepegal, dass wir dauernd stolperten und nicht mal den einfachsten Disco-Fox fehlerfrei hinkriegten.

Wir tranken fast nur Mineralwasser, denn wir wollten unbedingt einen klaren Kopf behalten. Tom und ich hatten nämlich um Mitternacht ein Date. Nur wir zwei. DAS Date.

Die nächsten Stunden sollten später als »die Nacht vor Portofino« in unsere ganz persönliche Paar-Geschichte eingehen.

Um kurz vor zwölf verabschiedeten wir uns also von Adèle und Armand und verließen das Lokal. Draußen zog ich mit lautem Stöhnen sofort die Pumps aus, klemmte sie mir rechts und links mit den Absätzen auf die Schultern und ging barfuß weiter. Irgendwann ist Schluss mit der Eitelkeit: vier Stunden auf hohen Hacken waren die Hölle, egal, wie gut es aussah.

Tom schloss unsere Kabine auf und öffnete mir die Tür. Ich ging sofort ins Bad, ließ eiskaltes Wasser über meine schmerzenden Füße laufen und schminkte mich ab. Wir zogen unsere Schlafanzüge an, ich rollte die Steppdecken zu dicken Kopfstützen zusammen und platzierte sie an der Stirnseite des Doppelbettes. Heute gab es einen Elefanten aus Handtüchern, den ich vorsichtig auf die Konsole vor dem Spiegel stellte. Der war ja viel zu schade, um ihn auseinanderzurupfen und die Handtücher zum Abtrocknen zu benutzen.

Ich kuschelte mich bequem in die aufgerollten Bettdecken, Tom saß im Schneidersitz vor mir. Er hatte, bevor wir zum Essen gegangen waren, eine Flasche Wein bestellt, sie stand mit zwei Gläsern und einer Schale Salzmandeln auf dem Nachtschränkchen. Er schenkte ein wenig ein, reichte mir ein Glas, und wir stießen an.

Der Moment der Aussprache war gekommen.

Auf dem Bett, zwischen uns, lag unser handtellergroßer Reiselautsprecher, er war per Bluetooth mit meinem Handy verbunden, so konnten wir Musik hören. Es war meine Playlist, die da lief, alles durcheinander, zufällige Wiedergabe.

»La vie en rose« von Grace Jones.

In Gedanken ging ich meine Anliegen noch mal durch:

Wo bist du gewesen, wenn du abgehauen bist?

Hast du mich betrogen? Seit wann? Mit wem? Warum?

Warum hast du dich optisch so verändert und mir nichts gesagt? Wieso hast du mir nichts von den Tattoos gesagt, ich wäre mitgekommen und hätte mir Rosen auf den Rücken stechen lassen. Also vielleicht. Warum hast du so oft auf dem Sofa geschlafen? Wo sind die Sachen aus dem Werkzeugkeller?

Wann hast du den Keller ausgeräumt und warum heimlich? Warum willst du Harley fahren? Warum wusste ich nichts davon, dass du dir eine Woche vor den Ferien schon Urlaub genommen hast? Woher hattest du das Geld für die teuren T-Shirts? Von unserem Konto hast du nichts abgehoben. Warum hast du das Passwort für dein Handy geändert? Stopp, das ließ ich lieber weg. Wie gehen wir damit um, dass wir Großeltern werden? Sollen wir mal drüber nachdenken, das Haus zu verkaufen und in die Südstadt zu ziehen …

»Steffi, hörst du mir bitte mal zu?«

»Entschuldige. Mir ging durch den Kopf, was ich dich alles fragen wollte.«

»Dachte ich mir.« Er kraulte seinen Bart und sah mich nachdenklich an.

Ich konnte seinen Blick nicht deuten und bekam plötzlich Herzrasen. Was kam jetzt? Hatte er sich mit seinem Verhalten in den letzten Wochen vielleicht doch darauf vorbereitet, dass er mich verlassen wollte? Ich hatte meine Ängste verdrängt, oder besser, ich war nicht dazu gekommen, mich in Ruhe mit ihnen zu befassen, weil Walter und Ralph tot waren, Babette wahrscheinlich eine Mörderin war, Elfie irgendwie durchdrehte und Bastian Vater wurde. Vielleicht wollte Tom diese Reise nutzen, um mir zu eröffnen, dass er doch eine andere hatte, vielleicht hatte ich alles falsch interpretiert, vielleicht waren die beiden außerplanmäßigen Geschlechtsakte so eine Art Abschiedssex gewesen.

Aus dem Lautsprecher klang »Ride Like the wind« von Christopher Cross.

Er sah so anders aus als der Mann, der mir in den letzten Jahren durch seine Lethargie und seinen Gewohnheitsfetisch auf die Nerven gegangen war. Andererseits hatte auch ich mich verändert – aber innen war eben noch alles wie immer. Vielleicht war ich ein bisschen selbstbewusster, aber ich war ja immer noch Steffi.

Und: Bart hin oder her, ob Tattoos oder nicht, es war Tom, Thomas Herren, mein Mann, der da vor mir saß und sichtbar nach Worten suchte. Nun war er nie ein großer Redner gewesen, und vielleicht hatte er sich, genau wie ich, eine virtuelle Liste mit Punkten angelegt, die er mich jetzt fragen wollte. Oder es kam nur ein Satz. »Es ist vorbei.« Oder so ähnlich. Ich hielt diese Spannung nicht mehr aus.

»Tom, ich bin stark, ich ertrage alles, sag einfach, was Sache ist und rede nicht um den heißen Brei herum. Lass mich nicht so lange zappeln. Wir sind erwachsene Leute, und wir können über alles reden, ich verspreche dir, dass ich dir keine Szene machen werde, und es gibt auch keinen Streit.«

Er sah mir in die Augen. Mein Herz klopfte so heftig, dass ich das Gefühl hatte, es wollte mir aus der Brust springen. Tom griff nach meinen Händen. Sie waren schweißnass. Jetzt kam es. Das Geständnis, das Ende unserer Ehe, das große Aufräumen, der Satz, den ich fürchtete. Gleich würde er sagen »Ich möchte mich scheiden lassen« oder »Ich will mich scheiden lassen« oder »Wir beide sollten uns scheiden lassen«.

Ich atmete tief ein, so tief ich konnte, dann hielt ich die Luft an.

Tom sah mich an und sagte: »Ich. Habe. Gekündigt.«

Instinktiv zog ich meine Hände weg. Stille. Es rauschte in meinen Ohren. Mein Nacken kribbelte, als würden Ameisen darüber laufen. Das Messer in meinen Eingeweiden drehte sich.

Ich musste mich räuspern. »Was?«

Meine Stimme klang komisch.

Die Fantastischen Vier. »Spießer«. Ausgerechnet.

Er machte sich gerade, nickte. »Ja, Steffi. Ich habe gekündigt, meinen Resturlaub genommen und beantragt, mir die Betriebsrente auszahlen zu lassen. Ich weiß, ich hätte es dir sagen müssen, aber ich wusste, dass du niemals damit einverstanden gewesen wärst.«

Nie war ich einer Ohnmacht so nahe.

Ich konnte nicht antworten. Minutenlang saß ich nur so da und starrte auf meine langen silbernen Fingernägel. Ab und zu versuchte ich vergeblich, den Kloß in meiner Kehle herunterzuschlucken. Gekündigt. Nach über dreißig Jahren hatte er gekündigt. Warum? Ärger? Mobbing? Warum hatte er nicht mit mir gesprochen? Wollte er mit allem abschließen? Mit dem Job und mit mir? Mit dem ganzen alten Leben?

Dann schoss mir blitzartig ein Gedanke durch den Kopf: *Er ist krank! O mein Gott, er ist schwer krank und will die letzte Zeit seines Lebens nicht im Betrieb verbringen. Er will die letzten Monate genießen. Und wenn er nur noch ein paar Wochen hat?* Tränen schossen mir in die Augen. Beinahe hätte ich ihn umgebracht, dabei hat er sowieso nicht mehr lange zu leben! Krebs? Multiple Sklerose? Alzheimer? Parkinson? Aids? O mein Gott, er ist fremdgegangen und hat ohne Gummi … und hat sich Aids …

Ich sah ihn forschend an.

Eigentlich wirkte er ziemlich gesund.

»Bist du krank?« Das Krächzen in meiner Stimme konnte ich nicht vermeiden.

Er lachte. Jawohl, er lachte und griff wieder nach meinen Händen. »Jetzt nicht mehr, Steffi, so gut ging es mir schon lange nicht mehr.« Er zögerte. »Es hängt natürlich viel davon ab, was du dazu sagst.«

Ich wusste nicht, was ich *dazu* sagen sollte. Meine Gedanken kamen zu schnell, um sie in Worte zu fassen und Sätze daraus zu formen. Ich stammelte unzusammenhängendes Zeug. »Nicht krank? Das ist gut. Gut, gut. Gekündigt. Kein Job. Du hast keinen Job mehr! In deinem Alter. Kein Einkommen, kein Geld, Tom, wir werden alles verlieren. Arbeitslos, wer keinen Job hat, ist arbeitslos. Hartzer. Was soll denn aus uns werden, Tom, was hast du dir dabei gedacht? Ich verdiene nicht genug, um uns beide zu ernähren, wie kannst du so etwas entscheiden, ohne mich zu fragen?«

Er suchte meinen Blick, ich wich aus. Schwieg. Hörte Falco zu. »Rock Me Amadeus«.

Toms Stimme klang entschuldigend. »Das ist ein Schock für dich, ich verstehe das. Aber wenn ich mit dir erst diskutiert hätte, hätte ich es nicht getan. Ich musste sofort handeln, sonst wäre ich durchgedreht. Wenn ich noch länger gewartet hätte, wäre wahrscheinlich doch wieder nichts passiert.«

Ich blieb ganz still, presste die Lippen zusammen, atmete durch die Nase ein, so tief, dass es in meinen Adern kribbelte, hielt die Luft an, als könne ich meinen Körper verschließen, damit keins meiner Gefühle hinausströmte und mich verriet.

Sofort handeln, sonst wäre er durchgedreht. Ich hatte gehandelt, ich war durchgedreht, denn ich hatte ihn umbringen wollen.

Mit dem Ausatmen strömten die Tränen.

Sein Blick: hilflos, aber entschlossen. Natürlich verstand er meine Tränen jetzt falsch.

»Du musst keine Existenzängste haben, Steffi! Du hast nur den ersten Teil des Satzes verstanden, oder? Du hast nur das Klingelwort Kündigung gehört. Du weißt, dass ich nichts leichtfertig aufs Spiel setze. Und ich werde kein Hartzer sein!«

Ich öffnete den Mund, wollte etwas sagen, aber es kamen keine Worte. Er goss Wein nach und gab mir mein Glas, seine Hand zitterte leicht. Ich trank einen großen Schluck. In meinem Gehirn war nichts als Watte.

Endlich konnte ich sprechen. »Hättest du nicht ein Sabbatjahr nehmen können? Ein Jahr unbezahlten Urlaub?

Musste es gleich das totale Ende sein? Was ist mit der Krankenversicherung? Muss ich jetzt für immer bei Rüschen-Resi bleiben, damit wir krankenversichert sind? Was ist, wenn wir alt sind? Wenn am Haus was gemacht werden muss? Wenn die Waschmaschine kaputtgeht?«

Als die Sätze raus waren, fragte ich mich, ob ich eigentlich bescheuert war. Hatte ich keine anderen Fragen?

Placido Domingo, »The Girl from Ipanema«.

»Warum, Tom? Gab es einen Auslöser? Was ist mit dir passiert? Hast du mich ... hast du eine ... hast du eine andere?«

Er lächelte. »Welche Frage soll ich zuerst beantworten?« Er löste sich aus dem Schneidersitz, setzte sich auf die Bettkante, seine Kniegelenke knackten dabei. Es war stickig in der Kabine, man konnte keins der Bullaugen öffnen. Er zog sein Pyjamaoberteil aus, ich krempelte mir die Hosenbeine und die Ärmel hoch.

Ich versuchte, mir diese Szene von außen anzusehen: Tom mit Rauschebart und Tattoo, oben ohne und untenrum in blau-weiß gestreifter Baumwolle, ich im rosa-weiß karierten Nachtgewand, das Gesicht verheult, die zweifarbigen Haare zerzaust. Wir saßen in einem Bett auf einem Schiff, das übers nächtliche Meer Richtung Portofino fuhr. Niemals würde ich die Details vergessen, die Farbe der Kissenbezüge, das kitschige Bild mit der Möwe, die Streifen der Vorhänge neben den beiden Bullaugen, das Rauschen der Klimaanlage, das milde Licht der Stehlampe.

Tom drehte sich zu mir, stützte sich mit beiden Armen neben mir ab. »Ich kann dir nicht versprechen, ob unser Leben jetzt besser wird, weil es anders wird; aber so viel kann ich dir sagen, es *muss* anders werden, wenn es gut werden soll.«

»Oh, wie weise!«, entfuhr es mir.

»Ist nicht von mir, habe ich irgendwo gelesen und mir gemerkt, weil es zu uns passt, aber so ist es doch, Steffi. Ich konnte einfach nicht mehr so weitermachen, keinen einzigen Tag.«

Und dann erzählte er mir, wie sehr er unter unserem Stillstand gelitten hatte, wie unglücklich er mit den vielen Ritualen war, die sich eingeschlichen hatten und fast wie eiserne Gesetze von uns beiden eingehalten wurden. Er habe es nicht mehr ausgehalten, dass er Montag um acht schon genau wusste, wo er Mittwoch um neun Uhr sein und was er dann tun würde, und dass er am Sonntagnachmittag immer um dieselbe Uhrzeit an derselben Stelle unseres Ehebettes hinter mir liegen und sich abreagieren würde.

Er senkte den Kopf. »Steffi, die Sonntage waren schlimm. Dass du mich einfach hast machen lassen, es nur so ertragen hast … denkst du denn, ich hätte nicht gewusst, dass du dabei liest?«

Ich fing an zu weinen. »Und jetzt hasst du mich und willst mich verlassen?«, schluchzte ich.

Er legte sich neben mich, zog mich in seinen Arm und hielt mich ganz fest.

Sade, »Smooth Operator«.

Sein Mund war ganz dicht an meinem Ohr. Seine Stimme leise. »Nein, ich hasse dich nicht. Wie kommst du nur darauf. Ich liebe dich. Aber ich will nicht in unser altes Leben zurück, nie mehr. Ich werde fünfundfünfzig, und ich habe beschlossen, dass die nächsten vierzig Jahre die besten unseres Lebens werden. Unseres gemeinsamen Lebens, hörst du?«

Ich heulte und schluchzte zwei Lieder lang.

Medicine Head. »One and One is One«.

Creedance Clearwater Revival, »Hey Tonight«.

Bei T. Rex und »Hot Love« mussten wir schmunzeln. Die Musikmischung war speziell, ich gab es zu.

Er hatte keine andere Frau. Er ging nicht in den Puff. Er wollte mich nicht verlassen. Er war genauso unglücklich gewesen wie ich. Aber anstatt Mordpläne zu schmieden, hatte er es anders angepackt. Ich schämte mich so.

Inzwischen war es kalt im Zimmer geworden. Wir deckten uns zu, schmiegten uns unter einer Decke aneinander. Er roch gut. Vertraut. Nach zu Hause. Ich dachte an den Sturm, gestern auf dem Deck, als ich vor Vergnügen geschrien hatte. Hätte mir vor dieser Reise jemand gesagt, dass ich eine solche Situation nicht nur überstehen, sondern sogar genießen könnte, ich hätt's nicht geglaubt. Aber ich hatte keine Angst gehabt, keine Angst vor dem Sturm, keine Angst vor dem Untergang. Das war doch ein Zeichen gewesen, oder?

Ich war plötzlich ganz ruhig. Was konnte schon geschehen? Tom wollte neu beginnen, mit mir.

»Als ich neulich in der Firma angerufen habe, weil ich dich krankmelden wollte, da hattest du schon gekündigt, oder?«

»Ja.«

»Deswegen waren die so komisch am Telefon. Aber wo bist du denn gewesen, immer wenn du abgehauen bist?«

Er zog den Arm unter meinem Kopf weg und setzte sich

auf. »Ja. Also, das ist das Nächste, was ich dir beichten muss.«

Er stand auf, ging zum Schrank, suchte etwas, kam wieder zum Bett. Er reichte mir eine Karte, in der anderen Hand hielt er einen Schwung Papiere, die er hinter sich aufs Bett legte.

Ich starrte auf das Teil in meiner Hand, schaute Tom wieder an, kapierte nichts. »Na und? Das ist dein Führerschein? Was soll ich denn damit?«

»Guck genau hin.«

Ich schaute auf die Rückseite. Drehte ihn wieder um. »Doch, Moment, das Bild muss ganz neu sein, auf dem Foto hast du ja schon den Bart.«

Er nahm ihn mir wieder ab. »Er ist neu. Ich war in der Fahrschule. Ich habe den Motorradführerschein gemacht. Zweimal in der Woche Theorie, dann die Fahrstunden. Stadtfahrten, Autobahn, Überlandfahrten, Nachtfahrt.«

Langsam ließ ich den Führerschein sinken. Gedankensalat. Er hatte keine Tussi begattet, mich nicht hintergangen. Tom hatte einen Motorradführerschein gemacht. Und gekündigt. Er hatte keinen Job mehr. Mannomann, das waren zu viele verrückte Neuigkeiten auf einmal, ich konnte sie nicht verarbeiten, bekam keine Ordnung in meine Gedanken.

Ich hielt ihm mein Glas hin, er verteilte den Rest Wein aus der Flasche in unsere beiden Gläser. »Und du hast auf dem Sofa gepennt, weil du …«

»Genau, weil ich dich nicht stören wollte. Aber manchmal auch, weil du echt unerträglich laut schnarchst!«

Ich musste lachen.

»Und das hier musst du dir auch noch ansehen …« Er reichte mir die Papiere. Ich konnte nicht verstehen, was ich las. Nur, dass es eine Rechnung war. Leise murmelte ich: »CVO Limited … granitschwarze … 114 Motor, Vorderradfederung … Emulsions-Heckfederung mit einstellbarer Federvorspannung … Splitstream Luftkanal … 41.000 Euro. 41.000!« Ich ließ das Blatt sinken. »Tom, was ist das?« Dann sah ich das Firmenlogo. Und verstand. »Du hast dir wirklich eine Harley gekauft?«

Er strahlte von einem Ohr zum anderen. »Uns! Ja. Sie steht seit Montag im Keller.«

»In welchem Keller?«

»Im Werkzeugkeller, ich habe ihn heimlich ausgeräumt, damit du nichts mitkriegst, damit es eine richtige Überraschung wird! Gelungen, oder? Bin ich gut, oder bin ich gut?«

Ich starrte ihn an. Schluckte. »Ganz großartig.«

Eine Harley für über vierzigtausend. O mein Gott.

Westernhagen, »Geiler is' schon«. Na, das passte ja.

»Woher hast du so viel Geld?«

»Ich sag's dir, aber du darfst nicht ausrasten!«

Er hatte vor zehn Jahren eine Lebensversicherung ausgezahlt bekommen, die seine Eltern für ihn abgeschlossen hatten, als wir geheiratet hatten. Das Geld hatte er angelegt. Irgendwie, vielleicht sagte er was von Investmentfonds, vielleicht was mit Immobilien oder Börse, ich verstand kein Wort. Damals hatte er vor, das Geld für eine Weltreise zu benutzen, damit wollte er mich zur Silberhochzeit überraschen. Aber dann hatte er die Gewinne reinvestiert.

Ich rastete nicht aus. Genau genommen sah ich uns bei strahlendem Sonnenschein auf einer Harley über eine Landstraße Richtung Süden fahren.

Joachim Witt, »Der goldene Reiter«.

»Und dein Bart, die Tattoos, deine Aufmachung… bist du bei den Hell's Angels oder so?«

»Nö. Ich find den Look einfach gut. Komm, du doch auch!« Er grinste. »Meinst du, ich hätte nicht mitgekriegt, wie du auf den Typen von ›The Boss Hoss‹ stehst?«

In dieser Nacht verstand ich die Welt nicht mehr. Tom, mein kreuzworträtselnder Tom, der Couch-Potato, Moral-apostel, Fernsehgartengucker, Barbara-Schöneberger-Fan, Verfechter der Snickers- und Currywurstdiät, hatte sich an meinem Schwarm Alex orientiert, um sein neues Outfit zu finden? Um mir zu gefallen, oder was?

»Du machst das meinetwegen?«, flüsterte ich.

»Na ja, nicht nur. Ich mag's auch.«

»Wieso hast du mir nichts von den Tattoos gesagt, ich wäre mitgekommen und hätte mir eine Rose auf den Rücken tätowieren lassen. Oder einen ganzen Rosengar-ten. Vielleicht.«

Jetzt starrte er mich an. »Echt jetzt?«

Ich zuckte mit den Schultern. »Warum nicht… ich habe mir ja auch die Haare so verrückt machen lassen, und ges-tern bin ich bei Windstärke acht oder neun im Sturm an Deck geblieben und fand es großartig.«

Er küsste mich, und ich wehrte ihn nicht automatisch ab, sondern ließ es geschehen.

Bis Placido Domingo »Amapola« sang. Tom hörte auf zu knutschen und warf den Kopf in den Nacken. »Nie, niemals werde ich deinen Musikgeschmack mögen!«, stöhnte er.

In dieser Nacht, bevor das Schiff Portofino ansteuerte, schliefen wir nicht. Wir tranken Sekt aus der Minibar, wir schmiedeten Pläne, wir lachten viel und weinten ein bisschen. Tom hatte noch viel mehr vor, viel größere Träume, er war mutig und unternehmungslustig.

»Bevor der Sargdeckel zuschlägt, will ich richtig leben, Steffi. Mit dir. Das kostet Geld. Hast du schon mal daran gedacht, dass wir das Haus verkaufen könnten?«

Ja, daran hatte ich gedacht, und an eine Wohnung in der Südstadt und an Bastian, der die Differenz bekommen könnte, um für seine kleine Familie …

»Ich habe mich erkundigt, wir haben richtig Glück, dass die Immobilienpreise so astronomisch sind«, sagte Tom. Er hatte heimlich einen Gutachter kommen und Haus und Grundstück schätzen lassen. »Unter neunhunderttausend geht das nicht weg!«

Das war eine unfassbare Summe. »Wenn wir uns für die Hälfte eine schicke Wohnung kaufen würden …«

»Nee, denk mal groß, Steffi, denk mal an die totale Freiheit! Stell dir vor, wir würden einfach mal ein Jahr unterwegs sein!«

»Totale Freiheit, unterwegs sein, wohin denn unterwegs? Ein Jahr? Ich bekomme doch nur dreißig Tage Urlaub!«

Er lachte. »Du hörst auch auf zu arbeiten, wir verticken das Haus, legen das Geld vernünftig an, und wir zahlen in die Krankenversicherung und für die Altersrente freiwillig ein. Ein bisschen Sicherheit muss natürlich sein, falls einer von uns krank wird. Wenn wir das Geld vom Sparbuch und alles andere zusammenzählen und wenn die anderen Lebensversicherungen fällig werden, dann könnten wir davon reisen und leben.«

Ich versuchte mich im Kopfrechnen: Wenn wir noch dreißig Jahre vor uns hatten, wenn das Haus wirklich neunhunderttausend bringen würde, dazu kämen zeitnah die Lebensversicherungen, die wir seit dreißig Jahren bedienten, das waren noch mal über zweihunderttausend – wären rund 36.000 im Jahr, also bis zur Rente dreitausend im Monat. Und dann kamen ja später noch unsere Renten dazu.

Allein der Gedanke an die Kündigung bei Rüschen-Resi ließ mich euphorisch werden. Mein Verstand siegte aber doch. »Wenn unser Haus weg ist, wo sollen wir denn wohnen? Können wir von dreitausend im Monat eine Wohnung mit Nebenkosten mieten und vernünftig leben? Und wohin mit unseren ganzen Sachen, wenn wir weg sind?«

»Könntest du dich von den *Sachen*, wie du sie nennst, trennen? Kannst du sie als Ballast sehen, den du nur abstauben musst? Kannst du dir vorstellen, dass es im Leben noch was anderes geben kann als … als Dinge? Und Besitz, Routine und Gewohnheit?«

Ich überlegte lange. Eine Million Gedanken rasten durch meinen Kopf. Kein einziger machte mir Angst.

Liza Minelli, »Cabaret«.

»Wir könnten mit der Harley durch Europa fahren«, sagte Tom, »und auf Campingplätzen zelten oder uns ein

Hausboot kaufen und die Harley darauf mitnehmen oder mit einem Wohnmobil fahren ...«

Wir träumten, bis es dämmerte.

Ich war glücklich.

Dann ging Tom an den Schrank, nahm etwas aus dem Fach seines Koffers, kam wieder ins Bett. Er verbarg etwas in beiden Fäusten. »Ich habe das zufällig in die Hände bekommen, und da wusste ich, dass mit uns alles wieder gut wird.« Er sah mich mit einem Lächeln an, das mir einen Schauer über den Rücken jagte. Was kam denn jetzt noch?

Er hatte eines Tages eine Postsendung in Empfang genommen.

Tom öffnete die Hände.

So fühlte sich also ein Herzstillstand an.

In seiner linken Hand lagen zwei blaue Viagra-Pillen. Und in der anderen hielt er ein braunes Fläschchen mit grellroter Schrift. Poppers.

»Als ich das Zeug gesehen habe«, sagte er, »wusste ich, dass du uns und unsere Ehe auch noch nicht aufgegeben hattest, dass du auch etwas unternehmen wolltest.«

Ich fiel ins Bodenlose.

Damit hatte ich ihn umbringen wollen.

Ich fiel und fiel und fiel, wartete darauf, in Stücke zu zerspringen, aber ich schlug nirgends auf.

Tom grinste und nahm mich in den Arm. »Das brauchen wir aber nicht.«

Nein. Da hatte er recht.

Das Zeug brauchten wir wirklich nicht mehr.

Dank

Dieses Buch wäre sicher nicht entstanden, wenn ich keine Unterstützung von meinem Mann und meinen Söhnen gehabt hätte.

Und von Gisella Schleimer, die seit vielen Jahren immer für mich da ist und mich immer motiviert, weil sie bedingungslos an mich glaubt.

Von Petra Lichtenberg, die diese Geschichte von Anfang an genauso geliebt hat wie ich.

Ich bedanke mich bei Bine Beer, die ich manchmal am liebsten adoptieren möchte, und bei Petra Seitzmayer, deren kritischer Blick mir viel Sicherheit gegeben hat.

Und bei meinem Freund Charly, der das Erscheinen dieses Buches leider nicht mehr erleben kann, weil er im Sommer 2018 gestorben ist.

Sabine Zanders hat auch hier wieder kritisch mitgelesen, danke dafür. Danke an den Agenten Georg Simader, der dieses Buch im Heyne Verlag untergebracht hat – und ein ganz großes DANKESCHÖN an Anke Göbel und ihr Team, die auch in einem zweiten Genre an mich glauben. Und an Steffi Korda, die mit ihrem sensiblen Lektorat alles feingeschliffen hat, was mir vielleicht ein wenig zu derb geraten wäre, und die mir dennoch immer meine eigene Erzählstimme lässt.

Karsten Dusse

Achtsam Morden

»Auf jeder Seite Spannung, ungebetene Ratschläge
und Galgenhumor ... Das kriegt halt nur ein Anwalt hin.
Und keiner so gut wie Karsten Dusse.«
Jan Böhmermann

978-3-453-43968-9

»Was mich an meinem ersten Mord bis heute so mit Freude erfüllt,
ist der Umstand, dass ich dabei wertungsfrei und liebevoll den Moment genießen konnte.«

Leseprobe unter **www.heyne.de**